# STEER TOWARD ROCK
Fae Myenne Ng

吉林出版集团有限责任公司

亚/华裔美国文学译丛

# 望岩

【美】伍慧明 著
陆薇 译

STEER TOWARD ROCK
by FAE MYENNE NG
Copyright:© 2008 BY FAE MYENNE NG
This edition arranged with DONADIO & OLSON, INC.
through BIG APPLE AGENCY, INC., LABUAN, MALAYSIA.
Simplified Chinese edition copyright:
2011 Jilin Publishing Group Ltd.
All rights reserved.

吉林省版权局著作权合同登记 图字：07-2010-2736号

图书在版编目(CIP)数据

望岩 / (美) 伍慧明著；陆薇译. —长春：吉林出版集团有限责任公司，2012.4
（亚、华裔美国文学译丛）
书名原文：Steer Toward Rock
ISBN 978-7-5463-5391-3

Ⅰ.①望… Ⅱ.①伍… ②陆… Ⅲ.①长篇小说–美国–现代 Ⅳ.①I712.45

中国版本图书馆CIP数据核字(2011)第086579号

## 望 岩

| | |
|---|---|
| 作　者 | [美]伍慧明 |
| 译　者 | 陆　薇 |
| 出品人 | 刘丛星 |
| 创　意 | 吉林出版集团·北京汉阅传播 |
| 策划编辑 | 武　学 |
| 责任编辑 | 周海莉　杨　洋　曹文静 |
| 封面设计 | 未　氓 |
| 开　本 | 665mm×960mm　1/16 |
| 印　张 | 19 |
| 版　次 | 2012年4月第1版 |
| 印　次 | 2017年1月第2次印刷 |
| 出　版 | 吉林出版集团有限责任公司 |
| 发　行 | 北京吉版图书有限责任公司 |
| 地　址 | 北京市宣武区椿树园15—18号底商A222 |
| | 邮编：100052 |
| 电　话 | 总编办：010-63106492-1104 |
| | 发行部：010-63104979 |
| 网　址 | http://www.beijinghanyue.com |
| 邮　箱 | jlpg-bj@vip.sina.com |
| 印　刷 | 北京航天伟业印刷有限公司 |

ISBN 978-7-5463-5391-3　　　　定价　48.00元

版权所有　　侵权必究

# 目　录

亚/华裔美国文学译丛总序 …………………… 001

《望岩》译者序 ………………………………… 022

作者简介 ………………………………………… 023

作品介绍 ………………………………………… 024

一　报告 ………………………………………… 001

二　报答 ………………………………………… 113

三　报应 ………………………………………… 123

四　回报 ………………………………………… 183

五　报晓 ………………………………………… 205

# 亚/华裔美国文学译丛总序

作为亚裔美国文学重要组成部分的华裔美国文学是特定历史时期的产物。长期以来，美国与西方社会只用"东方人"（oriental）一词，"亚裔美国人"（Asian American）是加州大学洛杉矶分校的市冈勇次教授于20世纪60年代后期创造的，随之而来的"华裔、日裔、菲裔美国人"都是美国民权运动中出现的新词语。[1]尽管亚洲人早在19世纪中期就到了美国，亚裔美国文学的兴起却几乎是一个世纪以后的事情。"亚裔美国文学"和"亚裔美国人"的界定至今仍然是有争论的问题。而在我国，甚至对Chinese American Literature如何翻译都有不同意见。

## 一 华裔美国文学和华裔美国人的译名与界定

80年代中国大陆刚开始译介华裔美国文学时，一般用"美国华裔文学"，按照中文表达的习惯，把涵盖面大的放在前面，同时也和"美国犹太文学"（Jewish American Literature）、"美国黑人文学"（Black American Literature）、"美国印第安文学"（Indian American Literature）等提法一致。后来，随着华裔美国文学在国内译介的普及与深入，尤其看到华裔美国文学研究起步较早的台湾单德兴等学者在文章中使用"华裔美国文学"，我们许多人也开始采用这一译名。我们觉得这一汉语语序与英语语序一致的译法比较合理，因为Chinese American Literature中，Chinese American这个词组是定语，用来修饰literature，Chinese American Literature的意思是"华裔美国人创作的文学"，这实际上是突出了美国的属性，汤亭亭和任璧莲曾再三强调她们首先是美国人，说的是美国人的故事，言外之意，华裔美国人不是客居美国的华人，而是生根在美国的公民。因此，本译丛采用"华裔美国文学"的译法。

既然华裔美国文学是华裔美国人的文学，我们有必要认识"华裔美国人"，即具有美国国籍和华人血统的人。实际上"华裔美国人"既包括生长在美国本土的华人后裔，也包括取得了美国国籍的华人。如果把后者排除在外，否认新移民和用华文或英文写作的华裔作家不符合现实。遗憾的是，有一些评论家和华裔作家持这种观点：赵健秀把一些美国生美国长的作家视为"假冒伪劣"姑且不论，汤亭亭、徐忠雄等的作品中对新移民的描写有时也带有几分嘲笑与讽刺。在《孙行者》的第一章中，汤亭亭有一整段形容新移民镶着金牙，嗑着瓜子，穿着十来件自己编织的毛衣，外面是尼

---

[1] "UCLA Professor Yuji Ichioka: The Creator of Asian America," 23 May 2008 <http://yellowworld.org/activism/164.html>.

龙或人造丝的套装，土里土气，身上散发出"新移民香水——卫生球"的味道，不仅把新移民全家人在公休日逛公园称之为"廉价的出游"，还说他们甚至"不知怎样一起散步"！[1]当然，这是主人公惠特曼·阿新看到的新移民，但是描述是否也反映作者本人的观点？徐忠雄在《美国膝》中描写刚到美国不久的中国男人的"通常的标志"："廉价理发馆的发式，油腻腻的发帘垂过眉毛；方形金边眼镜，歪戴在脸上因为鼻梁太低，撑不起来；聚酯化纤的裤子，裤裆松松垮垮；衬衫塞得太紧；脖子上挂着一条粗粗的二十四开金的项链，上面挂着块玉石"。这些可能多少反映出一些真实情况，但单独把新移民的着装拿出来，而且用讥讽口吻描写，恰恰表现了他们自觉或不自觉地以"美国人"自居、高高在上的傲慢立场。这种华裔美国人的视角，实际上是"东方主义"在他们身上的反映。在美国出生的华裔作家李培湛，对ABC[2]和新移民之间到底有什么矛盾、隔阂，为什么不能团结的问题，作了这样的解释："或许因为我们自认为已经被主流社会接受，是美国人了，而由于他们的出现，使得主流社会又把我们和他们归成一类。不过，中国日益强大对我们华裔美国人地位的提高有很大影响。"他的话值得深思。

本译丛收录生长在美国本土的华裔作家，也收录没有出生在美国而移民至美国用英语创作的华裔作家或华人作家。实际上，Chinese American writer 这一短语在英语语境里已经包含了这两层意思。例如，著名作家黎锦扬，在英语语境里，他就是 Chinese American writer，但在汉语语境里，你能说他是华裔美国作家吗？这反映了两种语言的不同特点。就这短语而言，英语既有模糊性也有概括性，汉语既有狭窄性也有精确性，这尤其在亲属和亲戚的称呼上反映得很明显。但是，为了方便起见，我们还是把黎锦扬和类似于黎锦扬的作家归并在华裔美国文学领域里。

## 二 华裔美国文学的特点

作为华裔美国人的文学，"华裔美国文学"是华人到达美洲大陆后的产物。现在研究者大都认为华裔美国文学既包括华裔美国华文文学，也包括华裔美国英文文学。

### 1. 华裔美国文学是特定历史时期的产物

作为华裔美国人的文学，"华裔美国文学"是19世纪华人到达美洲大陆后的产物。华裔美国文学是从华裔美国华文文学开始的。要理解、欣赏、评价华裔美国文学，了解华裔美国历史至关重要。

华人是亚洲人中最先移民美国本土和后来变成其第50州的夏威夷。不论哪个国

---

[1] Maxine Hong Kingston, *Tripmaster Monkey: His Fake Book* (New York: Alfred A. Knopf, 1989) 5.

[2] American-born Chinese.

家,但凡有移民潮出现,无不因为外患内乱导致国内局势动荡不安,百姓生活贫困、饔飧不继,而移居国正值发展时期,需要大量劳动力。华人成批移民北美始于1848年美国淘金热开始后,最早的移民来自人口稠密、对西方有所了解的广东珠江三角洲地区。从历史上看,最早的华裔美国文学可以追溯到张维屏的《金山篇》(1848-1855)和黄遵宪的《逐客篇》(1882-1885)。中国读者较熟悉的恐怕还是20世纪初被扣留在天使岛的华人移民刻写在墙上的许多华文诗歌。这些大都没有署名的作品可能出自有文化的商人,经过传抄、在报刊发表后,又由旧金山唐人街先后以题为《金山歌集》(1911)和《金山歌二集》(1915)出版。但真正引起美国读者注意的是后来被麦礼谦、林小琴和杨碧芳根据不同的版本整理、翻译成英文出版并获美国图书奖的《埃仑诗集》(1980),以及谭雅伦从两本中文金山歌集近两千首诗篇中选出的翻译成英文的220首中英对照诗集《金山歌集》(1987)。这些华裔美国文学的"开山"之作反映了国弱家贫的华人进入美国前被关押在天使岛受欺辱的痛苦、愤怒与抗议,以及入境后受到种族歧视的艰难处境。应该指出的是,尽管这些作品是最早产生的,却不是最早由美国的出版社发行的。亚裔/华裔美国文学作品受到关注、得以在美国出版与美国国内形势和国际风云变化的大背景有着极为密切的联系。少数族裔的地位,亚洲各国的强弱和国际地位,以及亚洲各国和美国的政治、军事、经济、外交关系的变化,无一不影响亚裔/华裔美国人的处境。这是亚裔/华裔美国文学的一个特点。

继淘金热之后,由于美国建造横贯大陆东西的铁路急需劳工,又有大量华人入境。19世纪60年代建造中央太平洋铁路的华工人曾高达1.2-1.5万人之多。[1] 当时华工负责中央太平洋铁路最艰难的地段,山峰多且高,华人常常需要乘坐篮子下降到距峡谷底的河流上2000英尺高空作业。[2]在内华达山脉坚硬的花岗岩中凿通15座隧道的过程中,每天有20、30人伤亡。在天气恶劣的严冬,工人在18英尺深的雪地劳作,平均每3.2公里就有3名被冻死或炸死。[3]这支勤劳的华工大军效率高、工时长但工资低,他们为美国西部开发和经济发展作出了极大的贡献,付出了很高的代价。[4]

---

[1] 学者提供的数字在1.2至1.5万人之间不等。"Chinese Immigration to the United States." 12 May 2008 <nhs.needham.k12.ma.us/cur/kane98/kane_p3_immig/China/china.html>; Iris Chang, *The Chinese in America—A Narrative History* (New York: Penguin Books, 2003) 57; Ronald Takaki, *Strangers from a Different Shore: A History of Asian Americans* (Boston·Toronto·London: Little, Brown and Co., 1989) 85.

[2] George Kraus, "Chinese Laborers and the Construction of the Central Pacific," 14 May 2008< cprr.org/Museum/Chinese_Laborers.html>.

[3] 黄安年,介绍华工建设太平洋铁路后裔赵耀贵出版的《美西大陆铁路的无名建筑者》2008-5-14 <http://www.annian.net/show.aspx?id=21251&cid=24>

[4] 至今缺乏华工伤亡的确切数字,根据1870年6月30日的《萨克拉门托报道报》(Sacramento Reporter)从中央太平洋铁路运回约1200个华工的遗骨,而1863至1869年美国报纸报导的华工死亡人数仅为137人。1870年1月5日的《埃尔科独立报》(Elko Independent)报道说,中华会馆(Chinese Companies,即华人六大公司)为每个死去华工向铁路公司交付10美元才将他们的遗体运回旧金山 George Kraus, "Chinese Laborers and the Construction of the Central Pacific," 14 May 2008 < cprr.org/Museum/Chinese_Laborers.html>.

但美国历史曾对此只字不提，是以他们为荣的后代赵健秀、汤亭亭、徐忠雄等华裔作家将华人这一鲜为人知的光辉业绩通过文学作品传播开来。他们说仅凭先辈的这一贡献，他们就有权声称自己是美国人！华裔美国作家有强烈的历史感，他们的作品大都直接、间接地反映美国某一历史时期的对华政策和主流社会种族歧视下华人的生存状况，这也是华裔美国文学的一个特点。

中央太平洋和联合太平洋两条铁路于1869年5月10日在普罗蒙托利峰汇合；美国为此举行盛大庆典并欢呼只有美国人能创造如此奇迹。但在拍照时，占修建此段铁路工人90%的华人没有一个留下身影。不仅如此，铁路建成后，绝大部分华工被解雇。大量失业的华人没能乘坐自己修建的铁路而是步行800英里回到西海岸，旧金山。[1]流落到劳工市场上的华工有的到联合太平洋或其他铁路段上工作，有的成了矿工，更激化了华人和原来竞争不过他们的白人工人之间的矛盾。华人逐渐被挤出采矿和铁路这两个工业领域之后，只有在竞争不激烈或白人不愿干、而要求资本不多的餐饮和洗衣业中寻找出路。在中国，洗衣、做饭传统上属于妇女们在家里的工作；虽然中国不乏餐馆，却没有洗衣店，洗衣业是华裔美国人创造的行当。华人被迫"女性化"的话题在汤亭亭等作家的作品中有反映。

华人移民美国可以分成三个时期，1849–1882年，1882–1965年，以及1965年至今。[2]1882年是华裔美国史上一个重要的年代，这年通过的排华法案禁止华工移民，并断绝了华工家属赴美和他们团聚的后路，从而产生了亚裔美国史上独一无二的畸形华人"单身汉社会"。1882年的排华法案延续了60年，直到1943年才被废止。由于华人妇女极少，男女比例严重失调，华人社会缺少家庭生活，宗亲会成了人们依赖的大家庭，同时昔日中国人的嫖赌恶习在单身汉社会要比在中国国内严重。华人"单身汉"和"单身汉社会"在雷霆超、伍慧明等作家的作品中都有反映。

由于生存条件艰苦，加之早期赴美华人大多是文化水平低的劳工，华裔美国文学自天使岛的华文诗歌后，没有多少引人注目的华文作品问世，直到二次大战后，华裔美国华文文学才进入一个新的发展时期。这是因为二战中，中美成了盟友，美国的移民政策也随着国际形势的变化而改变。二战后赴美的华人大都受过良好教育，其中包括数量可观的台湾和大陆留学生，他们中有相当一部分人毕业后定居美国。[3]这个时期的留学生文学以及描写华人移民生活的作品不但在美国畅销，在中国大陆和港台地区也拥有许多读者。

---

[1] June 18, 1972, The Los Angeles Times, 17 May 2008 < cprr.org/Museum/Chinese_Laborers.html>.

[2] "Chinese Immigration to the United States," 17 May 17, 2008. < nhs.needham.k12.ma.us/cur/ kane98/kane_p3_immig/China/china.html>

[3] 20世纪50至80年代中期台湾留美学生约15万人，80至90年代末，大陆留美学生约25万，见尹晓煌，《美国华裔文学史》(Chinese American Literature since the 1850s)。徐颖果主译。天津：南开大学出版社，2006. 182页。

关于华裔美国华文文学，国内有一支由老中青三代组成的队伍，成果累累，我们局限于探讨和介绍华裔美国英文文学。

华裔美国英文文学同样受当时美国国内外形势发展的影响，黄玉雪的《华女阿五》可以说是应运而生，1945出版后立即成为畅销书。但华裔美国英文文学大量进入人们的视野是在20世纪后半叶，此时亚裔/华裔美国文学随着美国多元文化的发展而繁荣起来，亚裔/华裔美国作家的作品被收入多种美国文学选集，新编的美国文学史中也开始有了专章讨论亚裔美国文学。[1]

实际上，黄玉雪并不是用英文发表作品的第一个华人，在她之前有如今被公认为北美第一位华裔女作家的水仙花。水仙花本名伊迪丝·莫德·伊顿，父亲是英国人，母亲是中国广东人。据我们所知，在她之前用英文发表作品的还有李恩富、容闳和伍廷芳。李恩富是容闳组织留美的第二批幼童之一，他写的《我在中国的孩童时代》发于1887年。[2]大家比较熟悉的是容闳1909年发表的《西学东渐记》（一译《我在中国和美国的生活》）。[3]此外，自费留英、两次出任清朝驻美公使的伍廷芳所写的《一位东方外交家眼中的美国》于1914年发表。[4]还有大家熟知的林语堂，他既用英文又用华文写作，他的作品更多地介绍中华文化的文章，但也有写移民的小说《唐人街》（一译《唐人街的一家人》）。[5]尽管金惠经、黄秀玲等把以上作品都纳入华裔美国文学之列，但这些作家并不都是华裔美国人。[6]

出生在美国的第二代华人作家如刘裔昌和黄玉雪，直到20世纪40年代"二战"期间才开始崭露头角。中美成为同盟国的国际形势有利于他们的作品在美国出版。早期的亚裔美国人之中，以日裔美国人创作的英文文学最多，尽管日本人比华人迟抵

---

[1] 例如，《希思美国文学选集》（1990）收入了汤亭亭的《女勇士》中'白虎山学道'一章，《哥伦比亚版美国文学史》（1988）中有单独一章论述亚裔美国文学。

[2] Lee Yan Phou, *When I Was a Boy in China* (Boston: D. Lothrop Co., 1887).

[3] Yung Wing, *My Life in China and America* (New York, H. Holt and Co., 1909);太原：山西教育出版社，2002.

[4] Wu, Tingfang, *America through the Spectacles of an Oriental Diplomat* (New York: Frederick A. Stokes Co., 1914);太原：山西教育出版社，2002.山西教育出版社同时出版的还有水仙花的《春郁太太及其他作品》、黄玉雪的《五姑娘》（一译《华女阿五》）和任璧莲的《典型的美国人》。范守义在书前写的"华裔美国人英语文学概况"一文，不仅对李恩富、容闳和伍廷芳的作品有较详细的介绍，还提及屠汝涷(J. S. Tow)、笔名为Leong Gor Yun(两个人)和蒋希曾(Tsiang His Tseng)等人的作品；另见Sau-ling Cynthia Wong, "Chinese American Literature," *An Interethnic Companion to Asian American Literature*, ed. King-Kok Cheung (New York: Cambridge UP, 1997) 39–61.

[5] *Chinatown Family* (New York: J. Day Co., 1948). 林语堂用英文创作的有《吾国吾民》、《京华烟云》等文化著作和长篇小说。他有的作品的中英文版本内容不尽相同，研究两种不同的版本的内容取舍是有意义的。

[6] 我们确切知道的，只有李恩富与美国女子结婚生子并具有美国国籍，见http://pswz.groups.tianya.cn/bulo/ShowArticle.asp?idWriter=0&Key=0&buloid=6222&ArticleID=253897容闳与美国女子结婚并病逝美国；林语堂虽在美生活多年，但1966年定居台湾，1976年在香港逝世；伍廷芳则为中国外交官、法学家。

达美国西海岸约30年，[1]由于排华法案阻止华工入境，最早在美国建立家庭的少数华人是像刘裔昌和黄玉雪的父亲那样的小厂主或商人。因此，第二代华裔美国人的出现不仅比日裔美国人晚，数量也少许多。

早期华裔作家的作品大多带有自传成分，其中很重要的原因是出版商认定华裔作家的作品以自传销路最好。刘裔昌的《父亲和裔昌》（另译《虎父虎子》）[2]以及黄玉雪的《华女阿五》皆为自传；不仅如此，连1976年汤亭亭发表的处女作《女勇士》也被出版商作为自传推销。

刘裔昌，尤其是黄玉雪，被美国主流社会看作"模范少数族裔"的代表。《华女阿五》出版后立即成为畅销书。二战后，有关美国种族歧视的指控在发展中国家传开，人们对美国的世界领袖地位提出质疑，《华女阿五》正好能够以现身说法，表明美国民主制度的优越性——少数族裔的美籍华人只要努力就可获得成功。刘裔昌和黄玉雪的这两本书被亚裔美国文学评论家黄秀玲称为"作为唐人街导游的自传"。黄秀玲认为两人的成功源于国际形势的变化，主流社会对华人的食物、风俗等的态度从格格不入、反感转变到比较能够接受，同时两书描写华人生活从传统向现代过渡，主人公不再顺从而是力争个人自由，这些都符合主流社会关于移民家庭到美国后"必然要'进步'"的神话。[3]

刘裔昌的父亲十二岁就来到旧金山，母亲则出生在美国。西化且精明的父亲给子女一一起了美国显赫人物的英文名字，作者的名字Pardee取自当时加州州长George C. Pardee的姓。[4]由于父亲的财力和在华人中的地位和影响，刘裔昌上了其他华人子弟不能就读的白人学校。鉴于他的特殊家庭背景，他和唐人街格格不入，"白化"程度比其他华人高，听到人们叫他的中文名字时总感到"怪诞，不舒服，觉得是在叫别人"。[5]刘裔昌在书中说美国人"喜欢父亲在经商和处世中的非华人品质，颇为父亲感到自豪，并屡屡提及，与其他东方人或华人相比，父亲无论身高、穿着、举止言谈、

---

[1] 1900年，在美国的日本人还不到2.5万人，第一代大多为农工。Immigration…Japanese: "The U.S. Mainland: Growth and Resistance," 17 May 17, 2008 <http://memory.loc.gov/learn/features/immig/japanese3.html>.

[2] Pardee Lowe, Father and Glorious Descendant (Boston: Little, Brown, 1943).

[3] "autobiography as guided Chinatown tour"，见Sau-ling Cynthia Wong, "Chinese American Literature," *An Interethnic Companion to Asian American Literature*, ed. King-Kok Cheung (New York: Cambridge UP, 1997) 46.

[4] 两个双生弟弟威尔逊和马歇尔的名字则分别来自第28任美国总统（Woodrow Wilson）和副总统（Thomas Riley Marshall），后来白宫听到他们的"崇美主义"（Americanism）特地发来两封贺信，父亲自豪地将信放入玻璃框，挂在办公室显眼的地方。 两个妹妹的名字一个取自第26任美国总统罗斯福的女儿爱丽丝，一个取自第27任美国总统塔夫脱的夫人海伦。

[5] Pardee Lowe, *Father and Glorious Descendant* (Boston: Little, Brown, 1943) 19.

英语水平和学识都与众不同，鹤立鸡群。"[1]"自豪"的背后是美国种族主义教育灌输给东方人、华人的"自厌"和"自卑"。刘裔昌希望得到主流社会的认可和接纳在第二代华人中有一定的代表性，只不过他表现得比他人更加迫切。刘裔昌后来与来自东部的美国白人女子结婚。二战期间，他在太平洋国际学会国际秘书处任职。[2]抗日战争爆发后，他积极争取北加州美国民间首脑人物的支持，在他的努力下，旧金山为战争中的中国民众筹集的救济款，比美国其他城市筹集到的金额总和还多。

二战后，由于美国当局允许"战时新娘"[3]入境，华裔美国单身汉社会发生了根本性变化，唐人街开始出现许多核心家庭。雷霆超1961年出版的小说《吃碗茶》反映一个"战时新娘"的到来对纽约唐人街的巨大影响。亚裔评论家一致肯定《吃碗茶》在华裔、乃至亚裔美国文学的里程碑作用。雷霆超与过去的华裔作家不同之处在于他既不回避华人"单身汉"社会，也不粉饰中华传统文化中的糟粕，并在文字上力图再现纽约唐人街华人的语言。此前还有黎锦扬的《花鼓歌》，1957年出版后立即成为畅销书；1958年小说被改编成音乐剧在百老汇上演，1961年它又被好莱坞拍成电影。《花鼓歌》是当时在"主流文化"中最受欢迎的华裔美国文学作品，但有的华裔美国文学评论家对它评价不高。不过，我们认为应该历史地、辩证地评价《花鼓歌》及其作者。

20世纪60年代，整个世界经历了大动荡、大变革，美国也不例外——民权运动、妇女解放运动、反文化运动、越战、反战示威游行、人类首次登月等等，无一不对亚裔/华裔美国社会、亚裔/华裔美国文学和作家产生深远影响。作为60年代民权运动组成部分的亚裔/华裔美国人运动大大激发了亚裔/美国人的泛亚裔意识，"亚裔美国人"的称谓也应运而生。在提高亚裔美国人的民族意识上，赵健秀功不可没。1974年，他和陈耀光、劳森·稻田和徐忠雄合编了亚裔美国作家文选《哎咿》，可以说，这是亚裔/华裔作家第一次发出的震撼人心的呐喊，其序言被《党派评论》杂志称作"亚裔美国文艺复兴的宣言"。[4]有的评论家认为《哎咿》的前言和引言在亚裔美国文学史的地位犹如爱默生宣告美国文学已脱离英国文学而独立的《论美国学

---

[1] Ibid. 72-74.

[2] 太平洋国际学会 (the Institute of Pacific Relations) 是亚太地区非政府国际组织的先驱之一，1925年成立于美国檀香山。在其35年的历史中，这一"以研究太平洋各民族之状况，促进太平洋各国之邦交为宗旨"的组织，举办了13次以亚太地区政治、经济、社会、外交、文化、民族等问题为内容的国际会议，组织与推动亚太问题的研究与讨论，出版了千余种相关书籍，并在美国、中国、日本、澳大利亚、新西兰、英国、加拿大、菲律宾、荷兰、法国、印度等14个国家设立了分会。50年代，学会遭受麦卡锡主义"亲共"的指控并受到长期调查，于1960年最终解散。转引自张静《民族危机下的国民外交——以太平洋国际学会第四届会议开幕前的争论为中心》一文，http://jds.cass.cn/Article/20060227162348.asp

[3] 指战争期间嫁给军人或外国军人的女子。

[4] 见Mentor出版社1991年出版的该书简装本封面。

者》，它们可以说是亚裔美国人"思想和语言的独立宣言"。[1]值得注意的是，在选集的引言中，赵健秀等批判容闳、黄玉雪、刘裔昌、林语堂、黎锦扬等前辈，说他们接受白人至上的观点、迎合白人猎奇心理，为得到白人的接受，有意识地用白人赋予华人的忠诚、顺从、消极、守法的好人形象规范自己的行为，并将他们的作品排斥在外。

20世纪四、五十年代出生，六、七十年代登上美国文坛的这一代作家中最成功的无疑是汤亭亭。1976年她发表《女勇士》后一举成名，此书目前已经被列入美国经典书目，但人们对它的评价是有争论的，尤其是在作品刚发行时。当初，出版社为了便于销售将书作为"自传"发表。[2]实际上，《女勇士》是一本相当复杂的后现代小说，和人们固有概念中的"族裔"作品迥然不同。从内容看，《女勇士》以母女关系为主线，抨击中华传统文化中对妇女的歧视，表达了打破沉默的必要性等等，显示了女性主义小说的特色。从结构、形式看，作者用拼贴的手法把个人的回忆、经历，家族女成员故事的富有想象力的再创造，以及经过她改写的中国和西方的神话传说、意象等融汇成一体。《女勇士》颇受误读该书的美国白人读者的欢迎，他们把这本"自传"当作了解中华传统文化的入门读物。赵健秀等则批判《女勇士》篡改历史，伪造传统，将中华文化描述为厌恶女性的，谴责汤亭亭用不真实、充满异国情调的情节来取悦读者。汤赵之间的分歧实质上是在种族、族裔、阶级、性别等矛盾冲突纠结在一起时，女作家能否选择性别歧视作为主题，是否所有的华裔美国作家都应该以种族歧视、民族主义主题为重，也涉及谁能代表"正统"的中华传统文化？华裔美国文化是否中国文化的分支等问题。赵健秀本人在《哎咿》和《大哎咿》中对最后两个问题的所持的态度是不同的，在《哎咿》中，他指出华裔美国文化的独特性，而在《大哎咿》中，他又强调华裔作家绝对不应让作品中的中国传统文化变形！细读赵健秀在《大哎咿》中题为《真真假假的亚裔美国作家们，大家一起来》的序文，我们不难看出他实际上是以华裔美国人的视角来审视、理解、诠释中华传统文化和古典文学作品的。

其实，女作家注重性别歧视主题、男作家侧重种族歧视主题都源于他们在美的不同经历。相当长期以来，华人女性的生活圈子大多局限在唐人街，她们不直接和白人种族主义社会接触，感受更多的是家庭中的男女不平等。而华人、华裔男性却被视为白人劳工的竞争者，受到残酷的排挤和打击。同时，早期的华裔美国妇女和同时期封建社会的中国妇女相比，处境相对要好些。首先年轻女孩子有受教育的权利；虽然她们在家中的地位不如男子，但是由于华人社会男女比例严重失调，"物以稀为贵"，人们对她们的举止言行不像中国封建社会对妇女那样苛求。

[1] Dorothy Ritsuko McDonald, introduction, The Chickencoop Chinaman / The Year of the Dragon, by Frank Chin (Seattle and London:U of Washington P, 1981) xix.

[2] Paul Skenazy & Tera Martin, eds. Conversations with Maxine Hong Kingston (Jackson: UP of Mississippi, 1998) 2.

他们笔下的华裔美国社会也依他们的出身、职业、接触的社会面等而有所不同,不能简单地把他们按照性别分类。尽管文学是虚构,但是他们的作品有助于我们了解美国和华裔美国。不仅如此,他们对于中国的描写,即便是带有东方主义色彩,如果我们能够心平气和地去阅读与思考,仍然可以从中得到启发。

### 2. 华裔美国文学是美国文学的分支

前一个时期,国内评论界曾有人试图或"争取"把华裔美国文学,尤其是其中的华文文学作为中国文学的一部分。我们认为华裔美国作家无论用英文或华文写作的华人在美经历的作品,都不属于中国文学的一部分。不过用华文写作的作家由于了解中华文化,写作对象又是华人读者,其作品的内容、视角、思想感情较用英文写作的作家更加接近中国作家。至于用英文写作的作家如汤亭亭,从不认为自己作品属于中国文学的一部分,她曾说:"实际上,我的作品中的美国味儿要比中国味儿多得多。我觉得不论是写我自己还是写其他华人,我都是在写美国人。……虽然我写的人物有着让人感到陌生的中国记忆,但他们是美国人。再说我的创作是美国文学的一部分,对这点我很清楚。我是在为美国文学添砖加瓦。评论家们还不了解我的文学创作其实是美国文学的另一个传统。"[1]对于汉学家指责她歪曲中国神话的批评,她说:"……他们不明白神话必须变化,如果神话没有用处就会被遗忘。把神话带到大洋彼岸的人们成了美国人,同样,神话也成了美国神话。我写的神话是新的、美国的神话。"[2]正因为如此,中国读者不应该用衡量中国文学、对中国作家的要求来批评他们,尤其是谴责他们伪造、歪曲中国社会历史文化;这是理解华裔美国文学的关键。

### 3. 华裔美国英文文学和华裔美国华文文学的同和异

华裔美国英文文学和华裔美国华文文学由于使用语言不同,针对的读者不同,特点也不尽相同。[3]概括地说,用华文创作的作家比用英语创作的作家享有更多自由,尤其是处理高度敏感的主题时可以不考虑主流社会的社会准则、规范。他们探讨的有争议的主题与华裔美国英文文学不同,如华人和其他种族和少数族裔的关系;华裔美国妇女的女权意识;非闹市/非商业区和闹市/商业区华人的不同利益——前者为住在郊外、已经融入主流社会的专业人士,后者为住在与外部世界隔绝的华人聚居区里的贫困移民劳工;华人移民和在美国出生的华人的相互排斥;跨种族的恋爱问题,等等。不过,虽然他们在创作时可以不考虑主流社会的社会准则、规范,

---

[1] Paula Rabinowitz, "Eccentric Memories: A Conversation with Maxine Hong Kingston," *Conversations with Maxine Hong Kingston*, eds. Skenazy, Paul & Tera Martin (Jackson: UP of Mississippi, 1998) 71-72.

[2] Maxine Hong Kingston, "Personal Statement," *Approaches to Teaching Kingston's* The Woman Warrior, ed. Shirley Geok-lin Lim (New York: The Modern Language Association of America, 1991) 24.

[3] Xiao-huang Yin, *Chinese American Literature since the 1850s* (Urbana and Chicago: U of Illinois P, 2000) 157-228. (尹晓煌. 美国华裔文学史. 徐颖果主译. 天津: 南开大学出版社, 2006)

但传统中国价值观对他们仍有限制和约束。

用英语写作的华裔美国作家，尤其是移民作家，往往对美国社会问题闭口不谈，他们倾向于描写符合公众想象力的形象，而用华文写作的作家能够没有顾虑，更加直率地讨论华人群体以及美国社会存在的问题，如华埠的贫困和犯罪；同时，与一些华裔美国英文文学作品不同，这些作品表明华裔美国人并不都是成功人士、模范少数族裔。

尤其是在跨种族的恋爱问题上，两类作家有明显的不同。在美国文学中，有色人种男性和白人妇女之间的关系一直是敏感的主题，也令主流社会公众担忧，由此导致19世纪末、20世纪初立法反对跨种族婚姻。因此，用英语写作的跨种族爱情故事多发生在白人男子和华裔女子之间；如果是在华人男子和白人女子之间，那么通常是白人劳动妇女爱上了上层的华人男士。这是基于视华人为"低劣"种族的观念——认为地位稍高的白人妇女更愿意选择白人男子。用华文写作的作家却描写白人妇女和华人男子的性爱，其目的是为在美国大众文化中的华人刻板印象翻案，美国传媒尤其喜欢谈论华人卖淫问题，华文作家如此打破禁忌给了读者某种心理平衡和安慰。

尽管华文作家无须害怕得罪美国主流社会读者，但由于他们的读者既包括在美移民，也包括中国读者，因此作家既要满足圈内人希望作品真正反映华人在美国生活的愿望，又要照顾到圈外人希望阅读"野蛮人天堂"中的离奇生活故事的愿望；同时，传统中国价值观对他们有限制和约束。於梨华1969年在台湾发表的《儿戏》，因描写十三四岁的学生"偶然"通过玩"游戏"发现性的秘密和快感，触犯了中国社会的传统道德准则，在台湾引起争论。

由于读者为华人，同时强烈地希望探索一条自己的文学道路，华文作家大多描写移民经历，以种族主义，寄居他乡的痛苦，同化和疏离的困境，华裔美国群体中贫富华人的利益冲突，在异国的艰辛生活等为主题。而华裔作家倾向探讨文化身份、代际冲突、在美出生的华裔美国人的思想感情等。

**4. 华裔美国英文文学的独特性**

华裔美国英文文学通常有以下几大特点：

首先，前面说过，亚裔、华裔美国作家和作品的命运是由当时美国的国内外形势决定的，这是亚裔/华裔美国文学，尤其是华裔美国英文文学的一大特点。

其次，华裔美国文学和华裔美国历史之间的相互作用比起其它国别文学和历史之间的关系更加密切。华裔美国文学不仅是特定历史的产物，而且许多华裔美国英文作家通过文学来恢复美国历史的真面目、通过书写华人对开发建设美国，尤其是美国西部所做的贡献来证明他们有权称自己为美国人。

再次，华裔美国作家笔下的中国文化是他们的再创造。

既然华裔美国文学是美国文学的分支，华裔美国作家笔下的中国文化便是他们的再创造，他们传达的就不是原汁原味的中国文化。何况华裔美国作家认为自己首先是美国人。他们的作品也表明他们对中国文化远不如对西方文化熟悉，引用时难免出错。例如，汤亭亭在《孙行者》中大量引入《三国》、《水浒》中的人物，但她把关云长写成了关长云（Gwan Cheong Wun），地慧星一丈青扈三娘成了"Ku San the Intelligent"，让唐三藏对孙悟空说"我敢打赌你翻不出我的掌心"等。[1]挪用、改写中国古典文学是汤亭亭的写作手法之一，但以上显然不是有意的戏仿，而是无意的出错。

华裔美国作家的作品中有关中国文化的部分其实是他们创造的华裔美国文化。关于这一点，徐忠雄在他编写的《亚裔美国文学选集》的序言中说得好：

> 美国每个小城镇都有中国餐馆卖"华裔美国食品"，这种食品是在美国发明的，类似从前的中国食品。福饼和杂碎（chop suey）[2]是美国原创。

的确，在中国根本就没有什么"福饼"，它和杂碎一样，是在美华人的创造。实际上，当今的不少美国白人作家也是创造性地利用希腊神话、一千零一夜以及白雪公主等故事来写作的，例如，约翰·巴斯的《吐火女怪喀迈拉》或唐纳德·巴塞尔姆的《白雪公主》。

值得一提的是，在对待中国文化的问题上，赵健秀在《大哎咿》中的态度与在《哎咿》里完全不同，他以捍卫传统中国文化自居，大量引用《三国》、《水浒》、《西游》以及孙子、司马迁等等，以表现自己有正统的中国古典文学知识，并将中国文化传统定义为"英雄主义"传统。赵健秀把《水浒传》看作是《三国演义》的续编，后者探讨报私仇的道德观念，前者则表现大众报仇、反对腐败官府的道德观念，或"天命"；赵健秀认为这两种观念正是孔子的基本思想。而《西游记》的"齐天大圣"又表达、发展了《水浒传》中的一百单八将的精神。赵健秀把孔子看作是史学家、战略家、武士，因此和孙子有共同点。他认为，中华文明的传统是信仰"人人皆生为战士，生来就是为维护个人的完整人格而战。一切艺术皆武术。写作即战斗"，《孙子兵法》正是培育了"生活即战争"的精神。[3]由此可见，不通晓中文的第五代华裔赵健秀，他的作品中的中国文化是华裔美国文化，是华裔美国作家的再创造。而赵健秀的孔子

---

[1] Maxine Hong Kingston, Tripmaster Monkey: His Fake Book (New York: Alfred A. Knopf, 1989) 140, 138, 285. 汤亭亭似乎把"一丈青"译成Pure Green Snake,并将其别名误认为"母大虫"，在298页扈三娘又写成Miss Hu the Pure, 因此138页的Ku也可能是印刷中的拼写错误。

[2] Chop suey来自粤语tzap-sui, 炒杂碎，一种重要由豆芽、竹笋、荸荠、香菇、肉或鱼等做成的美式中国菜。

[3] Frank Chin, "Come All Ye Asian American Writers of the Real and the Fake," *The Big Aiiieeeee! An Anthology of Chinese American and Japanese American Literature*, eds. Jeffery Paul Chan, Frank Chin, Lawson Fusao Inada, and Shawn Wong (New York: Penguin Books USA Inc., 1991).

是应华裔美国人的斗争需要而产生的华裔美国人的孔子，不是我们中国人熟悉的孔子。

### 三 如何理解华裔美国文学中的中国和看待华裔美国文学中的东方主义？

既然华裔美国作家创作的是虚构的文学作品，就不能把他们的作品当作真实的历史或社会现状来读，尽管这些作品与作家创作时的中、美两国国内社会状况以及中美两国之间的政治、军事、外交、经济关系以及当时的国际风云变化等因素关系密切。国内成熟的读者已经不把美国文学当作美国历史或现状来看，但是也有一部分人看了美国通俗小说或好莱坞电影后，误以为美国人私生活如此不检点！不过，相比之下，美国人对中国的了解远不如中国人对美国了解多，许多非亚裔/华裔读者甚至评论家确实对华裔美国作家的作品中描写的一些情况信以为真，误认为是中国真实的历史或社会现状的写照，称赞作家某些细节的描写增加了对"神秘"的中国和中国文化的了解，因此有责任心的华裔美国作家在创作时，的确需要考虑"无知"的普通美国读者受到主流文化中的东方主义影响，以避免进一步误导他们。

美国生、美国长、又受美国教育的华裔作家，他们的作品中存在东方主义不足为奇，这是居于强势地位的美国主流文化造成的。另一方面，绝大多数华裔作家由于血缘的联系，对中国和中国人并没有敌意。

至于华裔美国作家从美国人的视角来看待或批评中国以及中国传统文化和价值观的作品是否都属于东方主义，这需要具体分析，主要看他们反映的是否"确有其事"，批判的是否有道理。

华裔美国女作家的作品中反映最多的是中国传统文化对妇女的歧视，尽管有些事例不准确，"大方向"还是值得肯定。我们中国人在自己同胞中批评中国时常常毫不留情，但是听不得外国人同样的批评，身在国外时尤甚。尽管我们在美国人面前评论中国时大多是有保留的，但是我们却十分欣赏美国朋友在我们面前对美国政府和社会的尖锐批评。我们对华裔美国作家是否有时有着某些苛求？黄哲伦有一段话值得我们深思：

> 通常亚裔美国作家听到最多的批评是在作品中补充、强化了刻板印象……《蝴蝶君》因补充、强化女人气的亚洲男子刻板印象受到批评。《喜福会》因补充、强化亚洲男子不怎么样这一概念受到批评。赵健秀批评《女勇士》和《新移民》引用的不是真正地道的神话。而他自己的剧作当初在西雅图上演时也因为补充、强化说结结巴巴英语的唐人街导游的刻板印象而遭到亚裔美国人示威抗议。[1]

---

[1] "Authenticity and Asian-American Art (Lecture delivered at MIT, April 15, 1994)(.)，" *Voices of Multicultural America: Notable Speeches Delivered by African, Asian, Hispanic, and Native Americans*, 1790–1995. Ed. Deborah Gillan Straub. New York: Gale Research, 1996. 567–578.

另一点需要考虑的是作家为了出版，往往要做妥协（这种"先获得发言，然后再考虑其他"的办法也不失为一种策略）；比较典型的例子是黄玉雪的《华女阿五》。尽管作者写作的初衷是想"使美国人更加了解中国文化"，"使华人的成就得到西方世界的承认"，但美国当局看重的是黄玉雪可以以现身说法表明"一个穷苦中国移民的女儿能够在有偏见的美国人中获得立足之地"，作为少数族裔的美籍华人可以从美国民主制度中受益。因此，《华女阿五》1945年出版后，美国国务院不仅出版了该书的日语、汉语（香港版）、乌尔都语、孟加拉语、泰米尔语、泰语、缅甸语等亚洲国家和地区语言的译本，1953年还出资请作者到45个亚洲城市做巡回演说。华裔作家赵健秀因此怒斥黄玉雪为"汤姆叔叔"。黄玉雪生活在美国排华最严重的加州，但书中只有两处轻描淡写地提到对华人的种族歧视。是黄玉雪有意回避，还是另有其他原因，我们不得而知。只知道该书是在黄玉雪的英语老师和出版社的编辑鼓励之下写成的，最后定稿主要出于她们之手。编辑伊丽莎白·劳伦斯删去了原稿的三分之二，剩下的部分由老师艾丽斯·库珀协助串连。据黄玉雪本人说，删去的是"过多涉及个人的"的部分。她对采访者解释说："有些东西没有了，我原本是希望保留在书里的……每个人做事都有他的目的。因此，你知道，你多少得和他们一起干。"因此，难以判断谁该对无视种族歧视这一重大问题负责。黄玉雪解释说，她从小生活在唐人街的华人世界，很少和白人接触，上高中和大学接触的是学术圈。值得指出的是，黄玉雪只是在毕业后找工作时才第一次接触美国劳工世界，即一般称之为"男人的世界"。她进入白人主流社会时正值二战期间，中美为同盟国，美国公众对华人较过去关注，态度也比以前友好。

至于对一些女作家的批评，例如说谭恩美在作品中将"过去的中国"与"现在的美国"对比，描述中国封建迷信、夸大中国传统文化中的糟粕，将个别写成典型而产生东方主义或"一种东方主义效果"，这一问题值得探讨。对作家而言，关于错位比较的批评确实值得重视，因为这种比较一来有失公允，二来作家会失去对中国有一定了解的成熟读者的信任，同时又会误导无知、受东方主义影响的读者。此外，我们还需要研究：

1）作家这样写主观上有否为出版而取悦白人主流强势文化的意图；

2）自愿流放到美国的华人都有离开中国、向往美国的原因，他们该如何反映这些中国背景才不至于落入"东方主义"；

3）中国文化中有否这样的糟粕，比如歧视、压迫妇女，封建迷信，赌博等。

华裔作家对作品中的"东方主义效果"应该付多少责任也值得考虑。是否有把华裔文学当作真实的历史或社会现状的误读现象？而又是谁该首先对误读负责？华裔作家有自身独特的审视两种不同文化的优势，但也有其特殊的难处，其中相当一部分来源于读者的"无知"，而这种无知又是主流强势种族歧视文化的"熏陶"造成的。姑且不说华裔美国作家作为美国人，不可能不受美国主流社会强势文化东方主义的影响。我们相信有使命感的华裔美国作家会清醒地认识到这一问题。

华裔美国文学作为美国多元文化的独特产物,它有不同于中国文学的特质,但又割不断与中国文化千丝万缕的联系。提倡华裔美国作家的绝对独立或绝对继承既不可取也不可能。由于自幼生长的环境和所受教育,华裔美国作家对中国文化的理解和继承是独特的。这些在美国土生土长的华人后裔,与中国文化的联系基本都是通过父辈甚至祖辈对往事的追忆和其他间接的渠道建立起来的。他们与生俱来的中国血统和父母潜移默化中传授给他们的中华文化使他们不可能像普通的美国人那样来看待东方和中国;同样,由于在美国土生土长,他们也不可能像中国人或他们父辈那样去看待东方、中国乃至中国文化。至于他们"完全以认同居住国的主流话语的方式写作",这也不大可能。由于有所谓的"肤色制服"(color uniform),尽管白人或华人同样认为自己是美国人,华人注定不可能把自己当作、也不大可能被其他人看作是白人的同类,1998年华裔美国花样滑冰选手关颖珊获得奥运会亚军时,NBC 网络新闻站出现标题《美国人击败关夺冠》就是一个很能说明问题的例证。黄皮肤的亚裔/华裔美国人对许多事物的感受肯定与白皮肤的欧/英裔美国人不同、甚至截然不同;种族歧视在美国不是短时间内就会消亡的。

尽管华裔美国作家不是在"宣传"中国文化,但华裔美国文学中提及的中国文学、传统习俗、历史人物等无疑会引起美国和西方读者对中国文化、历史等的好奇和兴趣,如美国的"花木兰"热恐怕要归功于汤亭亭的《女勇士》。在挪用中国古典文学、历史人物故事时有一个有趣的现象:男作家偏爱《三国演义》的桃园三结义,赞赏《水浒传》中的好汉;女作家则心仪花木兰、梁红玉等;孙悟空,尤其是关公在华裔美国文学作品中屡屡出现。至于中国人熟悉的牛郎织女;灶王爷等传说也为作家创作提供了素材。

可以断言,随着中国经济发展、国力增强,世界会对中国更加关注,华裔美国作家也会更认真、自觉地深入学习了解中国文化,并在创作中更好地利用它来表现华裔美国文学的独特魅力。

**四 中国大陆的华裔美国文学研究与译介**

**1. 我们为什么要研究华裔美国文学?**

华裔美国文学值得关注,不仅因为它是美国多元文化的重要组成部分,除了本身的文学价值外,还有助于我们全面地了解美国是一个什么样的国家。新移民,尤其是有色人种的新移民,带着"美国梦"去到美国,但很快就明白要融入美国社会,得到主流社会的接纳绝非易事。美国白人享受的民主、平等、自由对他们来说并非唾手可得,通常是要通过几代人的努力,而最后真正成为"成功者"凤毛麟角。作家与作品都是时代、历史的产物;个人命运、尤其是海外华人的命运,总是与祖居国的强弱和国际地位分不开的。因此，尽管不能把华裔美国文学作品作为真实的历史或社会现状来读，中国读者还是可以从中了解不少文学以外的背景知识，有助于扩大我们的视野，加深认识个人与国家、世界的关系以及作为中国人的责任和使命感。

华裔美国文学的价值在于它不仅有助于我们了解美国、了解华裔美国、也有助于我们了解自己。对有心的中国读者来说，华裔美国文学还可以作为"反思文学"来读。我们可以了解中国传统文化对海外华人的影响，经过几代人以后，华裔美国人还保留了传统文化中的哪些价值观和习俗，这些正是中华文化中最根深蒂固的元素。譬如，刘裔昌的父亲刘发源[1]十二岁就移民美国，西化的程度很高，但他仍然是一个实用主义者。他保留了相当多的中国文化传统观念：相信"人之初性本善"，敬奉祖先，信奉仁义礼智信五常 (164)。他坚守"一朝唐人，永世唐人" (106)。他对宗教的态度是：要先填饱肚子才能谈灵魂的事 (170)。他经商以诚信为本 (100)；认可包办婚姻 (225)；认为华人家庭是社会的一个单位，一个成员的遭遇会影响全家 (229)。他55岁的继母，尽管大半生在美国度过，讲起"孝道"时宛如牧师谈到"上天" (295)。以上这些思想、观念在当今的中国人中仍然很普遍。思考、研究传统观念中哪些有助于或有碍于华裔美国人成功，这些反过来会加深我们自己对中华文化中精华与糟粕的认识。

用英文写作的华裔美国作家多属第二、三、四、甚至第五、六代华人，他们受的是美国教育，往往用不同的眼光来审视老一辈人的传统价值观和所作所为，对中华民族的优良品质和劣根性往往看得更清楚，更客观。即便是作品中带有东方主义色彩的内容，由于我们在中国不是"弱势群体"或"他者"，客观环境允许我们心平气和地审视华裔美国文学中提出的一些问题。比如：《吃碗茶》所揭示的个人和家族的关系、家长作风、父子关系、歧视妇女、面子问题、"为亲者讳"等情况在目前中国仍然存在。有些我们认为理所当然的东西值得进一步思考，如"知恩报恩"。汤亭亭在《中国佬》中提到她新会老家的亲戚来信要钱买自行车，她寄钱时，母亲说："我要在信上交代清楚，那钱是你寄的。" 但汤亭亭认为"没有必要这么做"，她说："我可不想要任何人永远感激我。" 她在书中也提到父辈为了筹集到美国的路费，需要借债，除了付高利贷外，"同时大家都清楚，从此我们家，包括子孙后代，即使在付清了债务以后，也应该对那两家人永远感激，不管将来这两家的子孙生活在何处。"

中国人的道德观是"滴水之恩，当以涌泉相报"，汤亭亭的话却让我们反思。"知恩报恩"固然是对的，但同时受人恩典后也使许多人产生负担。一家报刊曾披露某贫困农村里一个女孩考上了大学，村里许多人都热心地拿出一元、两元帮助她筹集学费、路费，有的老大娘没有钱就拿几个鸡蛋来表示心意。后来她上了大学，村里人

---

[1] Lowe Fat Yuen, meaning Source of Prosperity, 见Pardee Lowe, *Father and Glorious Descendant* (Boston: Little, Brown, 1943) 76. 后面引用该书时均用括号内页码表示出处。

凡是到城里的，必定到她那里歇脚，由她招待。每次回家，她也要给大家备齐礼物，这种报恩一直持续到她毕业、工作、直到永远，如今她已经不堪重负了！因此我们应该提倡不要求回报地帮助他人，同时受惠者要记得他人的无私帮助，有机会、有条件时，以同样的精神帮助需要帮助的人，而不是仅仅回报、感谢帮助过自己的人。这点许多人已经做到了，但不少人可能仍然保留着旧观念。

在林露德写的关于19世纪华人刘锦浓的传记小说《木鱼歌》里，少年吕金功被芬妮·伯林格姆收为养子，受报恩思想的影响，他大半生为她家无偿服务。由于他吃、住在工厂主老伯林格姆家，他不敢参加华工的罢工斗争，遭到同胞疏远。老伯林格姆剥削他，只给他极少工钱，不让他还债和寄钱养家，因此国内亲人饿死时，刘锦浓深受自己良心以及华人同胞的谴责。尽管在范妮·伯林格姆的帮助下，刘锦浓培育出以他命名的获奖优质橙，对美国柑橘业的贡献以数百万美元计，1933年和1940年分别在芝加哥和纽约举办的两次世界博览会上，美国的佛罗里达馆里都展示了他的成就；但他最后仍然是一个边缘人，一个和祖国与家人断了联系、在异国他乡既无家庭又无华人朋友的孤独名人！《木鱼歌》主要说的是刘锦浓的"成功"历程和他为此付出的巨大代价，不过读者从中也看到白人、华人和黑人三种不同的文化和价值观及它们之间的冲突。值得我们反思的是：造成刘锦浓的喜、悲剧的内因和外因是什么？有哪些社会历史原因？中国人推崇的"以德报怨"、"滴水之恩，涌泉相报"的美德到底应该掌握到什么尺度？今天中国的国际地位无疑对海外华人的生存状况产生极大的影响，作为华人如何很好地利用这些外部条件，如何批判地继承中国的文化传统，作为中国人又怎样从海外华人的奋斗史中汲取有益的教训，这也是华裔美国文学对我们提出的一个重要课题。

**2. 关于在研究中借鉴黑人文学批评的问题**

华裔美国文学与非裔美国人文学的确有相似之处，可以相互借鉴。华裔和非裔美国人同样受种族主义之害，华裔和非裔作家也有相同的难处，他们下笔时总要考虑写作对象/读者：

詹姆斯·W·约翰逊（James Weldon Johnson）说美国黑人作家落笔创作时就遇到左右为难的特殊问题——他要对谁讲话，对自己的黑人群众，还是美国白人？[1]

杜波伊斯（W. E. B. Du Bois）说：黑人到底应该采取什么立场？如果单独组织活动，有人会叫喊这是"Jim Crow!"/种族隔离；如果和白人一起组织活动，会被人怀疑为"叛徒"。如果为了缓解饥饿，在得不到整个面包的情况下，我们领取半个面包，有人会说这是"妥协"，如果我们放弃那半个面包而挨饿，同样的人又会谴责我们为

---

[1] Carla Kaplan, ed. *Zora Neale Hurstan: A life in Letters*( New York: Doubleday, 2002) 26.

什么不行动。[1]

在1926年哈莱姆复兴运动的鼎盛时期,杜波伊斯在《危机》(Crisis)杂志题为《调查问卷》的栏目中提出以下问题:

(1)黑人或白人作家描写黑人时,有无义务或受限制必须描写某种类型的人物?

(2)作家会不会因描绘某一人群中最卑劣或最优秀的人物而受到批评?

(3)一些小说中描写有文化、有成就的黑人,出版商以人物与白人没有差别,不能引起读者兴趣为由而拒绝出版,这些出版商是否会受到批评?

(4)黑人在不断被描绘得很坏又被公众认为他们确实是像描绘的那样坏时该怎么办?

(5)美国有文化的黑人凄楚、受屈辱、悲惨的状况是否可以用至少和"Porgy"[2]得到的同样的真诚、同情的笔调来做艺术处理?

(6)难道不断描写卑鄙、愚蠢、犯罪的黑人不会使世人相信这些、而且只有这些才是黑人真正的本质,同时既阻止白人艺术家了解其他类型的黑人,又使黑人艺术家不敢描写其他类型的黑人?

(7)是否存在真正危险,即年轻黑人作家被诱导去随大流,描写下层社会黑人角色而不去寻求真实地反映他们自己以及他们所属的社会阶级?[3]

华裔美国作家,尤其是早期作家,遇到同样的问题。此外,有的黑人男作家,或有时黑人男作家似乎对黑人女作家作品批评黑人男权思想颇不以为然,认为黑人的问题主要是反对种族主义压迫,华裔男女作家中也存在类似矛盾,最典型的是赵健秀对汤亭亭的批判。

亚/华裔美国人深受以非裔美国人为主导的民权运动的影响,提高了自己的民权意识和觉悟,这已经是不争的事实。华裔男作家如赵健秀非常推崇黑人的战斗性,他笔下的主人公,如《鸡舍中国佬》(The Chickencoop Chinaman)中的谭林,常在举止言谈中有意模仿黑人;赵健秀也十分钦佩、赞赏黑人文化在美国文化中占有重要的一席之地。

华裔美国文学评论还经常借鉴黑人女性文学批评,在审视男女与母女之间的关系时将女权问题放到种族、阶级之中来讨论。

但华裔美国人和非裔美国人生存状态各不相同:

---

[1] Nathan Irvin Huggins. *Harlem Renaissance* (New York: Oxford UP, 1971) 47.

[2] Dubose Heyward于1925年发表的一本有关一南方跛脚黑人乞丐的故事,改编成戏剧后得普利策奖。

[3] J. Martin Favor. *Authentic Blackness: The Folk in the New Negro Renaissance* (Durham & London: Duke UP, 1999) 9-10.

（1）对传统的继承不同。华人的祖居国有悠久的历史文化，非洲大陆也有很长历史，但由于中国长时期是统一的国家，因此有"统一的、不间断地流传"下来的文化传统；非洲各族裔、部落似乎未形成一个统一的非裔人可以继承的共同文化遗产。在美洲，由于生活在白人中间，经过数代后，黑人的思想意识受主流社会的影响比华人大；

（2）黑人虽受种族隔离，但他们和白人的关系比华人和白人的关系密切得多，尤其是在南方，黑人和白人之间是一种"既爱又恨、谁也离不开谁"的关系，还有一部分人兼有黑、白两个人种的血统；

（3）黑人在语言和宗教上受欧/英裔美国人影响更大；黑人英语是英语的一个变种语体，黑人说英语是他们和白人关系紧密的结果，不统一的非洲多种族语言几乎在绝大多数非裔美国人之中失传，尽管体现非洲文化特色的音乐和口头民间故事仍然世代传承。不通晓英语的华人则由于种族排斥，也为了自我保护聚居在唐人街，始终讲汉语，它也是始终维系华侨和华裔美国人中华文化传统的割不断的纽带。基督教对黑人的影响也很大，而华人较多受封建儒家思想影响；

（4）非洲黑人音乐如布鲁斯/蓝调、爵士乐等不仅在内容、形式、节奏上不但对非裔美国文学影响很大，而且对白人主流文化和文学也有着不可忽视的影响。华裔美国文学除挪用欧美神话传说外，多数借用中国古典文学、神话传说和历史；

（5）两个人种的民族性格不同。黑人性格较外向，喜欢辩论，节奏感强，常用音乐、舞蹈形式表达思想感情，华人较含蓄，思想感情往往不外露；

（6）黑人和华人的价值观不尽相同，以"家"为例——华人重视"家庭"，以"家"为社会的基本单位，也以家族为后盾，在家庭中父母子女各自遵守一定的规矩，如父母的责任和子女的孝顺等；而黑人在美国从沦为奴隶后，就难以保持完整的家庭，由此也造成黑人妇女之间有比华人妇女之间更加密切的依赖、团结和姐妹情谊。由于生活在白人中间，黑人的一些价值观更受美国主流社会的影响，例如，他们在民权运动中表现出争取《独立宣言》中的美国理想和基本公民权的思想意识。

### 3. 中国人研究华裔美国文学有自己的独到之处

大陆学者的外国文学研究，传统上是以细读文本为主，结合历史和作者本人的背景、经历和其他著作来解读作品，这种建立在文本基础上历史地辩证地研究文学的方法，至今并未过时。

就外国文学研究而言，和外国学者相比，外国文学领域里的中国学者引用的理论大多是从国外学来的，目前似乎还没有或很少用中国的文艺理论对外国文学进行研究分析。就华裔美国文学研究而言，中国学者基于对中国社会、历史、传统文化的熟悉和了解，在辨析华裔美国作家引用、改写、挪用中国古典文学、神话传说、历史人物等方面有着比亚裔美国学者或美国学者的优势。

华裔美国作家不仅改写中国故事，他们同样改写外国故事。了解西方文学、文化的中国学者在这方面也有自己的优势，能深切比较华裔美国作家所用的中西方典故。例如，在《中国佬》中，汤亭亭改写英国笛福名著《鲁宾逊漂流记》，她的华裔美国故事是"劳宾孙(Lo Bun Sun)历险记"。她解释这个华人的名字Lo为"劳"、"裸"、"骡"、"罗汉"，即使在无人监管下他也会老实地劳作，他是赤身裸体的动物，像无性的骡一样辛勤工作；Sun则是"身"、英语的"儿子"（son）、汉语的"孙子"，还有"新"的意思。作者利用广东方言同音词的联想，生动地刻画了漂流到美国的早期华人形象：他赤身裸体像骡一样辛勤劳动，孤身一人过着无性的单身汉生活，他既是儿子，又是孙子，代表几代人，他也是新的美国人。劳宾孙喝药酒治病、用药酒擦抹治疗跌打损伤；他种豆子做豆腐和酱油；用稻草铺屋顶、编草鞋、做雨伞、蓑衣；使用毛笔等"文房四宝"。这个华人劳宾孙和英国的鲁宾逊最大的不同是——后者是个殖民者，后来回到岛上发展生产并成了总督，而前者是个叶落归根的人，72岁退休回到了祖国。汤亭亭在改写鲁宾逊中表达了她受中华传统文化影响下的华裔美国人的价值观。

**4．华裔美国文学在中国大陆的翻译**

大陆华裔美国文学的译介和研究同台湾相比，晚了多年，[1]台湾学者单德兴等人的华裔美国文学先期研究对大陆的华裔美国文学研究影响不小。我们不仅从他们那里获得了大量有关信息，而且还了解到一些华裔美国作家的中文名字。尽管在1985年广东人民出版社出版了阿良翻译林露德的小说《千金姑娘》（Thousand Pieces of Gold），但更多的华裔美国文学中译本则是在1998-2004年间面世的。漓江出版社出版了汤亭亭的《女勇士》和《孙行者》；译林出版社出版了汤亭亭的《中国佬》、任璧莲的《典型的美国佬》、黄玉雪的《华女阿五》、赵健秀的《甘加丁之路》、李健孙的《支那崽》和《荣誉与责任》、雷祖威的《爱的痛苦》和伍慧明的《骨》。

过去我们不熟悉华裔美国作家的中文名字，只能用音译，目前国内仍然有一些学者主张华裔美国作家的名字应以音译为主，理由是他们是美国人。但是，多数人主张用他们的中文名字，因为他们不仅是美国人，还是华裔，用中文名字能表示他们的"华裔"身份。何况不少华裔美国作家是认同自己的中文名字的，如汤亭亭、任璧莲、谢汉兰等作家赠送给北京外国语大学华裔美国文学研究中心的作品都签了自己的中文名字，这也许是她们会写的极少数汉字中的几个字。更重要的是，许多第一代华人移民是以"契纸儿子"的身份进入美国的，他们从踏上美国的第一天起，就失去了自己祖祖辈辈传下来的姓氏，改姓对华人来说是既心酸又无奈的事，因此他们的后代一旦有机会，便要恢复原姓，如Frank Chin的全名Frank Chew Chin中的Chew就

---

[1] 1994年单德兴、何文敬主编的《文化属性与华裔美国文学》已在台北出版，而同年在四川大学召开的美国文学研究会年会上，只有包括吴冰在内的两篇有关华裔美国文学的论文。

是"赵"，Shawn Wong解释他的中文名字时说，他出生时的中文名是徐忠雄，英文名为Zhongxiong Xu，后来父亲去世，母亲再嫁，继父姓黄，他的英文姓也改作Wong。在学校时，尽管他名叫忠雄，同学们都称他为Shawn，因此，他的英文名就正式改为Shawn Wong。又如，为什么诗人Nellie Wong的中文名字有时是"朱"丽爱而不是"黄"丽爱？华裔美国历史学者麦礼谦(Him Mark Lai)先生对此解释说，原来她父亲本姓朱，但以"黄"姓进入美国。同样，华裔美国历史学者Judy Yung（杨碧芳/谭碧芳）父亲本姓"谭"，但以"杨"姓进入美国。Judy一直用"杨"为姓，直至父母去世才改姓"谭"，但许多人仍然沿用"'杨'碧芳"这一中文名。麦礼谦先生透露说，他的父亲本姓"麦"，但是以"黎"姓进入美国，因此他的英文姓是Lai。由此可见，华裔美国作家的中文名字都有来历和文化内涵，我们应当尊重和珍视他们的中文名字。时下中国报纸上偶尔出现美国华裔或华侨的汉语拼音名字，是新闻界来不及考证的时效性造成的，不足为训。当然，在翻译华裔美国文学作品时，在偶尔对华裔作家的名字无法追根求源的情况下，只能采用音译，那是不得已而为之。

华裔美国文学作品翻译的难处不仅仅是在作者名字的翻译上，这还比较容易，如果作者健在，可以直接询问作者本人，而且麦礼谦先生用毕生心血积累的《华裔美国作家、学者、海外华人知名人士英中姓名对照表》还为我们在翻译中提供了弥足珍贵的参考资料，[1]更难的是对华裔美国文学作品中的历史、文化和习俗的辨析和考证，尤其常常难住译者的是华裔作家把广东方言中的人名和地名以及当地习俗转化成英语的表达，[2]这也是制约包括日裔、朝裔、越裔、菲律宾裔等等在内的亚裔美国文学作品翻译和研究的障碍，我们寄希望于有志于亚裔美国文学译介和研究的年轻学者。

随着中美文化交流的日益深入，华裔美国文学的译介和研究也逐步深入，我们去美国与华裔美国作家、亚裔/华裔美国学者直接交流，大批华裔美国作家、亚裔/华裔美国学者以及日本、欧洲和台湾学者也来中国大陆和我们交流。据不完全统计，来北京外国语大学华裔美国文学研究中心作访问、讲座或参加我们主持的华裔美国文学国际研讨会的作家和学者有：陈元珍(Yuan-tsung Chen)、张敬珏（King-kok Cheung）、陈美龄(Marilyn Mei-ling Chin)、谭雅伦(Marlon Hom)、黄桂友(Guiyou Huang)、任璧莲(Gish Jen)、汤亭亭(Maxine Hong Kingston)、金惠经(Elaine Kim)、李培湛(William Poy Lee)、梁志英(Russell Leong)、凌津奇(Jingqi Ling)、林永得(Wing Tek Lum)、段光中(Alice Tuan)、林涧(Jenny Wong)、王灵智(Ling-chi Wong)、黄秀玲(Sau-ling Wong)、徐忠雄(Shawn Wong)、郑绮宁(Eleanor Ty)、谢汉兰(Helen Zia)、刘海铭，日本盖尔·佐藤(Gayle Sato)，欧洲德博拉·马德森

---

[1] 见吴冰、王立礼主编《华裔美国作家研究》.天津：南开大学出版社，2009年: 560-568.

[2] 例证见吴冰《导论》，载《华裔美国作家研究》: 36-41.

(Deborah Madsen)、台湾单德兴、李有成、冯品佳等。我们在华裔美国文学译介和研究方面的一些收获,与和他/她们作文学交流分不开,值此机会向他/她们致意和感谢,希望继续得到的支持和帮助。我们特别怀念麦礼谦先生对我们热情而无私的帮助。本译丛将陆续推出亚/华裔美国文学经典作品,重点推出新人新作。本译丛的面世得益于吉林出版集团北京吉版图书有限责任公司副总经理、译丛策划人武学先生和责任编辑杨洋女士,在此表示感谢。

吴　冰

2010年12月22日

## 《望岩》译者序

在华裔美国作家中,以家庭、族裔的移民历史为题材进行文学创作的作家不在少数,而敢于直面华裔美国历史上种族主义移民法案所带来的创伤与灾难,用家族的亲身经历进行文学创作以挑战美国官方历史的作家并不多,伍慧明(Fae Myenne Ng, 1956—)可以说是在这方面最有勇气的一位女作家。1993年,她以《骨》为标题,创作出版了她的第一部,也是迄今为止最具影响的小说。她径直追溯先人遗骨的归宿、对几代人的命运进行了探究,这无异于是美国华裔对自身处境发出的天问。小说一经出版便受到了美国学术界、批评界的高度评价。今天,《骨》已经成为了华裔/亚裔美国文学的经典,走入了美国和世界很多国家的大学课堂。2007年它被首次译成中文,由译林出版社出版,在国内华裔/亚裔美国文学研究中吸引了学者们的广泛关注和深入研究。15年后,作者于2008年出版的第二部小说《望岩》(Steer Toward Rock)又延续了《骨》的主题,进一步挖掘了种族主义给华裔美国人带来的挥之不去的灾难性后果。小说以一个局内人的角度,从个人、家庭的历史透视了整个群族的历史,在官方书写的历史版本之外重读、重写被排斥至边缘的少数族裔被抹杀或被掩盖的真实故事,用以再现个人与民族的文化身份,挑战真与假、对与错、合法与违法这些本质主义的命题。

## 作者简介

　　伍慧明1956年出生于旧金山唐人街的一个第一代中国移民的家庭。她从小生长在一个讲广东话的家庭，自幼经历了她小说中描述的许多事情，如对血汗工厂中女工们制衣场景的描述，对肉铺里屠夫切肉、卖肉、与顾客打交道的细节描述都来自于她童年的生活经历。她于1978年获得了加州大学伯克利分校英语专业学士学位，1983年从纽约的哥伦比亚大学文学院毕业，获得艺术硕士学位。毕业后她在纽约的布鲁克林区的一家餐厅做女招待，同时利用业余时间修改完成了她的处女作——小说《骨》。期间她在加州大学伯克利分校教授过文学创作及写作课，还发表过一些短篇小说和一部电影剧本。2008年5月，伍慧明在潜心创作了15年之后，又出版了读者期待已久的第二本长篇小说《望岩》（Steer Toward Rock）。这是一部更加诗意也更为深刻的新作。在《望岩》中，作者直接用父亲的名字"有信"作为书中的主人公杰克·满·司徒的真实名字，并将小说献给了自己有着真假两个名字的父亲伍锦炎/蔡有信和母亲张杏芳，直接表明了小说的自传性。作为一名颇有建树的华裔美国作家，伍慧明获得过（美国）全国艺术基金会创作奖（National Endowment of the Arts, Writing Fellowship, 1990）、美国艺术与文学院罗马奖（American Academy of Arts and letters, Rome Prize, 1998）、美国全国图书奖（American Book Award, 2008）、古根海姆基金会奖（Guggenheim Fellowship, 2009）等多项大奖。

## 作品介绍

《望岩》延续了旧金山唐人街华人生活的题材。故事发生在20世纪60年代。出生在中国广东台山的年轻人梁有信向在旧金山唐人街开赌场的司徒金(他本人也是一位从淘金汉那里购买了身份赴美的"契纸儿子")购买了假身份,作为"契纸儿子"来到美国,用杰克·满·司徒的名字在唐人街以做屠夫、打零工为生。他每天拼命工作赚钱,以偿还来美所欠的债务。不久,杰克爱上了当地的华裔姑娘乔伊斯。乔伊斯的母亲在殡仪馆以清洗尸体为生,她本人白天在澡堂里为人递毛巾、晚上在戏院卖票。生活在社会最底层的乔伊斯一心想逃离唐人街,追求浪漫的爱情。不久,生活中相互关心的杰克与乔伊斯之间萌发了爱情,并很快与她有了女儿维达。但杰克知道,爱情对他们来讲是一种无法追求的奢侈,乔伊斯也是一个"追着比追到更好"的女人,是一个他爱却不能娶之为妻的女人。为了要遵守与"契纸父亲"司徒金在契约上的规定,杰克必须要娶一位司徒金在中国为他安排好的"契纸妻子"。而在以他的妻子的身份进入美国之后,这位女子真正的身份却将是他"契纸父亲"的"替代妻子"[1]。爱上的女人不能成为他的妻子,合法的妻子又无法成为他的女人,就连自己的女儿维达也只把他的"契纸妻子"伊琳当作"替代母亲"。种族主义改变了正常的家庭关系,使丈夫、妻子、儿女这样的常规家庭概念成为影子般的虚幻,变成了华裔美国人畸形的悲剧性宿命。无奈之下,杰克在1956–1965美国政府实施的"坦白计划"中向移民局坦白了自己的伪造身份,希望能以此来摆脱自己被人摆布的悲剧命运。虽然"坦白"的人不会遭到遣返和迫害,但也要交出美国护照,并随时听候"遣返处置"。"坦白"之后,"契纸父亲"司徒金被美国移民局遣送回国,杰克则同时失去了美国国籍和工作,还被司徒金派人剁掉了一只胳膊。乔伊斯生下女儿维达之后为了追求自由离开了杰克。杰克和"契纸妻子"伊琳一起承担起了抚养女儿长大的责任。事实上,杰克不仅没有能以"坦白"的方式解脱自己,反而使自己和身边的几位至亲好友都终生生活在"坦白"带来的阴影之中。在小说结尾,杰克在维达和伊琳的鼓励和帮助下申请恢复成为了美国公民,找回自己的身份和做人的尊严。

熟悉当代华裔美国文学的读者应该还记得,15年前,伍慧明在她1993年出版的第一部小说《骨》中,用一个华裔移民的女儿原因不明的死亡和它对死者家人幽灵

---

[1] 受"排华法案"的限制,和所有华人单身汉一样,这位父亲的结发妻子只能与子女一起留在中国,终生做丈夫名义上的合法妻子,永远无法赴美与丈夫团聚,所以书中的契纸父亲以这样的方式为自己在美国另娶了一位"替代妻子"。参见http://www.sfmuseum.org/hist11/papersons.html, http://www.usfca.edu/classes/AuthEd/immigration/paperson.htm.

般的纠缠为隐喻，书写了萦绕在她和同代华裔美国人心头的痛楚。我们看到，华裔美国历史上特有的"契纸儿子"、"契纸婚姻"和"契纸家庭"现象是许多华裔美国人无法言说的伤痛。在《望岩》这部新著中，伍慧明再次以自己的亲身经历为蓝本，向读者披露了1956年至1965年间麦卡锡政权在极端反共的政策下向华裔美国人实施的"坦白计划"（The Chinese Confession Program），展现了这个法令在华裔美国人几代人心灵上留下的难以愈合的创伤。所谓"坦白计划"是美国政府在实施了近百年的各种排华法案之后，在1956年至1965年之间又以阻止共党入境为借口，对在美华人进行的一次大规模的身份清洗和排查。美国政府强令以"契纸儿子"身份入境的华裔美国移民向移民局坦白自己的伪造身份，并规定继续隐瞒伪造身份的人一旦被查出将遭到被遣送回国的处置。面对移民局的盘问，"坦白"者大多会牵连整个家族，甚至包括朋友和邻居。因此，一时间整个唐人街的街头巷尾贴满了布告传单，气氛变得异常恐怖。很多人都会面临两种境况，要么是因为自己已经供出了他人而自责，要么是因为自己已经被他人供出而怨恨。[1] 作家以刻在印章上的"坦白"两个汉字作为整部小说中每一章的题目，读者每翻到新的一章都会看到这两个触目惊心的汉字，因此很容易体会到作者的用意。"坦白"意味着"遣返"，而作为种族主义的后遗症，"遣返"一词是伍慧明这一代华裔美国人从小学会的第一个中文词，它早已深深地嵌入了华裔美国人的集体无意识中，成为了时隐时现的幽灵，在人们的心中游荡。被遣返意味着他们付出的巨大代价会付之东流，在异国建家立业的梦想从此破灭，这将使他们丧失所有男性与民族的尊严。而不被遣返也并不是解脱：那意味着他们将永远生活在谎言和被遣返的恐惧之中。两种结果都不能不说是比死还要痛苦的生存状态。

实际上，杰克本人在踏进美国国境的那一刻就变成了一个影子，一个既不能做自己，又不甘心一辈子别人的幽灵。伊琳也是一样，她名义上是杰克的妻子，但实际上又是他父亲的女人，无法向人启齿的阴阳两面生活也将她变成了幽灵。这在美国的特定历史时期发生的错综复杂的家庭关系让华裔美国人几代人的心头都刻上了这样的字："不能说"（Don't tell）。"不能说"开始是政治、法律、经济等外在的原因导致的，而后来却逐渐变成了贴在华裔美国人身上的标签，成了这个美国少数族裔的集体属性——沉默。沉默是因为不能说，不能说反过来就使人变得更沉默。这种因加果、果加因，因果叠加的关系最终只能使得事情变得永远不可言说（unspeakable），成为永远只能藏在心里、哽在喉头的痛，挥之不去又令他们永远不得安生。就这样，戴在华裔美国人脸上的面具逐渐变成了面孔，直到后来连他们自己都无法分清哪个是面具，哪个是面孔。华裔美国人整个群族秘密的幽灵就被掩藏在

---

[1] 参见Peter Kwong and Dusanka Miscevic, Chinese America: The Untold Stories of America's Oldest New Community, New York: New Press, 2003.

了这摘不掉的面具后面。

最终，杰克选择了"坦白"自己的身份，"坦白"是他在苦思良久后做出的无奈的决定，因为不"坦白"他就无法摆脱作为"契纸儿子"的命运，无法开始自己的生活。但对美国政府的"坦白"却意味着无法向家人坦白，特别是无法面对由于他的"坦白"而被移民局遣返的"契纸父亲"。用作家自己的话说，杰克是一个为了爱选择了在法律上背叛的男人，是个在无奈的生活状态下被矛盾挤压得难以喘息的男人。小说表现的不仅是他向美国政府做的法律上的坦白，也是向自己、向家人和读者做道德上的坦白。他以平静的口吻叙述了他和其他华裔美国人生活中的许多惊心动魄、荒谬不经但却真实存在的事实。民族隐性的历史在个人叙事之中被不经意地凸现了出来，[1] 并得到了修正。

小说中最具悖论性的一幕发生在最后一章。在这一章中，作家把叙述的任务移交给了女儿维达。在离开唐人街、对所经历过的一切进行了远距离思考之后，成年了的维达决定用一种彻底的方式帮助父亲驱逐心中的幽灵。这个方式竟然是帮助年迈的父亲向移民局申请成为美国公民。入籍是杰克用坦白了自己"契纸儿子"的身份所换来的权利。一个"契纸儿子"以坦白自己伪造身份的方式获得美国公民的身份，这本身听起来就很荒谬，但这还并不是悖论的全部：在父亲眼中，成为美国公民对他来讲只有一个实际意义，那就是他能在晚年获得一生中自己做一次选择的自由——即获得在祖国和寄居国之间自由往来的自由。而更具讽刺意义的是，当移民局的官员询问杰克是用他"契纸儿子"的假名还是用他的真（原）名申请公民身份时，他在获得了选择的自由之后却早已丧失了选择的能力。况且，在他历尽艰辛的一生中，真名和假名早已没有了分别：真名已淡化成了一个符号，假名也已物化成了事实。真和假均已失去了本质意义，因为无论是真还是假，名字与身份都是社会建构的产物与权力的附属品，于他都失去了意义。

最终的决定还是女儿为父亲做出的——用他的假名申请公民身份。她这样解释了这个决定："我选择了他的假名，那个他已经用了大半辈子的名字，那个他为了爱放弃过的名字，那个使他真实的名字。" 杰克只有以假身份才能进入美国，又只有在承认了自己的"假"身份之后才能获得申请"真"公民的资格，这一切都是种族主义对人貌似天然的自然与社会属性的扭曲。伍慧明似乎是在用杰克的名字这个例子告诉我们，所谓的真实与虚假并不是绝对的二元对立的概念，它们是特定历史语境下的权宜的、相对的、在某些特定条件下甚至可以相互逆转的概念。如小说所展示的，在假身份之下人们付出和得到的都是真感情，在真感情中，身份的真假已变得无足轻重。对于唐人街上这样特殊的家庭关系，作者早在15年前出版的第一部小说

---

[1] 冯品佳. "隐无的叙事"：《骨》的历史再现. 见何文敬、单德兴. 再现政治与华裔美国文学. 台北：中央研究院欧美研究所. 1996. 第155页.

《骨》中就有过解释:"对于(我们这样的)家庭来说,时间比血缘更重要。"《骨》中的利昂是女儿莱拉的"契纸父亲",《望岩》中的伊琳是女儿维达的"契纸母亲",但在两部小说中那刻骨的父女情和母女情却是最让读者动容的,是华裔美国人在那段特殊的艰难岁月里培养出来的一种人间的美好感情。正是这种超越了亲情的美好感情支撑他们度过了那段艰难的岁月。小说以华裔美国人的真实生活经历和历史为题材,从真走到了假,又从假走到了真,最后在真既是假,假即是真的矛盾和悖论之后做回了自己。在这里,"真"和"假"这对二元对立的矛盾显然都已经失去了它们本质上的绝对意义,因为他们本身就是社会建构的产物,是权力的附属品,是在特定的历史语境下相对的、权宜的、甚至是可以互相逆转的概念。这对二元对立的西方思维模式无疑是一个颠覆性的挑战。

小说的叙事结构与风格也很是耐人寻味。《骨》中的叙事结构是海浪式的,一唱三叹般地讴歌华裔美国人父辈的坚强、勇敢、坚韧和不屈,而《望岩》的叙事结构也依然不是严格的编年史顺序。杰克是小说的主要叙述者,在他的叙述中间还穿插了其他人物的叙述,如伊琳、乔伊斯、维达的叙述。这样的叙述使读者在过去与现在、历史与现实、真实与虚幻之间不断穿梭,形成了很大的艺术张力。此外,小说中的很多描写现场感和画面感都极强:作者对旧金山唐人街的街道、肉铺、菜市场、餐馆、报亭的描写极尽细致之能事,对旧金山城市景物的描写(如海滩、礁石、有轨电车、唐人街附近的大街小巷和公园)既饱含深情又极富诗意。这些都会给读者留下深刻的印象。而小说中给人印象最深的描写无疑是杰克断臂的那场戏。作家对这样暴力的场面描写得有虚有实,虚实相间,虚幻中透出惨烈,震撼又不失美感,显示出了作家纯熟的艺术功力。

伍慧明花了15年的时间再现了这段残留在华裔美国人内心深处无法言说的历史,这在很大程度上对译者也提出了很高的要求。我们首先遇到的问题就是小说题目的翻译。小说最初的译名"向我来"是作者伍慧明本人所译,这是杰克儿时母亲带他驾船经过的河中的一块岩石上刻着的三个中文大字。为了更加准确、贴切地翻译小说的题目,译者曾与作者本人、美国著名亚裔美国文学专家张敬珏(King-Kok Cheung)教授、国内华裔美国文学专家张子清教授、吴冰、刘葵兰教授等多位学者进行过为期两个月之久的网上讨论。最终,在大家汇集的近20个题目中,经多易其稿,译者选择了"望岩"这个题目:它呼应了作者一贯俭约的写作风格,既简洁地传达了原著题目的基本意思,也展现了书中人物的目标"可望而不可即"的深层含义。此外,小说中从旧金山的街道、建筑名到广东台山小村庄的地名,从华裔美国人的姓名、广东话特色的英文到英语、粤语、普通话三语混杂所产生的独特表达方式,从贯穿小说始终的"坦白"计划的历史背景到移民局的各种法规、法案,凡此种种都需要译者查阅大量的研究资料,有时还要向作者本人、华裔美国学界同行和朋友辗转请教。为了了解小说中对旧金山唐人街中大街小巷与建筑的方位描述,译者还曾专程走访旧金山的唐人街，对着地图和书中的描写寻找对应的建筑、街道、店铺、餐馆等。这样的实地考察无疑对小说翻译的质量起到了相当重要的作用。

此外，译者面对的另一个挑战来自于原著的语言风格。作为一部寓意深刻的小说，《望岩》的语言风格细腻且极富诗意，在作者的笔下，杀鸡宰羊、操刀剁肉，乃至牲畜、家禽身上的每一个部位的肉的质感描写都异常细腻，变成了一种生活的、鲜活的艺术。不仅如此，作者对劳作在肉铺、餐馆、澡堂这样底层社会的华人移民的日常生活场景进行了极为详尽的描写。从艺术格调上来说，《望岩》并不是一部追求"美"的小说：书中的所有人物都有或身体或心理的缺陷，他们生活的环境艰难、险峻甚至丑恶，但是，正如有学者指出的：美是虚弱、苍白而脆弱的，甚至是矫情的……，而丑却是沉重、无底、可被无穷解读的。笔者认为这种审美取向也道出了《望岩》的艺术追求。因此，翻译这样一部小说不仅考验译者的文字功力，也挑战译者对作品文学气质的理解和把握。然而，这还不是最难的。横在译者面前最大的难题是，由于书中华裔美国人的特殊境遇，他们内心有太多"不能说"和"不敢说"的秘密，因此，书中主人公的表达方式非常缄默、含蓄，在虚实之间让人感到莫测难辨。如何把这种虚虚实实、真假难辨的超现实主义艺术风格在汉语中忠实地再现成了译者的一项最重要的任务。

回顾起来，作为译者的我们或许称得上是这本小说最认真的读者了。在字斟句酌中我们小心翼翼地完成了对小说的这种特殊的"阅读"，一面惊叹于作者对重大历史事件大气磅礴、充满诗意的驾驭，一面感慨于作者对细节似普鲁斯特般的追求。我们深切感受到了人物对命运既无可奈何又不弃不舍的执着精神，同时也真挚地希望，通过我们的"再创作"，这本承载着几代华裔美国人不屈精神的小说能魂归故里，以冷峻、淡泊但又震撼的方式把故事讲给故乡的读者听。这无疑也是作者和她身后无数无法发声的华裔美国人的心愿。

译者<br>2011年6月于北京

---

[1] 注：在小说的中文译稿完成之后，作者要求在中文版中加上了一个"作者注"："由于天使岛移民站的木屋于1950年被大火烧毁，我在小说写作时将书中日期做了调整。"特此说明。

报告

外書

## 坦白

我爱的女人不爱我,我娶的女人不是我的女人。张伊琳在法律上是我的妻子,但事实上她是司徒一通的女人。从欠账的角度上说,我也是他的人。他是我的父亲,契纸父亲。

"父亲"是买了司徒这个姓,以淘金汉的儿子的合法身份来到加利福尼亚州的。自从他在国王大道开了几个赌场之后,大家就把他叫做司徒金。谁知道他本来是不是打算着把他那个一个孩子也没生出来的原配接过来呢,反正他寄给家里的钱把我带进了这个家庭。

"父亲"的护照照片被摆在祖宗祠堂里,作为晚辈,我得对它毕恭毕敬。我有时候会问,为什么"父亲"的照片和死人的照片放在一起,"母亲"就会告诉我这是为了把他盼回家。

我十九岁的时候,他写信让我去旧金山找他。即使是现在,在过去半个世纪已经过去了的时候,每当我划火柴点烟的时候,那种轻微的焦痕还是会让我想起离开村子的那天——

那天日本人第一次轰炸了村子。每一个我爱过的女人，我都怕她们伤心。因为我会想起"母亲"留给我最后的印象：她侧着脸，因为从未得到过爱，她的肩膀剧烈地颤抖着。最终，我明白了，她把"父亲"的照片放在死人照片的旁边是为了能有个念想。她哭说明她已经知道了答案——丈夫永远不会回来了——她不再抱这种幻想了。

起航的时候，我知道我也不会回来了。

"柯立芝总统号"进港的时候，我站在码头上，看着跟我一起来的人们走进开往天使岛木屋的船里。叫我名字的时候，一个男人走过来，用车把我拉到了司法部。"父亲"和他的律师正在那里等着。就这样，我作为司徒一通的亲生儿子进入了这个国家。

"父亲"来接我就是为了告诉我：你是以一个已婚男人的身份过来的。有一天，那个会成为我妻子的女人也会从这里移民进来。

我就司徒金这么一个"父亲"。家规大于天。孔老夫子留下了义务和服从的咒语。我考虑了一下不服从的后果，然后就接受了合同两年的期限。那时候他说，有一天他会解除我的假婚姻，到时候我就可以过上自己的生活。我相信了他。于是，时间变成了我唯一可以信赖的通用货币。

他们说，七岁的孩子就知道玩，十四岁的男孩开始胡思乱想，二十一岁的男人通过情欲寻找长生之道。到了二十八岁，每个男人都应该在社会上站稳脚跟了：有老婆，有家庭，还有个好名声。我只差一岁就到男人的而立之年了,但我却看不到得到这三样福气的希望。

我爱的女人叫乔伊斯·关,我想跟她在一起,想保护她。但她是个竹女[1],生在旧金山,长在西风中。我想给她的东西她都不明白。

为了她,我参加了中国人的"坦白计划"。我想要做回我自己。为了爱情,我坦白了司徒是个假名字,我也因此失去了公民的身份。我跟自己打赌,乔伊斯会把我这种行为看做是对她忠诚的表示,但对我的牺牲她毫不领情。最终,我伤心欲绝,尝尽了热情、怨恨、后悔的滋味。

那个时候,我每天剁肉。屠夫这一行教会我一件事:肉是唯一的道理。血流出来之后肉一直保持着温度,直到血管彻底变凉,心脏停止跳动。人死了以后,都会变得不平凡。每个人死后都会变成神。普通人流了血会变成英雄,伟人流了泪也会变成普通人。

我会哭吗?

会。

我会不会泪洒潇湘?

会。

我会不会肝肠寸断?

会。

---

[1] 竹女(Bamboo women):华裔美国人把在美国出生、长大,有中国血统的女人称为"竹女"。——译注

我从没想过要当英雄。我付出了当英雄的代价,但从来没享受过英雄的成功。

是的,我差点就得到别人的爱了,爱情差点就在我这里成为现实了。

## 坦白

我是个卖肉的。一个人的两只手做什么最能体现他的价值？所以在告诉别人名字之前，我总是先告诉他我是干什么的。杰克·满·司徒是我买来的名字。这是我赖以谋生的名字。旧金山是我入境的港口。船进港的时候，金门大桥看着很宽，但船开到桥底下的时候，它的影子又窄得惊人。我听着桥上来往的车辆呼啸而过。船靠岸时我感觉到海水在推着船向前走，我渴望着能开始新的人生里程。

我能读得懂肉。我的手指像秃鹰的尖嘴一样在大理石般的肉面上滑动，从腱子里翻出肌肉，凭感觉找出那块金贵的软腰窝。我把刀尖对准血管的一头，一刀插进去，然后像扯粗绳子一样把血管猛地一下拽出来。我用刀刃沿着骨头划下去，这样肉就像木兰花的花瓣一样剥落下来。

我是个高手。我的拇指和手掌能把肉抓得很紧，手眼准得能劈裂一声哨音。我熟悉肉里面闻起来像金属味那样的腐烂味。我肩扛着冰冷的肉块奔跑，在重压之下直喘粗气。我明白妥协是种颜色，是种突然出现的气味，一种明确的付出。白天，我感觉就像有根锯条在我的关节上来回拉扯；晚上，它在我的前臂上嗡嗡作响。作为一个屠夫，我想要控制好刀的力度和方向，想一下子就把骨头砍断；但作为一个人，我只想跟肉上的记号说话。如果我不能说话算话，我就不会把话说出来去烦别人。没人乐意去揣测别人没说出来的想法。

我管一通叫"父亲"，但只是嘴上叫叫而已。美国法庭在备案时把我当做了他的儿子，在列祖列宗面前，人们把我当成他亲生的儿子一样祝福。但算上所有的证件手续费和路费，我总共欠他四千美元。

每个人都需要祖宗，祖宗也都需要后代。契纸父亲也好，亲生父亲也罢，我都尊敬。每年新年的时候，我都带着糖果和吉祥话给"父亲"拜年。中秋节，我寄一盒十二块的蛋黄月饼给他。冬至的时候，我给"父亲"带一袋橘子。这些是礼数，我都会照办。

我感激司徒金给了我饭碗。他先是让我在他的大众市场里做了一个卖鸡鸭禽类的小伙计。当时卖活的禽类还是允许的。人们更喜欢吃现杀的鸡鸭，因为这样禽类的能量就能被直接吸收到人的身体里。大众市场里能买到最好的禽类：母鸡和公鸡，阉鸡和小母鸡，乳鸽和鹌鹑，鸭子，各种山雀，有时候甚至还有少见的东北环颈雉。我在堆垃圾的巷子里干活儿，这块地方小得只够我转身。装着鸡鸭的柳条篓子被塞到门后面，靠墙的小桌子上有一个煤气炉，另一面墙边堆着一大堆垃圾。有客人要买鸡鸭的时候，我就到篓子里抓出一只，拔掉它的一撮毛，再一刀切开它的喉咙。把血在碗里滴干之后，我就把这个软绵绵的东西扔到那堆垃圾里，它会在那里面挣扎。我把水龙头开大，抽一根烟。等到它不动了的时候，我就把它捡出来，在滚开的水里涮一下，让鸡皮变松，然后把它的毛拔光。这个活儿散发着恶臭，血、羽毛、粪便，臭气像刀片一样刮着我的鼻孔。我从它的脑袋开始拔毛，在翅膀处猛拽几下，把那里浓密的毛拔下来，再转到柔软的肚皮下面，直到把它拔得干干净净，彻底光滑。

我的人生也是光秃秃的，没有什么意思。但我想做一只公鸡。一只普普通通的公鸡也有五德这样的荣耀。公鸡带着皇冠，有它自己的尊严。它昂首挺胸，是个英雄。它英勇无比，敢于直面自己的敌人。公鸡找食吃时既慷慨又善谈。它值得信任，还能准确报时。

我是个挣血汗钱的男人。我靠自己的本事，用双手做力所能及的事情。我从没给任何人找过麻烦，也从不铺张浪费。做工的男人不应该有开奔驰车的奢望，普通的男人也不应该指望有美女前来光顾。因此，我不渴求我要不到的东西。

我就像是活在鸡笼子里的一个人，生活圈子从大众市场算起，也就只能往外扩展到几个街区。我在华盛顿广场干活，在天后庙街的威弗利社区住，在对面的大叔小店吃早点，晚上在大东方吃晚饭。高兴的时候，大半夜我就在三和粥粉面吃碗面。

每到周五，我们都准备好迎接城市卫生检查。但有一回星期四，一个检察员趁我们没注意的时候进来了。他们量了量鸟巷到肉铺的距离，说大众市场违反了《洗手条例》。之后，每次我们跨过想象中分隔牛肉区和禽类区的界限时，都必须要洗手。最终，司徒金算出来了每个屠夫要花在洗手上的时间，他把条例撕了下去，大骂这是冒牌法律。但是检查员很快又回来了，这次，他们关闭了市场。

于是，司徒金让我到各地去做工，来还欠他的债。两个冬天我都在广场给人擦鞋，发现那里大白天妓女也敢像晚上一样拉客。在钟家地窖里的手工洗衣房，我费力地搓掉客人衣服上的污迹。汗水咸得刺人，整天盯着各种颜色看，直看得我眼睛生疼。

最糟糕的是唐人街旅游餐厅的地下厨房。每个厨房都白晃晃的，热气腾腾，挤得只能容下个拳头。跟火打交道的人毫无耐心，比日本皇军还恐怖。我在大洋宫炸薯条和鸡翅的七个月里，没有一个晚上不是在大厨敲着菜刀把每个人的娘都骂一遍的叫骂中度过的。

油锅里烈焰腾腾，菜刀剁得山响，灶里火让人也燥得冒火。

多少场锅铲大战仅仅是因为剥坏了几个蒜瓣、洋葱片或者芹菜块切得太厚而爆发的。大师傅的脾气像算盘上做的加法，层层升级。我学会了数他额头上热得冒出来的汗珠，看他太阳穴上爆得像食指一样粗的血管。后来，我学会了熟练地用肩膀抵住他鼓起来的胸脯，用胳膊肘猛击他的颈动脉，给他只留下一口喘气的力气。

后来我又被送到了"喜洋洋"去学厨。我像摆弄女人的耳垂一样细致地剥好洋葱，把馄饨包成贝壳的样子。我在搅拌着肉汤，从汤里把骨头渣子挑出来。切菜的时候，我把蔬菜按形状和大小摆好，这样就可以先把菜根焯一下，再和叶子一起炒。我剥好洋葱和大蒜，把小葱切成细丝。我的胡萝卜切得很薄，薄得边儿都会卷起来。切出的藕片和萝卜片几乎是透明的，透过它们都能看到农历日历。但在我所有的感官中，训练得最好的是听觉，我最害怕的声音就是钢刀剁到肉里那"噗"的一声。

我干的最后一份工是在费尔蒙德餐厅。我发现我喜欢在厨房外面做事：在大理石楼梯上拖地，给上了蜡的黄铜镶花地板做抛光，脑子里什么也不想。晚上铺床的时候，床铺还是湿乎乎的，带着香味和温度，我幻想能有属于自己的幸福。我不再因为照进窗来的一丝光亮而感到安慰，也不再感激夜晚的保护；我觉得自己像是世界上最不幸的一只蝙蝠。

司徒金利用停工的时间把生意上和家里的事都处理了。大众市场将在六个月后重新开张，成为了唐人街上第一个功能齐全的市场。他们打了一些橱柜和架子摆放进口商品，还弄来两个冰箱放新进的蔬菜。司徒金看好社区的发展潜力，跟旧金山三角洲的农民签订了合同，让他们专门给他种菜。随着一大批新住户的突然到来，第一茬鲜嫩的小白菜也到了。开业的那天，我们给每个女人发放了购物袋，给孩子们发了茶水和切好的水果，给男人发了烟。顾客很喜欢重新改造过的肉铺、现代化的鱼铺、烤面包机、烤肉屋，还有亮闪闪的外卖窗口。

但最明显的变化是新来了两个"儿子"。他们不仅买了司徒的名字，还买了他的生意。大哥成了烤面包师，二哥成了鱼贩。我还没还清债，当然也没钱做合伙人，所以我请他让我学习经销"蓝色透明"洗涤用品。司徒金犹豫了很久，让我觉得这是送了我一个巨大的人情。

不管怎样，我还是表达了谢意。不管我怎么想，"父亲"又追加了我五百块钱的债。

他说，这算是利息。

我说，你说了算。

就这样，我离开了鸟巷，开始学习屠宰。我卖力地做工还债，还有了点小名气。除了胖老齐、八位数格尔曼和大刀师傅，我就是最受欢迎的了。女人们都争着在我这里买肉。我是唯一的一个单身屠夫。

早八点到晚八点，我站在一片投不下影子的灰突突的光亮里。透过透明的盒子，我看新娘们手中不多的鸢尾花，眉毛感觉湿漉漉的。看着这些饱含希望的花在一顿饭又一顿饭的工夫中逐渐枯萎，我的心很疼。开始的时候，每当新婚妻子们迎接在中央山谷种地或在南地做工、一个月回来一次的丈夫们时，她们总是非要仔细检查每块肉上的纹路。

但是希望是个贪婪的情人。我见证了每一个寂寞的妻子被没有丈夫的床掏空的过程。当那些鸢尾花冲我摇晃,当她们的声音颤抖,说要颈肉而不是腰窝肉、要肋骨而不是瘦猪肉、要猪蹄而不是牛尾的时候,我知道爱情已经很贫瘠了。之后,她们就不再每个月都来买羊肉了。那个时候我就知道她们是被抛弃了,成了离婚女人,就像留在中国的被忘掉了的那些妻子一样,只能在梦里见到她们的丈夫了。

每个月的第一个星期四都有一个身穿绿衣服的女人来买羊心。她冲排在前面的女人摆了摆手,这样我就能先招呼她。伸手拿装肉的袋子时,她的手总是犹犹豫豫地想蹭到我的手。

为什么单买羊肉呢?我很想知道。

羊肉温血,她告诉我,我丈夫在阿拉斯加干活儿,他回来的时候需要羊肉的热量暖身子。

她还告诉我她在"奇妙咖啡馆"工作。我去找她那天,她在花围裙下面穿着条竹子花色的裙子。她给我送咖啡的时候,我问她为什么喜欢绿色。

绿色代表金钱,也代表生命,她说。

等到咖啡馆打烊后,我帮她把菜带到她在西梅尔曼巷的公寓。她给我做了几道羊肉菜当晚饭,我度过了一个温暖的长夜。后来,每次我看到她走进大众市场,我都把最新鲜的羊心挑出来包好,等着她走到我的摊前。

四五六面馆的魏丽丽给我额外加了几个饺子。餐馆关门后，我们去了面粉袋子堆得老高的储藏室，那里发出一股呛鼻的发酵味。豆厂的朱家孪生姐妹拿着特制的豆腐甜点讨好我。唐人街集市的夜间经理莱凯、电话局的龚兰达，还有富国银行保险库的蓝梅昆，这些女人都让我感到她们需要我，并从我这里能得到安慰。

　　我是桃花之王，好运连连，春风得意——许多人都想成为我的情人。但我遇到乔伊斯那天起，这些女人就都不存在了。

## 坦白

我第一次见到乔伊斯·关是在鸭王面馆儿。我和满高正推着手推车去四海餐厅,车里面是切好的猪肉。我们经过面馆的时候,她就在那里,坐在我最喜欢的位子上。汤的热气遮住了大大的窗户,使我看不清她的脸。我被她拿碗的方式吸引了,她的大拇指扣在碗口,剩下的四个手指托住碗底。在她的手里,餐馆笨重的大碗看上去端得很是稳当。她的一举一动都带着一种很高贵的感觉;她咽东西的时候就像在喝着什么珍稀的补品,而不是普通的鸡汤。

走吧,满高推了推我。别瞎想了,她是地下室浴池给人递毛巾的,还在巨星影院卖票。别去追她,她不干净,那些老男人白天晚上盯着她。还有更糟的,她妈是给人清洗尸体的!

那有什么可怕的?我问。

你想逞英雄?那就去吧,去喝她家的茶,吃她家的饺子——她妈洗完尸体以后再给你包饺子。记着!好兄弟给你提过醒：她妈是和死人打交道的。

我们不都和死人打交道吗？我问。

晚饭后，我去了巨星剧院。一些常来看电影的人聚在那里，于是我就在滚动字幕屏底下等了起来。乔伊斯在售票处的木窗后面看起来就像是只被困的鸟。她坐在灯下，头发像宽松的袖子一样散落下来，遮住了她的脸。每过几分钟，她的头发都被小风扇吹到后面，露出她宽宽的额头。我觉得她应该去演《红楼梦》这出悲剧电影的主角，而不是在这儿卖电影票。她的脸是林黛玉那种三角形的：下巴尖很软，前额像婴儿的一样光滑，眼睛里深藏着一种宁静，让我渴望信任她。走近售票处时，她的眼睛像磁铁一样吸住了我。随后，她把目光转向了别处，调了调风扇的风向，让它直吹她的脸。她放松下来，清晰的轮廓也更柔和了。我想把手伸进售票窗，把她钻石一样的脸捧在手心里。

我把钱从售票口递过去。她抬头看了看，笑了，你是不是在大众市场里卖肉？

是啊，我说。

说完，她把我的钱从售票口退了回来，说，我请客。你是唯一一个卖肉给我妈的，唯一一个不怕碰她的手的人。

她的眼神不动了，就像是我不懂的一个什么誓约一样。

进去吧，她说。

我告诉她我想改天还她的人情，然后走过红色的大厅，穿过两道门,走进黑漆漆的放映厅看《红楼梦》的后半部。

几天后的一个晚上,我在爱德索家玩得很晚。回家的路上,看见她在鲍威尔街,沿着电车的轨道向前走。我看着她走路时把一只脚踢到另一只前面,宽大的衣袖在风中被吹成杯子的形状。她在两条轨道交叉的岔道口停了下来,弯腰把一个金属扳搬起来。

我走上前去,问她是不是真想弄出点事儿来,她的眼睛像节日里的灯笼一样亮了起来。她的表情并不是看到我才表现出的惊讶,也不是半夜有男人走近时所特有的警惕和不习惯。

她把金属板递给我,就像给了我一把剑。让我见识一下,她说。

我用力去掰那块金属板,一下子把它掰断了。我把它扔到另一条轨道上。等着看吧,我说。

我们在街角转悠了一会儿,然后溜进了坎伯兰长老会教堂的门厅。夜晚的空气是静止的。她站得离我很近,我能感到她身体里液体般的温度。

我听到了齿轮的摩擦声、喇叭声、车轮的转动声,然后还有歌声。

这是个新的摩托车手,她小声说。

突然,一声巨响传了过来,就像是海上的一艘轮船撞上了什么,歌声顿时变成了骂声。她拉起我的手,向山下跑去。我们像学童一样大笑起来。像难民一样,我回头看了一眼,心里想:不管是从什么样的废墟中逃出来,到达目的地比什么都更重要。

　　走过四海餐厅、太平洋电话局和三金商场时,我的脚步和心跳速度一样快,我觉得有些对不住她的信任。我跟着她到了华盛顿广场,走进了弯弯曲曲的西班牙老巷,直到她在一扇门前停了下来。那是一扇临时搭起来的门,两块门板被漆成了暗红色,入口和出口的指示牌被钉在了一起。她弄不开挂锁,于是我走了过去。

　　我来,我说。门打开了,她抓住我的手,把我推进了黑暗中。走廊里,水泥地反射出微弱的光亮,我隐约辨认出上面的院子。她转向我,柔情似水的眼睛看着我。她的身后,煤气表像外国钟一样发出模糊的光。一绺头发散下来,在她脸上轻轻掠过,我把它顺回到她耳朵后面时,感到她是那么的柔软。我的心都跟着疼了一下。她把脸放进我手里,我抚摸着她的头。她慢慢投入了我的怀抱,她的重量和温度都在抚慰着我。

　　她的衣服松开了。来吧,她说。

　　好吧,我把她拉过来。

　　她呻吟着,睫毛尖在苍白的脸上像毛笔刷一样颤动。我抚摸她的耳垂,按揉这片陶瓷一样精致的地方。她把脖子伸过来,我的舌头沿着她脖子上绷紧、跳动的青筋舔下去。她的目光映入我的眼睛,我觉得自己被融化了。

　　雾越来越浓了。每一寸皮肤都湿漉漉地跳动着。她的脸颊、耳垂,甚至嘴唇都是凉的。

　　是这儿吗?我把手滑进她温暖的身体。

她的眼睛像烧着了的石头一样闪着光。

我用手抚过她发烫的皮肤。

还要吗? 我问。

要,她呻吟着。

还要。

我随着她越来越急促的呼吸按捺住自己。

突然,她转身把自己整个扑到我身上。我踩到了一只罐子,跌倒在了地上,她把罐子一脚踢开。我靠在了砖墙上。她大喊着什么,我也大喊着。我把她推了回去,她推得更猛。我们沿着马路滚在了一起,把碰到的东西都推开了,像是个滚动的球拍。她一直在喊。

我听见一扇窗子打开了,一个声音叫出来。

继续呀! 乔伊斯又喊起来。然后她跑开,跑进院子里,跑进一缕月光中。她就像火柴上熄灭的火焰一样消失了。我看见她的裙子翻动,看见她脚踝扭了一下。我点了根烟,心中暗想:乔伊斯是我爱情的鬼魂,追着比追到更好。然后我听着她的高跟鞋踩在石子路上发出清脆的"嗒嗒"声和踏在木头楼梯上坚定的脚步声,我知道,这个女人什么都不怕。乔伊斯·关会走她自己的路。

我闻到了她的香气,那香气还弥漫在潮湿的黑夜里。我一直等着,等到听见那个闷哑的响动,那个远处锁门的声音,这个声音让我觉得更加亲近,因为我知道她不会再出来了。我走出黑漆漆的走廊,将两扇分开我们的门关上了。

## 坦白

第二天早上,我去地下浴池找乔伊斯。外面下着冰雹,所以我拉开金属活动门,下到了地下室。她一个人在柜台上看书。风吹进来,书页沙沙作响,她抬起了头。

你昨晚没告诉我你叫什么,我说。

乔伊斯。

乔伊斯?跟那条巷子的名字一样?我问。

她点了点头。

你没有中文名字吗?我问。

玲。

玲?我在掌心写这个字。"玉"字旁加"命令"的"令"?我问。

她摸着下颌,告诉我"玲"是两块玉碰在一起发出的声音。这是她爸爸给她取的名字,她喜欢他的解释。后来她上了学,常被人嘲笑,所以换了名字,用的就是她出生的那条巷子的名字，乔伊斯。

她看上去不太自在，于是我换了个话题，问她做过多少份工作。她竖起两根手指。我数着她身上我喜欢的两样东西：她看书的时候咬着下嘴唇，她的眼睫毛直直地垂下来，像个小翅膀。

她伸出手，说，五十美分。

我不是来这儿洗澡的。

她把毛巾拿了回去。那你来干什么？

我想今天晚上跟你一起吃饭。

她笑了。

是的，我说。

她伸手过来拉了拉我的耳垂，我一下子抓住她的手腕。她想挣扎，但我紧紧地握住她的手，感觉她的血在骨头间狭窄的缝隙里快速地流动。我把她拉近，近到能感觉到她呼在我脸上的热气。

我放开她，说，这就是说同意了？

先告诉我你是不是用穿孔器打的耳洞，她说。

跟我走，我也许可以告诉你。

她笑着回去叠毛巾，然后摇摇手说，我不能去。

我站在那儿看了她一会儿。好吧，我说，我会再来找你的。

我一直不断地去地下浴池找她。奇怪的是，除了第一次那回，我们再也没单独相处过。总是有那么一群老男人在那儿，他们都给她带着一些好吃的：黑咖啡、黑豆蛋糕、猪肉小圆面包或芋头饺子。

下班后，大多数时候我会帮乔伊斯关闭浴池。一般我到那儿的时候，电扇都开到了最高挡，水龙头都被拧到了出热水的方向。地下浴池就像海一样喧闹。乔伊斯在房间里打扫，我先冲马桶，再把它们洗刷干净。她把漂白剂倒进澡盆，我把澡盆刷也冲洗干净。她拿水管子冲洗淋浴房，我就拖水泥地板。屋子里弥漫着涩涩的气味，水汽是包含痛苦的云朵。但我们俩的眼神在雾气昭昭的镜子里一旦相遇，我就感觉到了希望。

我把脏毛巾扔到太阳洗衣房时，她把一天的收入就算了出来，并记好了账。我把干净的衣服和叠好的毛巾带回来的时候，她就关掉了热水和电扇，把钱和账本都锁到了抽屉里，然后我们俩从楼梯爬上去，这时外面的天空就已经只剩最后一点余光了。上到地面之后，她把挂锁锁上，把门猛地拉上，说，浴池关门了，我的一天也过去了。

一天，我听见鱼贩跟她说太平洋大螃蟹刚上市，我看见她眼睛一下亮了。关门后，我提议去四海餐厅吃饭。

她说的比吃的要多。她告诉我的第一件事是六个月前她爸因为心脏病死了，从那以后，她看每个来洗澡的老男人都像她爸爸。

在来浴池的所有人里，你是最年轻的，她说。

年轻人身上不容易脏，我开玩笑说。

她环顾了一下餐厅四周,说,很多人在这儿办婚宴。

这个地方的海鲜最好,我说,霍师傅是做螃蟹的高手。

我妈今晚在家,要不我就得给我哥哥做饭,她说。

她是放假了吗?我问。

今晚没有安排好的葬礼,她说,今晚没有哪家会哭。

你为什么不去南平工程的浴池工作?去那儿的一般都是女人或者全家人,我问。

都是因为一些无聊的家事,她说。

她耸耸肩,好像这不只是个简单的烦心事,于是我没有追问。

地下浴池是我叔叔开的,我在那儿干活为的是还我爸爸火化的钱,她说。

这么说孝顺女儿是免费工作喽?

她缓缓地笑了,笑容里像藏着什么。我不知道那里边藏着的是什么。对于他那代中国人来说,火化并不常见啊,我说。

她摇了摇头。我记不清那次争吵了,但他是对我妈做出妥协才同意火化的。他们分别来告诉我这个决定,好像是要让我为他们的愤怒公证似的。

什么事让他们这么恼火?我问。

她耸耸肩,什么事不让他们恼火?

霍师傅的螃蟹上来了,蛋黄酱流在碎开的蟹爪缝里,像金子一样。我夹起一只放到她的盘子里,但她只低着头看着它。于是我把螃蟹夹碎,把粉嫩的蟹肉剥出来给她。

她把螃蟹爪上的肉放进嘴里,吸掉酱汁。真好吃啊!她咂了咂嘴,如果是在家里,我妈会像写菜谱一样把每盘菜的菜价写下来:猪肉五十美分,牛肉三十美分,一袋大豆五美分。吃进去的每一口东西都能品出钱的味道来。她还会给我们讲人死前最后的回光返照。每天晚上,刚死的那个人都是我家餐桌的座上客。

那你爸爸呢?

他原来在吉尔罗伊的星光餐厅当厨师,差不多每六个星期才回一次家,她说。每到夏天,他都会来接我过去跟他一起过。我在那儿做服务生,把收到的小费都攒起来。他晚上在厨房里的吊床上睡觉。在这儿的三个月昏天黑地的日子里,我能躲开家里的喧闹和麻烦。

蔬菜上来了,她满心欢喜地给自己夹了菜。我喜欢空心的菠菜,她说。

我在想什么呢?我在想她对父母的火气有些莫名其妙,但自怨自艾也没什么用。我喜欢她的好胃口,她大快朵颐的时候一点也不会不好意思。我又想了想我们之间的差别,她喜欢吃黏的米饭,而我喜欢的饭却是每一粒米都分得清清楚楚的。

吃完饭后,我们慢慢向宝塔巷旁的街心公园走去。雾还没下来,空气是干燥的,一丝风都没有,不冷也不热。我看见有个老男人用怀疑的眼神看着走在我前面的乔伊斯。

晚上好啊,大叔,我对他说。

夜真长啊,他说。

我和乔伊斯坐在长椅上,看着两兄弟一起打手球。空空的排球场上方，几盏煤油灯来回晃动着。建筑物宽大的影子投下来，像个顶棚一样把停在萨克拉门托的车遮蔽起来。我们坐在那里，听着手球缓慢地弹跳，听着男孩们的声音。我们看着一个流浪汉走进公园。他的胳膊包在报纸里，腿上绑着硬纸板片。他拖着步子在场子里绕了一圈，在垃圾里翻了一遍，然后离开了。又有一个年轻妈妈匆匆忙忙地走进来，一只手拎着装菜的袋子，一只手牵着孩子，背上还背着一个裹在襁褓里的婴儿。

我妈妈曾经也是那个样子，乔伊斯说，但我不会那样。

一扇窗子"嘎吱"一声开了，有人冲着那群男孩们叫喊。

乔伊斯抓起我的手，把它放在脸颊上。

我问，你跟男人总是这么亲密吗？

她的声音变了。我以前跟一个人在一起过，我爸妈总是找麻烦。

然后她开始给我讲她跟一个有轨电车司机的故事，听得我很不舒服。

他是个黑人，结了婚，有三个女儿。最小的女儿跟我一样大，她说。他对我好。他信任我。他会听我讲话。他拿我当回事。

做朋友必须有四个条件，我说。但我没告诉她我的真实想法。这是个老掉牙的故事。我猜他是第一个把她从家庭管束中勾引走的人。我承认，她父母反对她找一个黑人是不太公平的。我估计那是因为他们没受过什么教育，他们简单粗鲁地不赞成，这可以理解。

但不可原谅,她强调说,没有要停下来的意思。

她说话的时候,我一直在听球撞击的声音。我能明白,她发现自己身体有如此之大的能量,她一定兴奋极了:她从来没想过能在肉体上获取那么大的快乐。在她之前的概念里,身体只有父母那样的劳动功能。我承认,无所畏惧是件好事。

我永远不会原谅他们的,她说。

又有人喊,这回声音是从上面传来的,两个男孩跑开了。

现在只剩我们两个了,我考虑着怎么才能让她别再讲下去了。

她接着讲,就好像是讲给她自己听。威利在墓地干活儿的时候,我偷着跑到泰勒街去找他。我们在电车上做爱,车上的木椅又硬又凉。我们偷摸进有轨电车的总站,旁边是噼啪作响不断抽动的巨大缆绳,到处都是烧着的油味,还有金属摩擦出的火星。我们就在那儿做爱。

你不害怕吗,不危险吗?我问。

她只是笑。

我想知道,离那些高压线那么近,她受伤了没有。

她接着说,在泰勒的石头长椅上,在瓦列霍街上的花园里,然后是在康多尔后面百老汇低处的台阶上——那是最后一次,那次我爸爸看见了我们。

她不再说了。我试着找些能安抚她的话来说,但我想不出什么,所以我把她搂在怀里。别这样对自己,我说,别让自己这么难过。

## 坦白

我和乔伊斯成了"定点"的朋友。七点整,我们在"大叔咖啡"里一起吃早饭。再到七点的时候,我们在"大东方"吃晚饭,然后她到剧院去接班。快到十二点的时候,我去接她,去三和粥粉面喝粥或者吃碗宵夜面。然后我们回我的屋子。我们做爱,她的热度和关怀让我能享受片刻的安宁。我第一次送她回家时,关老太太站在门口,准备好了一大篓子难听的话等着我们。

老太太晃着手指,用她十分专业的哭丧的嗓子冲我喊。你妈怕你被专抢儿子的鬼偷走!她把筷子的银尖儿烧红了在你耳朵上烫出洞,拴牲口一样把你拴住了,这样你才能活下来!但是你命不好,注定要遭厄运!

然后她转向乔伊斯,开始骂她。这小子耳朵上打了洞,会遭灾的!你不能找一个提心吊胆的娘养大的儿子当男人,不要相信他编出来的那些鬼话。别以为对这小子好就能让他变成个男人。这都是他妈该做的!她"砰"地把门甩上了。

我们在门口站了很久,然后又慢慢走开,一直走到有轨电车的总站才停下。金属和橡胶发出的巨大响动让她妈的话显得不再那么刺耳了。

有什么事吗?乔伊斯问。

你妈觉得我的身世不好,我说。

为什么?

司徒金不是我的亲生父亲,所以你跟我在一起,什么保证也没有。

那谁是你的亲生父亲?

我耸耸肩。我只是管他叫"父亲",我只欠他一个人的。

我还以为我的故事就够惨的了呢,她边说边摇头。

她同情我,我并不感到奇怪。这很难解释,我说。

我送她回家以后,琢磨了又琢磨。乔伊斯比我小七岁,我觉得无论从时间还是经验的角度来说,这都是一个不错的年龄差距。我希望她能把我当成保护她的人,我能给予她养分。几天后的一个晚上,她到菩萨酒吧来找我,心情明显不太好。于是我们一起出去散步。我闻到了树木潮湿的味道,说,要下雨了。

我喜欢下雨,她说。

雨水释放了她体内的一些东西。我们去柯立尔塔吧,她说。然后她开始给我讲为什么她要离开那个家。

我在家帮着做饭，做肉酱饼，切菱角、蘑菇、香肠和腌萝卜。我妈不停地说你，都是些迷信的鬼话，还提到威利。我把菜刀剁得山响，就为了把她的嗓门压下去。我把肉酱饼拍到盘子里，又拍到平底锅里，把火开大，直到蒸汽从锅里冒出来。我想让我妈的那些话都蒸发掉，然后走掉。

乔伊斯的声音变得焦虑不安。她甚至不记得你是唯一一个对她好的卖肉的人。

对人好是不需要回报的，我说。

我们从电报山的山顶上走进柯立尔塔的理石大厅里。乔伊斯径直走到一幅壁画前，壁画上画着一对携手的老夫妻，沿着花园的小径散步。我的父母永远都不会这样，他们那种包办婚姻的夫妻永远都不会的。

你没有什么朋友可以聊聊吗？我问。

我们就是朋友啊，她说，我们就在聊啊。

我们又围着厅里绕了一圈，然后走了出去。雨已经停了，空气明显变得干爽了起来。我听见了蟋蟀的叫声。

我跟我爸爸见的最后一面很糟糕，她说。

我点了根烟，说，那不是你的错。你爸爸是他那个时代的人，他自己的态度很坏，但却想要你的态度好。

你不知道，她说，最后一次见我爸爸的时候，我正跟威利在一起。我们之前一直在"秃鹰"里跳舞，后来出来想透透气。那是一个很暖和的晚上，我坐在百老汇低处的台阶上。威利的身体棱角分明，从脸颊到下巴是一个三角形，从锁骨到肚子也是。我把他拉倒到我身上，我们开始做爱。然后我听到像是钥匙的什么东西。叮叮当当的声音从身旁传来，我感觉几乎可以看到那个声音。在我的脑海里，我看到了我爸爸皮带上挂的玉饰，然后我记起来这个周末他是要回家的。这么晚了，他一定是把车停在了百老汇。惊慌中，我低下头，看见手上有荧光灯发出的微弱蓝光，威利黝黑的胸膛上也有。我把他推开。一下子，我跟爸爸四目相对了，我就感觉到了他巨大的失望。他把头扭开，剩我一个人衣衫不整地呆站在那里。"秃鹰"的门打开了，音乐洒满了大街，但我只能听到我爸爸的金属鞋掌在地上踏出的声音，那声音越来越远。他回了吉尔罗伊，不到一个月，就突发了心脏病。就是这样。

　　我们又开始散步。下电报山的时候，我闻到了夜里开花的茉莉花香。经过一棵枇杷树时，我摘下一个梨形的白色果子递给她。我在猜想，如果她爸爸没有把头扭开，她有可能原谅自己吗？但为了表示自己的自尊，或是为了减少她的羞愧，属于旧时代的父亲没有看她，希望这样可以拯救她。但以她西化的理解，她觉得自己被遗弃了。

　　我意识到，这是一个悲伤的人——得或失——都是一个颜色。如果她爸爸还活着，他会告诉她欲望不能通向知识，爱永远也不是想象中那样，渴求不等于希望吗？

　　我们走到格兰特大街的北端。我听到一些响动，那是钥匙纠缠在一起的声音。我终于明白了。她告诉我她中文名字的时候，显得很不情愿。我开始还以为她是羞于启齿，但实际上她是还没信任我到那个程度。在家庭里，名字代表着亲密程度，就像宝玉能够庇护它的主人，必须贴着皮肤佩戴。她的名字也被她收藏了起来，保存好了。

　　我们经过了白色的教堂，穿过了瓦列霍。她带我进了一个咖啡馆，我们在一个长桌边坐下，旁边还有很多人。门口是一个高高的木制电话亭，门是关着的，但我能听到女人的哭声。乔伊斯点了覆盆子，然后讲了在中部海岸的某个夏天她第一次吃到蛋挞和这种甜果子的事情。想起来她爸爸怎么形容这种饱满的小果子时，她笑了。它们在你嘴里裂开，就像一勺鱼子一样。

　　我觉得她的真诚很动人。我尝到了甜味，紧接着是一种快速而特别的酸味。这是第一次我感到失去她的痛楚。

## 坦白

时钟滴滴答答地向前走,我相信我们是在一条路上同行。一天晚上在三和粥粉面,矮脚凳都被摆在了大理石桌子上。楼下在拖地,一股氯气味儿直冲上来。乔伊斯问我我亲生父亲是谁。我告诉她我不知道,而且这也并不重要。

那你妈呢?

我有三个兄弟,我说。

你是最小的?

我点点头。是他们教会我游泳的,这个我记得。

在海里?她问。

在河里。

那不太难啊,她说,那么你的真名叫什么?

我觉得就是这个,我现在用的这个。

你最喜欢这个名字?

最喜欢?也不是,我说。然后我告诉了她我跟司徒金的协议。

你说什么呢? 一个男人不能有两个老婆! 她说。

他可以, 我说, 他就有两个老婆。

这是违法的, 她说。

这是家规, 我说, 他想要个儿子。

有病, 她说。

我会让他跟我解除协议。

她看向别处。做你想做的事情吧, 她说。

就在这个时候, 我感到我们之间的路岔开了。

## 坦白

发现乔伊斯在威弗利楼前等我的那个晚上,我是什么感觉?她没跟我打招呼,也没有一丝高兴意思地告诉我这个消息,我当时想要的又是什么?

我有了,她说。

有喜就是说有了一个新生命。但她没有说出"喜"这个字,我觉得缺了什么。

灯光很弱,但仍能把车的影子投在人行道上。我们走进宝塔公园的时候,年轻的男孩子们跑到了我们前头。我们看着他们把排球网架起来,他们的声音像划过头皮的梳子的硬齿,他们的胳膊也像绳子打的结一样结实。白色的球直抛入空中时他们喊叫着。

我们有喜了?我向她确认,我会跟司徒金说的。

她用一种我从没见过的挑衅眼光看着我。

这样我们就可以结婚,可以有一个家庭了,我接着说。

为什么？她的声音像向她飞来的那只白色的球一样空洞。她起来把球踢开。我从来没说想要那样，她说。

男孩们俯冲到球下方，我数着要拍打多少下才能让球不落下来。我听着球被打过来打过去，感到我自己的心跳在减弱。那我们当初是为什么？我问。

我没有爱情啊，她说。

她是什么意思？我不知道。我理解的爱情是一种两人共同分担的宿命，一种从种子开始生长的感觉，一朵永远美丽的花。我不知道她是什么意思。她说是听从感觉，这话听上去就像是站在灌风的峡谷里一样令人寒心。我起身走向最末端的一张长椅，开始用脚踢它，直到把它踢翻在地。然后我就站在那儿，喝着风，对她失望，对自己失望，迷失在"不可能"的暴风骤雨中。

我听见她叫我的名字，但没有转身。因为我害怕让她看到我的眼睛，我确定她会误解。我知道这个时刻让她变得完整了：原来的那个女孩子不存在了，取而代之的这个女人已经决定了哪些要牺牲，哪些要认命。这个时刻也决定了我是怎么样的一个人，我知道，那些我说出来的或没说出来的话都宣告了我是一个失败的男人。于是我离开了，走到大街上，把她留在了公园里。在一排面馆里，四五六面馆的魏丽丽正在开放的柜台上数钱。隔壁，鸭王面馆已经关门了。熬汤的大锅扣在柜台上，像个超大号码的头盔。黑糊糊的炒菜锅挂在炉子的上方，像古老的乌龟壳。在"喜洋洋"里，工人们蹲在椅子上,膝盖顶着胸膛,像一群秃鹰一样等着老王给他们发牌。人们冲我招手,举起的扁平手掌上还摞着摇摇晃晃的盘子,夸张的笑容带出了他们心里的希望。我也冲他们招招手,餐厅招牌上的霓虹灯把我滑过的手变成黄色、绿色。我嫉妒这些人,他们怎么能像扔色子一样把希望扔出来呢?赌博时聚集在一起,忘掉劳累和烦恼。一天的劳动之后,这样的普通人用钱又赶走了第二天的饥饿感。一局鸽子牌能让他集中精神,数字把他圈进一个圣地,一个家,他在那儿能把很多事都忘到脑后。我也想能在那样的梦里忘掉自己。

走过"上海玫瑰"的时候,一辆林肯车停了下来,门房把高大的房门打开。钢琴声从里边流淌了出来,像竹制的编钟。这让我多多少少舒服了一些。怎么能让乔伊斯看到我的希望呢?

一辆摩托车呼啸着开过,我呆呆地看着后面的女孩把脸紧贴在男朋友的背上,胳膊搂着他就像在熟睡一样。我看着她的头发飘起来,像夜晚的一页。我也渴望得到那样的信任。

但走过威弗利街转角处时,风拍打着我,就像乔伊斯最后那句让我如鲠在喉的话一样:"我没有爱上你"。

## 坦白

某个该交货的星期四,我们缺了一个伙计。方纳利兄弟来大众市场的时候已经过了六点,我知道得干到晚上了。弗朗科摇晃开冰箱门,对冰箱制冷出的问题只字没提,我也没对冒牌威士忌酒边上腐烂的印记多说什么。十月的天,热浪滚滚,这已经是第三天了。我们得把肉储藏起来。兄弟俩麻利地把横杆支起来,用钩子勾住牛颈肉,然后开始从卡车里往外拽肉。我和满高抓起腰窝肉,把剩下的大骨头架推进冰柜,再把空钩子拖回来,钩子像警铃一样在横杆上叮叮作响。这时我注意到街对面有个人在看着我。

满高低声说,这是司徒金新的传话人,是客家人,你别招惹他。

我穿过威弗利街去见这个传话人,但他不跟我握手。他只把话带到:司徒金要你去杰克逊大街850号去见他。

我仔细看了一下他的脸。那是一张满是横肉的大方脸,他说话的时候，一道长长的疤痕扯着嘴角，好像在把他自己说出来的话再吞进去。从他说话时拖长的"O"和短促的"V"来判断，我听出他不是四区这边土生土长的。他的眼睛像一面满是云雾的镜子，把我的忧虑加倍地反射了回来。我不知道司徒金想怎么样，我努力想弄明白我自己想怎么样。我想要乔伊斯，但她不要我。我想尽一切可能获得自由身，这样就有机会跟乔伊斯一起成个家。尽管她说不想要我，但我相信，如果我能做些什么来表明我的心愿和诚意，她会改变主意的。我相信她会明白我，回报我的爱。我想她把我当家人那样爱我。

司徒金在等着呢，传话人又说了一遍。

我指了指卡车，说，送货的来晚了。

随便你，他说完就扭头走了。我看着他的影子在地上越缩越短，心里感叹，怎么什么都打乱不了他的步伐。我向自己发誓，见司徒金的时候态度要像他一样坚决。我一边把牛羊肉卸下车，把成箱的蹄膀、骨头和冻肉搬走，一边下决心绝对不能被恐惧吓倒。跟弗朗科一起拆掉横杆的时候，我决定不管乔伊斯说了什么，我都要追求我想要的，我要司徒金解除那个合同婚姻。

星期六？弗朗科把发票递给我。

我提醒了他冰箱制冷的问题。

没有送货费吗？他笑着说。

我们握了握手。在我的引导下，他把卡车开到拥挤的斯多克顿大街上。一股热浪扑面而来，像熨斗一样重重地压到我脸上。回到铺子里面,满高开始准备要给餐厅送的货,我则负责打扫店铺。我搓干净案板,把绞肉机的刀片取下来,清洗好,再重新装上。我把每把刀都磨了磨,在水龙头下冲洗干净,上了油,再放回到木头刀槽里。然后走到卖货的那一层,把玻璃柜擦了一遍,又给铬制的柜台上了蜡。清理掉结了块的木头屑之后,我打开一个新袋子,像播种一样把新木屑撒在地上。我解下血迹斑斑的围裙,喊了一声"晚安"就离开了大众市场。

华盛顿广场大门紧闭,像架坦克一样严防死守。鱼铺前的人行道被冲洗干净,河湾糕点房的窗帘紧拉着,莫伊的甜点屋也上了锁。夜色黑水为袖,繁星灿如锦鲤,在天空闪烁。沿着大道走,只有菩萨酒吧的灯是亮着的,自动点唱机里的音乐像扔出的色子倾泻出来。

我越是接近杰克逊大道850号,就越觉得这栋建筑物看上去很是做作。屋檐的瓦片的橘黄色太扎眼了,四个楼角向上吊着,像是一张大笑着的嘴,柱子上的盘龙看上去恶狠狠的,一点都不友善。但这正是我自身窘境的写照。我想像个新世界的人一样去找司徒金,但面对这个属于他的旧世界,我感到十分无能为力。在中国,司徒金可能只是个普通的骗子,但在这儿,在这个"花之国"里,甚至没有一种罪名能定义他的这种偷窃行为。

有人叫我。他叫了一次,又叫了一次。我回头看见冯家兄弟冰激凌店的冯老四正使劲冲我招手。

我有事跟你老子说,他说。

什么事这么急?我问。

跟司徒金说,移民局的人来过了,问了他的事儿。

问了什么?我尽量保持声音平静,不想让他激动。

就是那些呗。司徒金是不是他的真名?他是不是大众市场的老板?他跟吉姆·穆里根是什么关系?你告诉他,老四讲义气,老四帮他留着心呢。然后他挺起胸脯说,我什么也没跟他们说。

知道了,我说完继续往前走。850号朱红色的大门紧锁着,我又转身往加斯珀巷走去。

兄弟,我跟传话的打了声招呼。

他在自己的地盘上也友善了一些。他说,司徒金等着呢。

他握住我伸出的手,我想起那句老话,今天的敌人就是明天的朋友。我谢了他,准备上楼。但听到身后门上锁的声音,我知道我没退路了。

走到夹层,我往下一看,下面是干货的卖场。中间放着一些木桶,最大的桶里装着大米和小米,小一点的装着红豆、绿豆、白果、杏仁和百合。我脚下是数以万计的种子,而我自己的生活里却没有一粒种子的选择余地,为此我深感悲哀。一只昏暗的灯泡在角落里闪烁,发出暗淡的光,像老鼠的瞳孔一样小心翼翼的。我问自己,你应该牺牲的是什么?各种奇形怪状的东西在中间堆出一个小岛,我往下看去:有干贝做的菜和奖牌似的油牡蛎,甘蔗秆、八角、肉桂嫩枝,压扁的鱿鱼、海带、发菜团、卤水和树皮、胡椒干和压缩花骨朵。这些东西坚定了我无畏的信念——我要建立自己的家庭。这就是我的道理。

站在台阶下面，我想起司徒金在夹层和办公室之间建的那个秘密的小半层，想到他的狡猾，不禁笑了。在美国政府还不允许中国人拥有不动产的时候，他就让吉姆·穆里根买了大众市场和杰克逊大道850号的房产，还有在西增区的四处出租的房屋。作为交换，这个同样精明的爱尔兰人坚持让他建了这个小半层，作为他储藏苏格兰威士忌酒的秘密酒窖。这让我心里有了底。如果司徒金犯了法还依然可以保住他资产的话，那么我也已经是个男人了，可以打破家规了。如果精明的吉姆·穆里根能把名字借出去以保护自己的财产，那么我照着做也应该可以保护自己。

把储物阁楼改成办公室的时候，司徒金把门打得又矮又窄，以和他瘦弱的身材相匹配。我进去的时候得弯下腰、侧着身子，就像钻进一个笼子一样。进去没两步，一张用一整块黄樟木做成的长桌子就拦在了面前。桌子的表面像水面一样反光，周长不超过一个女孩子的腰围。司徒金坐在那儿，像只守墓的狗。

你的假老婆两个月以后到，他跟我打着招呼。

我回应道，为了欢迎她的到来，乔伊斯怀孕了。

他的眼神坚硬得像裹着咸鸡蛋的泥巴。你已经结婚了，如果你问的是这个，他说，而且我已经告诉你了，两年以后我会让你离婚,到时候你就可以娶乔伊斯。

我想照顾乔伊斯和孩子,我要给我自己的家争取个机会,我跟他说。

沉默在整个房间里弥漫着,像苦味的奎宁水一样。司徒金不再看我,他望向黑漆漆的窗户。我看着他鹰一样的侧脸,等待着。

如果是个男孩,我会养他。让他当我的儿子,我什么也亏不了他的,他说。

我问,如果是个女孩呢?我们的眼神在黑色的玻璃上碰在一起。

如果是女孩,那咱们俩能为她做的就一样多了。他说。

那就没什么好说的了,我说完,拔腿就走。

回来!他大声喊道。

他在门口拦住我,我说,干什么?

如果移民局去大众市场或者在街上拦你,你就告诉他们我们姓司徒。我们是亲生父子,你就是我亲生的。

我看着他高高的额头,他的淡淡的眉毛微微抽搐了一下。就这些?我问。

别提我寄钱回家给"真老婆"的事儿。

你怕他们会因为你寄钱回家就把你当成共产党?

他接着说,如果移民局来这边问我们家是不是忠诚,你要回答我们支持大总统。

我笑了,说,我会告诉他们我只忠于自己的饭碗。他咬紧了牙齿。我等着他说些什么,但他什么也没说。

我说什么不说什么都无关紧要,不用说,美国人已经盯上你了,我说。然后我告诉了他冯老四要我传的话。

听话,他又说了一遍。

我知道,我小小地胜利了一下。他不该重复,重复透露出他内心的恐惧。我没说再见就走了出来。我已经直面了自己的恐惧。但出了门,我也意识到刚刚给自己找了麻烦。我们之间不会有谁会赢。走在阴冷的街上,我感觉自己受了伤,恐惧感笼罩着我。鞋子的金属鞋掌发出的声音在空旷的大街上回荡着,一声充满希望,一声又空空如也。大风把菩萨酒吧的牌匾吹得吱吱作响。我抬起头看见床单被吹起来,像面没人要的旗子。我发现灯杆上有新布告。左边是"坦白"了的人名,右边是刻有鹰样的金印。我把它扯下来塞进了衣兜里。

迎着刺骨的寒风,我一直走到大东方咖啡馆。

到红色大门的时候,四个外国人突然叫起来,大喊"hello! hello",像唱歌似的。我走了进去,路过几个在柜台里看报的老头儿。沿着墙有一排包厢座,像南太平洋(轮船)上的餐车。我看见了岳路易,于是走了过去。

你为什么背对着门坐着啊?我问。

他耸耸肩。我不怕啊。今天你怎么这么晚?

司徒金叫我去了趟杰克逊大道850号,我说。

他递给了我一支契斯特菲尔德烟,说,从你的表情看,我敢说你们这面见得不怎么好。

从来也没好过,不是么?我点上烟。

爱德索给我拿来杯茶,说,今天没送鱼。

是牛肉和嫩豆腐,我说,这些外国人给小费吗?

给个鬼!这些欧洲佬屁都不给,爱德索说。

他们没这习惯,我说。

他们应该入乡随俗吧!爱德索说。

那你呢?路易问。

那他们就应该去"上海玫瑰"吃饭,爱德索说。

路易笑了,唐大厨做的菜像是狗吐出来的。

告诉霍师傅别放那么多油,也别放太多盐。

不要油,不要盐,没任何味道你就不抱怨了!爱德索像个穿着邋遢的家庭主妇一样拖着步子走了。

他心情不好啊,路易给我递了个眼色,他老婆跑到得克萨斯州了。

就她自己?

谁会自己一个人去享福?跟那个"海洋宫"的服务生刘北一起。

就是那个鼻涕流个不停的家伙?我问。我们在一起干过活,他第一天晚上就被开了,因为他拖着拖着地,把自己拖到了唯一一个没拖过的墙角,但他自己却完全不知道。最后他只能走人,到别处哭去了。

他现在变聪明了,路易笑着说,现在正享福呢。

爱德索是怎么输的?我问。

整整九千块。他缺心眼,把钱藏在褥子里了,路易说。

爱德索放下一碗汤,一会儿又拖着鞋跟摇摇晃晃地走回来了。今晚金奇家有得玩,他说。

我没钱。我一口喝掉了汤。

爱德索冲路易抬抬下巴。你!你挺会打牌的。要不我给你点钱,你去玩,不管输赢,你分四成。

路易在桌子上敲了两下。开什么玩笑!我每次都能赢回筹码的九倍。

爱德索甩了甩胳膊,走开了。

路易说,那是烧水部的大师。

什么大师?我问。

苦力大师,路易说。你看看他,左跑右跑的,把每个人都撞了。没人愿意跟他一起干活。就算给他个十万块,他也还是会去伺候人家吃饭。所以他老婆才跑了,他就没那个享福的命。

我听着老电扇发出的噪音和厨房里颠锅的声音,想起了我跟岳路易的交情。我们的交情是从一天度假时开始的,那是轻松、自由的一天。我们住在威弗利楼里的隔壁房间,就这么碰上了。他晚上在菩萨酒吧当服务生,白天就完全在享乐。他看不起那些在一份工作跟另外一份工作之间奔波、得空才能喝口温茶的人。有一次放假,我们在水上公园抓螃蟹,抓完再把它们灌醉。很多时候我们晚上都在"紫禁城"玩到天亮。还有一些时候在里斯克肖俱乐部,再有就是在兰伯特台球厅打台球。路易的台球打得不错,但他的二胡拉得更好。在温特沃斯巷的音乐俱乐部,每回路易拉《二泉映月》的时候,就连老头儿们都会变得眼泪汪汪的。

大家管路易叫"兰花王"。他的眼神很凶,长着巫师似的发际,下巴活像一把长刀。女人们说他的笑容有毒,勾得人无法把眼睛从他身上挪开。每天晚上都有压根不喝酒的女人跑到菩萨酒吧,为的就是崇拜他的英雄气质。起初她们是拿着红酒一小口一小口地呷,慢慢地开始又从白兰地里寻求安慰。尽管路易很享受被这群漂亮女人簇拥着的感觉,但传统礼教不会放过任何一个人。一天,他老妈的一封电报到了,宣布他已经结婚,婚礼上是一只公鸡代他做的新郎。

我正要问这件事时,门铃响了,前门被推开,一对衣着光鲜的黑人夫妇走进咖啡馆。从他们的衣着和优雅的举止,我看出他们刚才应该一直是在科尔尼音乐俱乐部跳舞。他们在门口等着,爱德索过去招待,他制服上发出的黑色光泽缓缓地移动,像泥巴一样。他把他们领到我们正对面的长座上,把菜单递给他们。女人把菜单拿颠倒了,于是我跟她对上眼神,做了个翻转的手势,然后她把菜单的右侧转到了上面。

为什么你把脸拉这么长?路易想知道。

我被将了一军。我提要求之前,司徒金先提了他的要求。

这正常啊,路易说,你掏出枪,就是为了让个更大个儿的顶在你脑门上。你想怎么样?

我不想结这个假婚了。

路易大笑起来。他到底还要娶多少个老婆才能相信他那根玉根不管用啊?

两年。这是期限,然后我们就离婚。

两年不算什么。这期间她归你吗？路易问。

这不是我想要的。

要是我我就试试，他笑眯眯的。

我知道你会试的。

她漂亮吗？

我见过照片，她看着像个城里的女孩子。

香港女孩子挺麻烦的，不过比起咱们这儿的竹女还是好点儿，路易说。

门铃又响了，一群男孩子走进来。他们穿着黑色牛仔裤，白色T恤，褐色仿麂皮的系带靴子，前拉链的尖领夹克，袖子裁到刚过手肘。他们把皮带扣系到紧右边，直靠近手边。最后进来的那个看着像是这个小团伙的头目。他是最高的，头发也最长，因为歪着头，看上去有点羞涩。走过长过道的时候，他走得慢得像个新娘子，左顾右盼，屁股微微地颠着，步伐摇摆，脚趾和脚跟跳着一种挺和谐的舞。

一群小混混儿，路易说，穿黑衣服的那个是"大蛋糕"。

那些跟着他的穿棕色衣服的呢？我问。

他的"渣子"呗，路易说。

"大蛋糕"低声说了些什么，所有的"渣子"在经过黑人夫妇的时候都大笑了起来。我觉得这很无礼，替在场的人们感到尴尬。

路易叹了口气，我跟你一样，好日子到头了——我老妈和乡下的太太要移民过来了。

那你怎么办?

我就享受现在,路易笑了,你也应该这样。

乔伊斯怀孕了,我说。

路易看着我,说,通常听到这种消息应该要祝贺你,但我看不到你脸上有一点儿高兴劲儿。

乔伊斯不想要。

路易笑了,不想要孩子还是你?

我顿了一下。两个都一样,我猜。

那你就有麻烦了,他说。

她的想法一点都不靠谱。

要搞懂女人在想什么比发财还要难,路易说。

爱德索放下我的盘子。牛肉泛着光,豆腐有些烧焦了,但仍然很嫩。小葱看着很鲜亮,烤大蒜和姜的味道很足,但我没有胃口。我怎么说她才能懂?我问。

如果你是个真正的美国人也许她就会答应了,路易说。

我把从灯杆上扯下来的广告单给他看,你是说这个吗?

你可以的,他说。如果你参加"坦白计划",坦白你不是司徒金的亲生儿子,那么他就什么也管不了你了。没有假名字,没有假妻子,没有任何麻烦!乔伊斯会把你当成英雄,甚至可能会嫁给你!

那我买身份的钱怎么办?我问。

多少钱?

四百块,百分之七的利息。

他耸耸肩。这可不是个小数目，但肯定是不会有了。

就这样？没了？

兄弟！你犯法了。

可这法不公平啊，我反驳道。

没人有义务对你公平，路易说。我就不会抱怨；可能会有人把你假名字的事漏出去，到时候政府会来找你，逼你说。如果你坦白，他们有权把你驱逐出境，但如果他们不这么做，你就能入籍。

为什么要入籍？我问。

做公民呗，路易回答道。

做公民又是为什么？

为了投票呗。如果你那么正义的话，就去投票，改变法律。

我怎么能这么做呢？司徒金把我带过来，给了我饭碗。他永远都不会同意的，我说。

你已经还了他的，路易说。

我给他做工，也还了利息。我点点头。他答应让我做合伙人，但到了兑现的时候，又提出有别的条件。

一阵骚动，我看过去，看见那个黑人男人扔下一些钱。他站起来，拉起女人的手，一起走了出去，走出去的时候跟进来时一样优雅。

爱德索端着几盘菜出来，对着空桌子开始骂娘。小混混儿们要求上他们的菜，我听见爱德索把每道菜的菜名都念了一遍，再介绍一遍的时候，我恨不得跟着那个黑人走到街上，为这些混混儿的行为道歉。但我没有这样做。我没能尊重一个跟我同命的人。我得一直带着这种愧疚生活，我是我自己这种类型的浑蛋。我很同情这个黑人，在这个唐人街的餐馆里他是个外人，既没有朋友会跟他解释这里的规矩，也没有沾亲带故的人给他撑腰。我也一样。我想了想我欠司徒金什么？然后又想，得还多少才算够？

事情还没完。"渣子"们把调料全都倒在了桌子上，和茶水混在一起弄成糊糊。路易让他们住手，但他们只是大笑。他们准备走的时候，路易堵住"大蛋糕"说，你上一次犯浑我没理你们，现在你们对自己人也犯浑，我就不能再不管了。

"大蛋糕"撅起嘴。第一次怎么啦？

你们对外人无礼，路易说。

他们是黑鬼！"大蛋糕"反驳说。

你喜欢在外面被人看不起吗？路易问。

"大蛋糕"恶狠狠地瞪着他。

我以为金瑞的儿子会更懂礼貌，路易告诫他。

"大蛋糕"的下巴松下来。他抬了一下胳膊，一个"渣子"男孩留下一些钱，然后他们像马蝇一样一窝哄地飞走了，留下像掉落的铃铛一样叮当作响的门。

男孩们走过的时候，我注意到他们右后兜上缝着的大猩猩。我还注意到只有"大蛋糕"的袖子完好地包着边儿，其他人的袖子都没有边儿，被磨得破破烂烂的，线头像蜘蛛的腿儿一样耷拉下来。只有"大蛋糕"的袖子是缝好的，他得有多霸道啊?

路易笑了。他大概只不过是有个在血汗工厂里干活的妈。要是让他穿着没缝好的衣服出门,别人会怎么看他?裁好的袖子和磨破的袖子都一样。每个小混混儿都有个妈要怕,每个英雄也都有个妈要敬。

我没什么可怕的,我说,乔伊斯已经对我说"不"了。

你是对的。你已经受伤了,路易说。

那么我会参加"坦白计划",成为一个真正的美国人,然后乔伊斯就会想要我了。

多浪漫啊,路易笑着说,"坦白"能证明你的爱和忠诚。

我起身付账。谁知道呢,她可能会接受吧。

没什么是板上钉钉的,路易表示同意。

至少我尽力了,我叹了口气。

我们在贝克特巷停下来。一轮满月被夹在高楼之间,路易指着眼前的景色说,还有几个小时太阳就要出来了,我们别把日出睡过去了,我们喝酒把它喝过去吧!

一个酒吧女招待从"朱红宫"里走出来,跟他打了个招呼。

路易亲了她一下,冲我招手让我跟着他们。

月蟾蜍出门了,早上会很美的!他大叫着。

下次吧,我说,我脑子里事儿太多。

别想太多了,路易说,生活就应该开心!一颗混乱的心永远也无法把英雄带到新的早晨。

真理,我说,握了握他的手。晚安,好兄弟。

## 坦白

路易是个好兄弟,不该有希望的时候,他就不让我感到希望。他总是让我悲伤,因为这样就会有新的希望。他走进"大叔咖啡",看了我一眼,说,该喝松鼠酒了!

我告诉他,乔伊斯说太阳是圆的,而我听说太阳是方的,我们俩根本就说不到一起去。

路易大笑起来,我没有警告过你吗?心事太多就想要说话,而一个男人说得太多就没救了。说话是没用的,女人可以一直说到太阳下山,但不会有任何改变,我们男人还是坐在黑夜里。

谁会不想要个家呢?我问。

她就不想,她告诉你两遍了,路易说。

她知道我在乎她,我想照顾她。

你聋了吗?我现在告诉你,她不想要你。竹女都爱喝酒,她们是空心的,随风倒。她说现在不要,但明天,她可能大叫着说要!竹女喜欢走极端。

我不能整天待在她的暴风雨里呀,我说。

我们这些中国仔是要把根扎下来,不然我们就会烂掉,他表示同意。

傻子才用听两遍,我说。男人在变成敲着空碗的乞丐之前要重复多少次啊?

路易站起来,付了账。该去喝松鼠酒了!他又说了一遍。兄弟,你这是得相思病了!路易的雪弗莱车没能启动起来,于是我们坐缆车进城,坐到海斯巷21号。我们去了金门公园,走过很长的一片草地,经过野牛牧场和桉树林,走到植物园附近的草坪上。我们用花生把松鼠引下树来。一只松鼠走了过来,我用松树枝把它圈过来,路易拿大石头把它砸晕。我把它装进一只棕色的袋子,背着袋子走出公园,我们再乘车回去。但松鼠只是暂时被砸晕了,不一会儿它就醒过来,挣扎着要出来。

一位满头白发的女士怒冲冲地看着我们,我们往车的后部转移,但她还是向司机打了小报告,司机在珀克站把我们赶了下去。于是我们走了一公里回到唐人街。我们在巷子里把松鼠弄死,取出内脏,然后把它拿到楼上公用的厨房里剥皮。路易回房间拿来了一个一加仑的罐子和几捆药草,然后把松鼠粉红色的尸体放进罐子,扔进去一把红枣、满满一把的节状根茎、黑树皮片、白垩板、一撮百合、坚果,直到松鼠被埋在各种树皮和花底下,像下过大雨的森林。他拿出几片可数的人参,一些果仁和栗子,说是要给松鼠酒再加一把猛劲。最后,他把一整壶酒倒进了这堆花花草草里,把罐子里的东西摇匀,然后拧上盖子。

谁教你做这个的?我问。

我老子。

他得了什么病?

心病,路易说。

我又一次告诉他乔伊斯不想要这个孩子。他给我点了根烟,说,别想着建一座不该建的希望的长城!不要做爱情的苦力!

她不喜欢司徒金的提议,我说。

要是我我也不喜欢,他说。

但我想要我的孩子。

这不由得你,路易说。

我看着他把日期写在一块红纸上,用胶条把纸贴在罐子上。我等不及想要得到松鼠的速度和灵敏。这得要等多久?我问。

至少九个月,十二个月更好。

我一直数到冬至,那时候乔伊斯应该临盆了。也许到时候乔伊斯就会不情愿地把孩子生下来,我说。

人们总是心存希望,路易说。

我确实心存希望。

## 坦白

我没有采取什么行动,而且内心充满希望。但当司徒金来找我,让我去监督洞房布置的那天,我听到希望的大门"哐"的一声撞上了,我明白它不会再打开了。我失去了自由。

"韦恩巷"是条很短的巷子,甚至在地图上都找不到,所以市政府决定实施把煤油灯换成电路灯的工程时,都没把这条街计算在内。它也是"大地震"引起的火灾中仅存没有被烧毁的街道之一。新路标为游客们写着"韦恩"的字样,但我们管它叫"煤油巷",因为以前那条鹅卵石小道两旁都是卖煤油的小店。拐角处,一个旧的广告招牌还挂在那里:一个油罐,一块钱,一个星期都亮灿灿。

韦恩巷是唯一一条有两个死胡同的小街。第一个是假的,煤渣堆成了一道墙,把想抄近路去加利福尼亚路的车都堵了回去。然后路在前面转个弯,转到了鹅卵石小道上,走到尽头就是死胡同——我的白色隔板房就在这儿。我爬上顶层,把门打开，发现这是个厨房，到处都是白色的。灶台、冰箱、桌子，每种东西都是正正方方的，四个角是弧形的，每一面都擦得锃亮。厨房楼上是个四方形的大屋子，有一张沙发，两把软垫椅子，一张矮脚桌子上放着一盏灯。卧室有一扇小窗户，油漆味太呛，我把窗户打开，走到楼梯的平台上等着。春龙到了以后，我帮着把床的架子和柱子卸下来，搬到楼上，我们又一起把它组装起来。之后，我们又把弹簧床垫和褥子搬上楼，在床上铺上深红色的床单，退后几步之后我审视着这间新房。雕花的床柱像是女佣，锦缎的靠垫闪着盲人虹膜般的光彩。

这就是你尽享富贵的皇宫了。春龙笑着说。

或者说是监牢，我心想。我问他觉得"坦白"这件事怎么样。

"坦白"？他摇摇头。绝不能去！我又不是疯子！他们派了一些人到处瞎转，到我爸的洗衣店里去烦他，到面条厂去烦我老婆，甚至还找到了我的一个远房叔叔；有些政府的小喽啰把他们自己看得跟传教士似的，骗我们说家里的其他人都已经坦白了，但我们全家已经开过会了，都发了誓，谁也不去坦白。

那天晚上，我走回公寓。一轮满月跟着我走进巷子，像个玩具灯笼。废旧汽车的前灯在空地里暗暗地发亮，我的影子隐约在前方，像个庞大的朋友领着路，或者是个庞大的敌人。从路的对面传来麻将牌滑动的声音，算盘珠的碰撞声，然后是一阵小心翼翼的笑前的深呼吸。这是做交易时的深呼吸，是高手之间的较量，赌注是金子。我也有我自己的赌注，我在拿自己的心和肝下赌。

一阵强风吹来，带来了一种有树木味道的香水味，这说明她来了。乔伊斯坐在台阶下面，像一只坐在石头上的海豹一样一动不动，她的手抱紧膝盖，头发倾泻在肩膀上。我伸手去抚摸她的头，但她很快地向后躲开，我的手像泼出的水一样擦了过去。她眯起眼睛，目光锐利，像要变成根线穿过我的身体。

你来了，我说。随即我又懊悔用了这样的语气。我本来想用一种惊喜的语气说，但在幽静的深夜里，语气就变得很凝重。我不想这样，所以退后几步点了根烟。火苗像个咒语，发出嘶嘶的声响。我把烟举到太阳穴旁，烟的热度掩盖了我的恐惧。我又吸了一口，那热度又把恐惧定在了那里。

雾角响起，像个长长的音符。阴影里，她的脸蒙上了一层青铜色。

上楼吧，我说，我想告诉你，我找到了一个办法——我可以去坦白……

不，她拼命摇头，像要把什么东西赶出去。我来只是要告诉你，不管是男孩还是女孩，我会把它留下来，她说。

你什么都不懂，我说。"坦白计划"能让我们重新开始，我们可以有个家。如果我坦白了，就不再受制于司徒金，我们可以开始新生活。

你疯了吗？你坦白了，他们就有权把你驱逐出境。你不坦白，他们也同样有权用任何理由禁止你工作或者把你抓起来。不管怎么样，你都不可能赢。

我做这些是为了咱们俩，我说。沉默了很久之后，她又开口说话，声音变得很平静。就为你自己去做吧，她说。她看着我的眼神很冷酷，我努力让自己保持友善的眼神。

就这么一瞥，一个词，我们就已经走上了另一条路。对我来说，不需要再重复我的忠诚，重复只能压制本能，毁掉真实的感觉。我必须做些什么。我说，你确定吗？

确定。

我看着黑色的街道淹没了她的身影，我的拳头一紧一松，像我的心一样在跳，像我的心一样在疼。在巷子的尽头，她抬起头，又低下了。一瞬间，我有了希望，她在犹豫。回来还是逃走？但随即，一声汽笛划过，消防车警灯的红光涌进巷子，一下子，希望没了。巷子暗下来，乔伊斯也不见了。

楼上的电闸没有打开，我就顺着月光走到了婚床旁。我一下就明白了她为什么过来——乔伊斯在床头刻下了我的名字。我摸着刻痕，意识到她用了螺丝刀。她刻的是我的真名字——有信。

我的真名字我只告诉了乔伊斯。尽管她的字写得像个孩子一样歪歪扭扭的，但内容却显示出成人间才有的亲密。她想要告诉我，我的名字，外加我的生活，可能都是个谎言。我感觉胸膛里有一股热气在膨胀。我只记得床上铺满了红色，床垫在发光，然后我就不可抑制地开始砸烂这一切。

之后我坐在一堆废墟中，像个恶棍一样气喘吁吁。镶金绣红的床单现在像是条绕不清的肠子，散落的羽毛让我想起了"鸟巷"。纱帘也被抽得不成样子。凤凰的眼睛撕裂了，羽毛扯坏了。龙的永生之珠崩裂开了，海景也化为碎片。这已经不再是张喜床了。

乔伊斯的大衣在地上，衣服的身子、肩膀和领子各自散落在地上，像一尊坐佛。我把它捡起来，和成了碎片的床具、撕烂的床垫一起扔到了床头背后。

一天的时间能颠覆多少东西啊！我不愿意去想那些后果，就在乔伊斯刻下的命令之下躺下，睡了一晚。

醒来的时候，早晨刺眼的阳光像油漆一样灌进了房间。床硬得像牡蛎壳，但我却感觉被一团温柔的气息包裹着。我躺在禁忌之床上，空气中充斥着油漆味，四周是我自己堆砌出的废墟。我知道摆在我眼前的，就只剩下一条路了。

## 坦白（英文）

　　我，杰克·满·司徒，又名梁有信，现住加利福尼亚州旧金山市威弗利街19号，以法律和我自己的信念起誓，我明白自己现在正在向美利坚合众国移民局警官提供证词。警官已告知我，在美利坚合众国政府认为有必要的情况下，我所提供的任何证词都可能在任何时间的任何民事或刑事诉讼中被用做起诉我本人的证据。我有权利拒绝说明或签署任何文件。我自愿提供证词，非受制于任何形式的暴力、恐吓、威逼或利诱。

　　我要坦白自己的外国人身份，并申请遣返缓期执行。我是以身份证号码为第387046号的美国公民身份进入美国境内的，我自愿放弃这个公民身份，也自愿放弃华盛顿特区的美国国务院颁发的、我作为外国人一直使用的第362891号护照。

## 经由译员翻译的调查记录

我是美国移民规划局的调查员,受法律委托负责组织宣誓仪式。我将依据美国移民和国籍相关法律,就你的公民身份和法律地位提取你的证词。

你的任何证词都应该是本着自由自愿的原则提供的,在移民规划局提起的诉讼中或其他刑事诉讼中,这些证词可能被用来起诉你或任何一个人。你有权自己选择一位律师,如果你认为给出的回答会增加自己的嫌疑,也有权拒绝回答任何问题。你明白了吗?

答:是的,我明白。
问:你有代理律师吗?
答:没有。
问:你想现在回答我的问题吗?
答:是的。

问：请你起立并宣誓。（照做。）

问：你是否以上帝的名义发誓，你即将提供的所有证词都是事实，绝无任何谎言？

答：是的。

问：你真实确切的姓名是什么？

答：我真实确切的姓名是梁有信。

问：你于何时何地出生？

答：我不确定准确的生日是什么时候。据我所知，我相信是1935年11月18日。我生于中国广东省台山区的锦朗乡（音译）的锦庆村（音译）。

问：你是哪国的公民？

答：我是中国公民。

问：你第一次进入美国境内是什么时候？

答：我不知道准确的日期；我认为是1954年1月。我当时乘坐的是柯立芝总统号。

问：你是从哪个港口入境的？

答：我入境的港口是加州的旧金山港。

问：你的A17278129号文件显示，你于1954年1月4日坐柯立芝总统号到达旧金山，并于1954年2月6日正式入境。你认为这准确吗？

答：我认为这是准确的。

问：你是以何种方式被美国政府允许入境的？
答：我是作为一个公民的儿子被允许入境的。

问：你真正的父亲叫什么？
答：答方不想作答。

调查员（以做记录）：此处，受审人受到轻度责备，被提醒仍需遵守誓言。允许休息十分钟。

听证会继续进行。

问：你的亲生父亲叫什么？
答：我的亲生父亲叫梁忠安。

问：是谁安排你作为司徒一通的儿子到美国来的？
答：是他。

问：谁？
答：我的契纸父亲。

问：我需要你说出他的名字。
答：是司徒一通为我办理了手续。

问：你被允许入境时，声称自己有几个兄弟？也就是说，司徒一通对移民局声称自己有几个子女？
答：我声称有三个兄弟。

问：那么这三个兄弟中有几个是你契纸父亲的亲生儿子？
答：有两个是亲生的，吉新和吉弟。

问：吉新住在哪里？
答：他住在西梅尔曼巷9号。

问：吉弟住在哪里？
答：他住在太平洋大街9号公寓楼916号。

问：吉月住在哪里？
答：他没有过来。

问：你肯定吗？
答：肯定。

问：你是否是任何组织、俱乐部、联盟或协会的成员？

答：是的，我是全美屠夫协会和洛杉矶屠夫联盟的成员。

问：你现在或曾经是否是共产党党员或任何反动组织的成员？

答：不是。

问：既然你已声称不再是美国公民，你是否要向国务院交出第362891号美国护照？

答：是的，我要上交。

问：你现在还有什么需要记录的证词要提供吗？

答：没有。

## 个人描述

身高：5英尺10英寸

体重：175斤

眼睛：棕色

头发：黑色

左耳有耳洞

## 详细记录

受审人，1935年11月18日生于中国广东省台山区锦朗乡（音译）的锦庆村（音译），乘坐柯立芝总统号于加利福尼亚州旧金山港第一次进入美国。1954年2月4日，作为司徒一通的儿子司徒吉满被允许入境，并以此名获得美国护照第362891号。司徒一通声称为美国公民。进入美国之后，受审人没有回到过中国。他住在加利福尼亚州旧金山市威弗利街19号，作为屠夫受雇于杜邦街812号的大众市场。没有代理律师。

1965年2月2日在旧金山市，受审人于宣誓后提供作为"证据A"的证词，坦白他的真实姓名为梁有信，并停止声称自己为美国公民。他的移民父亲与其不再有关联。受审人没有亲生兄弟姐妹。

受审人指出他假家庭中的成员。

移民父亲

司徒一通，又名周忠安（A7 147/198号文件）

此人声称为美国公民，但事实上生于中国的锦庆村（音译），为中国公民。本案正由联邦政府及本地政府进行调查。

移民儿子

司徒吉新，又名张立山，（A1 149/251号文件）

现居于加州旧金山市西梅尔曼巷9号。

移民儿子

司徒吉弟，又名罗永新（A7 223/354号文件）

现居于加州旧金山市太平洋大道9号楼916。

移民儿子

司徒吉月

已注册，未使用。

受审人表示现在不是，也从未参加过共产党。他声称没有被以任何形式拘捕过。国家和本地调查部门未发现不良信息。受审人似乎愿意接受驱逐诉讼，初步印象是可以在移民规划法案第249号条款之下调整身份。

## 坦白

1965年2月2日,我走进桑瑟姆街100号,在没有代理律师的情况下坦白了我非法入境的事实[1]。离开的时候,我本该有胜利的感觉,但感到的却是未来更加迷茫了。我不知道司徒金发现了我的行为之后会有什么后果。我感到了一阵从未有过的失落,在身后这个国家里,法律和爱情都没有给我指明方向。

对于乔伊斯而言,距离让我更有耐心。我离地下浴池远远的,而且即使是知道她辞职了以后我也不去巨星电影院,远离宝塔公园。碰上关老太太买熬汤的肉骨头时,我就像平日一样接待她。远远瞧见乔伊斯时,我只要看到她一眼就很知足。每天晚上,我转着罐子,仔细检查松鼠酒,盼望着很快能享用到它的功效。

---

[1] 桑瑟姆街100号(100 Sansome Street)是旧金山市美国移民规划局的所在地。——译注

## 坦白

我是我冒名妻子的合法丈夫,所以要去司法部确认她的身份。司徒金的律师给我看了她的照片,又告诉我一遍,说我只需要确认一次,之后的事他会处理。不要回答任何问题,我们上电梯的时候他教导我。没问题,我说。我们进入了一间大屋子。这间又白又空的屋子里既没有桌椅,也没有人,甚至没个秘书或者办公桌什么的。这是什么样的办公楼啊,我想。在场的都是男人,都是中国男人。这时,一个保安走了进来。

我们这些男人在一面巨大的窗户前集中起来,透过窗户能看到一个黑漆漆的屋子。一盏灯打开了,屋子的一侧亮了起来。女人们开始鱼贯而入。我想起我自己刚来时的情形,我等着假"父亲"从一排人里把我认出来,然后又按要求把他从一排父亲里认出来。

很容易我就找到了我的假妻子。像之前说好的那样,她穿着蓝色的裙子,正面有一些黄色的玫瑰花散落下来。这种颜色的组合听着并不显眼,但在一屋灰乎乎的袍子中间,她的裙子就像天空一样明朗,那一串花苞看上去像无数个小太阳。她臀部挂着的卡片标明她是55549号移民。我把号码抄写下来,和结婚证一起递给律师。他很快消失在了长长的走廊里。

没有其他人从那个屋子里被叫出来,所以感觉很长一段时间里什么也没发生。但门再次打开的时候,张伊琳被交到了我手上。我注意到的第一件事就是,她不是那种可人儿的女孩。路易最爱她这种火一般热烈的女人,她们更像是情人,而不是妻子。她的嘴唇抿得很紧,鼻孔轻微地鼓起来,这让她即使在放松的状态下看起来也像只凶悍的母老虎。她眼睛很圆,目光如炬。

老公。

她声音低沉,像抽烟的人一样有些黏稠。

老婆。

我们十分生硬地站着,等着。律师回来了,和我握了握手。我知道手续上的事已经办好了,我们成功了。之前他们教过我了,于是我把她带到司徒金那里。我在他办公室外等着,听着屋内的声音一浪高过一浪,直到沉默像一团风从门缝底下钻了出来。她走了出来,看上去既不沮丧也不得意,但是很满足,就好像她刚干了一大仗。

你没事吧?我问。

她吸吮着下嘴唇,我注意到一道月牙状的疤痕,她的表情因此显得暴躁。渴了,她说。

我带她去冯家冰激凌店，给她点了一客三种口味的圣代。我觉得新鲜事物能让她放松一下。一个新的不痛快能让你忘掉另一个不痛快，我说。

很凉，她说。

它对你的脾气有好处，我开玩笑说，能降温。

她尝了一口香草味的，问，樱桃的在哪里？

我叫来冯老四，他拿来一盘樱桃味的，她很开心。我很惊讶，她居然一口气把三个球都吃了，然后微笑着向后靠坐进座位里。

他想要什么？我问。

跟我一样，她说。

到底是什么？我问。

自由，她说。

做梦，我说。

我朝冷饮柜的方向看过去。隔壁的座位里，一个小姑娘喜欢伊琳高高耸起的发型，趴了过来。小姑娘说，你真好看。

伊琳笑着说，美国女孩一点都不害羞。

你会习惯这一切的，我说，你一定觉得一切都很陌生，但什么事开头都是很难的，跌几个跟头不算什么。很快你就会忘掉这些，越来越少想起过去的事，然后那些事就会像废弃的隧道里隐约吹出的哨声一样。你不再回到过去，因为那样只能让你厌倦，所有你不能改变的最后都会变成让你厌倦的东西。你现在害怕新奇的东西，但再之后你就会渴望它们。我笑了笑。

我刚开始也跟你一样。我刚到的时候,没有一个能让我踏踏实实地去追求的梦想。相信我,有一天所有不能忍受的事都会变得习以为常,就像每周三下午四点吃冰激凌一样。你现在可能想回去,但有一天你可能会拒绝,甚至为了不再回去而斗争。相信我,真的,你害怕的东西会变成你必须忍受的。

你说什么呢?她问。

窍门在于别想太多,生活就应该充满乐趣。因为这是"花之国"啊!

我喜欢充满乐趣的生活,她说。

我知道你肯定会喜欢,我说。

那你为什么告诉我这些?她打了个要烟的手势。

我给她点了一根,说,可能是你让我想起来我以前的理想。

她吐出一口烟,我不信。

广场的一个老单身汉给过我一些建议,我现在转送给你:不要接受任何承诺要保护你的手。越强的手打人打得越疼。

我说过我害怕吗?她问。

没有。

也许在某些情况下我们都需要对方的手,她说。

对我来说你大概太聪明了,我说。

女人得要聪明点,你不觉得吗?

来吧!我说。还有几个小时就要去宴会了,我们别光顾着说话,来找点有意思的事做吧!我借了路易的车,带她从要塞公园[1]到金门大桥，然后又去海洋沙滩和苏特罗游泳场转了一圈。我把车开到了马里纳大道，带她看平静的港湾里停泊着的快艇和帆船，然后经过朗伯德街去了梅森街。我把车停在百老汇街最高处的最后一个斜着的对角线处时，她大口喘着气。

太陡了！她叫着。

我们下了车，走到石阶上，我把海湾大桥指给她看。这里的角度是最好的，我说，而这是最好的座位。

为什么？她问。

月圆的时候，在这儿就像回家了。

我永远也不会回去，她说，我来这儿有两个原因，将来我会找你帮忙的。

我看着海湾大桥上的车子一寸寸地移过大桥，心想，逃吧。我没敢跟她说我去坦白的事情，也不想知道她生活里的任何细节。但她已经开始讲，而且也停不下来。她逮住我，开始滔滔不绝地说，气都没喘一下。除了听她把自己的事都讲一遍，我还能怎么办？

我是个有颗流浪之心的女孩，父亲是乡镇报纸的排字工人。人们粗略地看一眼报纸，就需要他排上三千个汉字。他用一个三角形的流程熟练地完成这项工作：从脑到眼，再到那

---

[1] 要塞公园（Presidio）是旧金山金门大桥国家游乐区的一部分。历史上它曾经是西班牙、墨西哥和美国的军事要塞。该要塞于1994年10月1日停止使用。今天它已变成了旧金山市的一个公园景区。——译注

双灵巧的双手。他的双手长得细长，指关节像竹节一样突出；拇指移动得比用算盘的会计还要快，小指的指甲比抽大烟的瘾君子还要长。他的手眼配合默契，排字速度飞快；他天生拥有排字的天赋：反着他都能把每个字看得清清楚楚。

他把金属字块从一个托盘里挑出来，一个一个地扔到另一个木制托盘里。金属撞到木头，就像沙子在流动一样。表意的文字一个挨着另一个，排成一行行，一列列，排成了故事。所有的故事加在一起，就成了一页报纸。一页报纸包裹一个婴儿，所有叠在一起的一摞摞报纸又变成乞丐防寒的毯子。

我父亲编织着密密麻麻的一行又一行。一张白纸里，编出让人信服的新闻，告诉人们事件的时间、原因和经过。一页页的报纸像是白旗。婴孩的鬼魂为墨，乞丐的污垢成形。

每个字都是种病，每个故事都是个灾难。他把故事集中到托盘里，把粗皮带套到脖子上，用金属钩子扣住皮带上的孔，然后用前臂托起托盘开始走。他的脖子被拉住，像套着沉重的枷锁，走过漆黑的走廊，像已经判刑了。

机器像鼓一样敲打着，也敲打在他心上。灼热的金属发出辛辣的气味，好似烧着的鱿鱼，冒出的蒸汽刺痛他的眼睛。滚筒咆哮着，滚动着，敲击着，齿轮互相碰撞发出回响。每当这个时候，穴洞一般的工厂里就会发出雷鸣般的响声，好像数以百计的和尚在同声颂唱。

然后他把马尾做的刷子蘸上墨，涂遍装着故事的托盘。那一个个玉米粒般的金属块在页面上闪光，好像准备好要咬下去的牙齿。他把一页页的大方纸送进滚动着的滚筒里。白纸吸进去,然后从另一端吐出来长长的黑舌头,湿漉漉的,摆动着,散布着全世界的流言飞语。

他把世界重新整装进了纸张里——《新中国新闻》。

但父亲想要的更多。他渴望去游历新世界,于是他跟哥哥一起从中国的南方坐船到了墨西哥。"花之国"是他们的目的地。他们徒步穿越了沙漠,然后在圣易西铎跳上了火车,但父亲被枪打中了。

她用好斗的眼神看着我,好像在宣誓一样。所以我才答应了媒人,才答应兑现给司徒金的承诺。

我觉得她的心像一只白色的拳头,紧紧攥着,毫无血色。她把复仇像血一样带到嘴里。她渡过太平洋,"和平之洋",来找"叔叔",好像在找合适的情人。如果她父亲活着,会不会教导她这些道理呢:欲望不能通向知识,爱永远不像你想的那样,渴望不等于希望呢?

生活不是武打小说,我说。书里发生的事是写出来的,生活里发生的事是人们活出来的。有一天也许我会读到你的故事,我说。

尽管我不怀疑她伤心难过,我对每个跟"坦白"有关的人都心存芥蒂。她是在讲述伤心事还是在戏弄我?听完她的故事以后,我产生了一种我并不想有的责任感。我认识她才不过几个小时,而她已经把我推到一种"被信任"的状态里,这不是我应得的,我也不想要。突然之间在你眼前就出现了这样一个人,她赤手空拳,得或失于她都没什么区别。我下决心不把我坦白的事告诉她,我不信她一定不会告诉司徒金。

我对她抱有同情,但不会让她用她那些伤心的往事从我这儿赢得什么。然而,正直的人必须尊重别人告诉他的故事。不管讲得多刻意,主题多平庸,每个故事都值得一份回应。

我祝她将来一切都好,她显得很吃惊。我的反应很意外吗?我的同情不受欢迎?

没时间想这些了,剩下的时间只够换身衣服,赶到四海餐厅迎接第一批客人。

## 坦白

酒席晚宴。司徒金借此机会向熟人和整个社区宣布杰克和伊琳结为夫妻。看着挤在圆桌上的人们羡慕的眼神,他暗自庆祝他即将获得永生。很快,人们就会再次回到四海来庆祝他的儿子出生。

司徒在酒席上是下了老本的。每张桌子上的尊尼获加威士忌都是黑标的,不是红标的。菜品包括一只蒸鹅,三种禽类菜:乳鸽、鸡和鸭子。鱼翅细得像粉丝一样。海参肥美,咬上去"咯吱咯吱"的。还有扇贝和虎掌,另外还有两道特惠菜:牡蛎和龙虾。

他所有的工人和合伙人都来了,包括被解雇了的和退了休的,聚集在广场上。司徒金好像新郎官一样亲自迎接客人。他相信有了这些人的支持,事情办得会更加成功。大家入座之后,他巡视了一遍酒席的情况,看见了一片饥饿的面孔,还有对他多多少少的一些忠诚。来赴宴就代表着认可。这个故事跟菜单一样，已经敲定了。

座次的安排也很说明问题。司徒金的右侧是一把空椅子，是留给他的结发妻子的，左边坐着的是他的替代妻子。杰克是她法律上的丈夫，但他却坐得很远。整个酒席不像是在庆祝他们的结合，而更像是要宣布司徒金的野心。

司徒金希望任何议论的声音都在他的听力范围之内。他的贺词很短，"喜"得也很有限。每个人都会得到他自己该得的那份。司徒金举起酒杯，高声道出了那句传统的祝酒词：祝新郎新娘百年好合！

然而，整个厅里的人都没想到他能觍着脸这样说，而且说得还很简洁。一阵寂静之后爆发出一阵高呼声，每个客人都举起杯，高喊，长命百岁！百年好合！子孙满堂！

司徒金很是满意。吃东西就代表不会告发，没有说出来的就是真理的故乡。他们把真相当做沉默吃掉了，那是他们应该说出的真相。这个故事的官方版本是上桌的第一道菜：我出席了我儿子的婚礼，我祝福了他们百年好合。我是证婚人。

司徒金晃了晃握紧的拳头，喊道：上菜！

厨房的门转动开来，服务生端着盖着盖子的汤盘鱼贯而入。卖肉的都被安排坐在厨房边上，这样他们沙哑的声音就会被旋转门的声音和服务生快步来去的声音盖住。

大刀师傅尝了一口鱼翅汤，赞美起那清亮亮的肉汤。顶级的鱼翅！他说。

满高把苏格兰威士忌倒进碗里，说，顶级的东西意味着顶级的秘密。

司徒金再多来几个儿子吧!格尔曼说着,给自己盛了第二碗。

是孙子!满高纠正他。

豆厂的胖老齐伸着脖子看向主婚的那一桌。为什么司徒金旁边是把空椅子?

你都快笨死了!大刀师傅骂道,你都能明白点什么?那把空椅子是他真老婆空空的大肚子。

胖老齐扑哧笑了,真老婆离司徒金那玉根那么远,是高兴不起来喽。

他那是个破烂玩意儿!满高说。

那个替代老婆很漂亮啊,胖老齐仔细观察着。

她当然漂亮啊,满高讽刺地笑着,她年轻嘛!年轻的时候不漂亮还什么时候漂亮?总不能是老了以后再漂亮吧!你要问我,我反正是不相信漂亮女人;她们不漂亮了就都是母老虎。

胖老齐在宴会厅里到处乱看,问,浴池那个女孩来了吗?我喜欢她的长相。

我见着她在公园里吐呢,满高边说,边盛了两碗满满的米饭。

可能是吃坏了吧,胖老齐说。

满高眨了眨眼睛,也可能是有了。

有喜了?胖老齐问。

男人们笑了。苏格兰威士忌在桌上又转了一圈了。大刀师傅从刚刚上的菜里抢到一块黑蘑菇。

胖老齐接着说，我觉得吧，这个新娘漂亮得比较传统。

这是婚宴，不是美女展。大刀师傅骂他。

新娘比真相可要贵！满高说。

浴池的女孩眼睛长得好看，胖老齐说。

你就喜欢别人玩剩下的，捡垃圾的。满高笑话他。

她笑得可真好看，胖老齐叹了口气。

上边儿的还是下边儿的？满高问。

男人们的头一下子甩向后面。大刀师傅拍着大腿，叫得最欢。下边儿！下边儿！

看见她的嘴了没？从没见过这么大张嘴，满高说。

胖老齐点点头。一口就够她干的了。

干你！干你！男人们拍着手吹着口哨叫道。

格尔曼指着他自己的鼻子说，两大口也不够我的！

满高喊道，她根本不会看上你一眼，你这个又肥又老又恶心的家伙！

别这么刻薄嘛！格尔曼大哥多可爱啊！他挥舞着手臂，随便问问这儿的哪个女人！

你那把老骨头都不够熬碗汤的！大刀师傅讥笑道。

你去死吧！格尔曼喊，女人们都爱我。

爱你的秃脑壳！爱！男人们纷纷叫着。

服务生们极快地走出厨房，以致电动门从来没有完全关上过。持续不断地传来嗡嗡的声音，服务生们穿着红色外衣，很像不停振翅的蜂鸟。一盘对虾上桌，一打筷子伸向它，又是夹又是拧。两盘特惠菜上来了。大快朵颐的间隙,男人们惊呼着,司徒金真是大方啊,司徒金值得上这个"喜"字。

岳路易走进来的时候,所有的谈话都停下了。他怀里还搂着个金发女人。

他妈的!满高说。

简直是倒退了九辈子!大刀师傅嘴里骂骂咧咧的。

沉默是新上的菜,不多见的菜。没人嘴里再嚼什么、咽什么、嘬什么了。路易走过去以后,所有人的脑袋都凑向了桌子中间,看见没?看见那个小痞子没?

跟个鬼子妞儿在一起!

没规矩!

目中无人!

一阵安寂,像是在煎草药,每个人都琢磨自己那些寂寞的事儿。最后一道菜的浅盘子上桌了,人们仔细地研究着盘子温和圆润的形状,吸吮着茴香的香味。

格尔曼用筷子翻了翻这道菜,找到一只翅膀,扯开。是鹅!他尝了尝,咂咂嘴。很嫩啊,他说。

真是好人。胖老齐吮吸着肥美的鹅蹼。

这秘密可真是不便宜,满高说。新娘是司徒金的,杰克就是个替身。

这么说这是场假结婚?胖老齐挠着头。

比你的牙还假呢!满高大喊。你没看见司徒金正瞅着她吗?瞅着她的大舌头!

人们笑了。

看！胖老齐跳了起来。看新娘怎么涂唇膏！

这有什么奇怪的？格尔曼转过身看。

行为经济学，胖老齐叹着气。她用拇指转了两次，唇膏就全都转出来了。看起来很不错啊，看起来她为自己的漂亮还有点儿害羞呢，真不错。

你不知道唇膏功夫？格尔曼微笑着说。

真要命！胖老齐点了点头。

满高叫着，还是看看你自己的牛眼怎么前后乱转吧，别看得这么嚣张，你！喝喜酒的人应该得体点儿。

我告诉你，有的女人用十个手指头抹，把手都弄脏了，口红都还抹不到嘴上，胖老齐坚持说道。

大刀师傅骂道，那跟你有什么关系？在婚礼上谈论别人的老婆！

干吗喊这么大声？格尔曼问。

人们把盘子里的东西又扫荡一遍。小心点，满高一边把最后一点威士忌倒出来，一边说。我们吃了司徒金的饭，也就吞下去了他撒的谎。准备好移民局来的时候把司徒金要的"真相"吐出来吧，他们要问大众市场是不是他的，我们就得说不是；问杰克逊街850号是不是他的，我们也得说不是。要问那些赌场和吉姆·穆里根的合作关系，我们就说，我们不知道。

没问题。没问题。

是的。是的。是的。

我们不知道,不知道。

每个人都把盘子最后翻查一遍,发现一丁点东西都不剩了,就把筷子搁在碗上。空手而来,又空手而去了。出门的时候,每个人都热情地跟父亲、儿子和新娘握了握手。

跟客人们道过再见后,司徒金很是满意。他接受客人们的谢意,他把每只手都紧紧地握了一下。他仔细地看了每个人的眼睛,读出来的内容是他们对他将完全言听计从:那是羡慕、害怕和尊敬的眼神。

## 坦白

伊琳第一次向我提出要找点事情做,我建议她交个朋友,然后路易把珍珠介绍给了她。这个出生在爱尔兰的女孩鼓励伊琳要独立自主,做她自己想做的事。于是伊琳跑到了大众市场,在营业厅那层碰上了司徒金,那是一天中最忙碌的时候。他们大吵了一架。客人们纷纷放下篮子,停下在甜瓜上摩挲的手。她喊着,我要干最血腥的活儿,就从肉铺开始。我们这些卖肉的兄弟都把脑袋缩到衣领里。大家都忧心忡忡,谁也不希望一个怒气冲冲的女人拿着把三磅重的菜刀站在我们这个两三步宽的过道里。

但是教她的任务被派到了我头上。我觉得司徒金应该还不知道我参加"坦白计划"的事,但我不想拒绝他,这样会引起他的注意。因此,继成为我的新娘后,伊琳又成了我在肉铺的徒弟。一周六天,我们在一起工作。她要是不这么急于求成的话,这样可能挺有趣的。她没什么天赋,没继承来她父亲手眼配合的能力。手抓力不太够，拇指也抓不住刀把儿，她手掌的发力点不对，拿菜刀的样子就好像那手是硬纸板做的。刀落在砧板上的时候，不是干净利落的一下子，而是一串的重击，好像她在追老鼠。刀刃在她手里会从胸脯肉上飞出去，半路落到小肋骨上，把烤乳猪松脆的皮扯下来。客人们都嚷嚷着要退钱。他们打开粉色的包装纸，给我看那一堆肉、皮、骨头全都散开的残局，我实在没什么可说的。

　　我试着教她手眼配合，想让她把刀抓得更紧、瞄得更准，但没起什么作用。一次，刀下去后完全没有挨着砧板，而是在钢制的柜台上划出了一道痕迹。另一次，她切到了手，血留个不停。我找来锯木头剩下的木屑，洒在她的伤口上，才止住血。

　　这是血的教训啊，我跟她说，交学费了。

　　卖肉的兄弟们笑话我：蠢徒弟能笨死师傅。司徒金给她派了一些"轻松"的活儿像收拾收拾菠菜、给罐头标标价儿、在算盘上算算账、在卖场里来回走走之类的。我注意到，她在柜台的那一边干得如鱼得水，既有威严又不失轻松。她处理了店里的扒手，但并不让他们过于难堪。她安抚抢柚子的女人，抓出偷糖果的学生，为老先生们引路到商店门口。在她那里没有人会觉得自己被看轻了，大家都觉得自己是得到了特殊照顾——耐心是她的长项。

　　打烊之后，我到储藏室里翻了很多盒子，找到一把小一点的菜刀。我熬了一个晚上，用砂纸把刀上的铁锈打掉，又用了一个晚上磨刀，第三个晚上，拿火给刀刃去湿，直到钢刀变得锃亮。然后我用红木打了一把新刀把儿，磨光，这样她更好拿。我想能有什么东西能在她甩出刀之前吸引她的注意力，就在刀把儿顶部的中间穿了三个孔。又花了一个星期，我终于在上格兰特街的一家当铺里找到了几块合适的石头。我把红、黄、绿色的几块石头连成线，镶在刀把儿上，之后一切都准备就绪了。

我的拇指在刀边上轻轻抚过，听到了刀刃发出的清脆的声音。我又用它切了一下卖肉用的厚纸，看它是否锋利。之后，我把刀夹在了《纽约时报》娱乐版里，带到了市场——伊琳正在那儿收拾干鲍鱼。

用这把刀你干活的时候能轻松点儿，我说。

她拿着它，从左手换到右手，看是否合适。

觉得还好吗？我问。

好极了，她说。她挥舞着菜刀，像舞蹈演员舞动丝带一样。

当心啊，我说。

她面带微笑，抚摸着每一颗石头，说，就像红绿灯似的。

是为了让你的眼神不到处乱跑，我告诉她。

我把熟食专柜挂的架子上最大的一只鹅摘了下来，放到案板上。来试试，我说，对准这只鹅，朝着脊梁骨，冲着木头板子砍。

她用刀刃轻轻碰了碰那只鹅，深深地吸了口气，向后挥起菜刀，猛地落下，直砍到木头。

我很满意，我把她教会了。

打烊的时候,我夸她进步了,这更加激发了她,她开始谈论她的终极目标。我们一起打扫肉铺的时候,她又讲起了她的故事。

听着。所有人都觉得没得到的是最要紧的,我也不例外。我没有了父亲,也就没有了根,我觉得低人一等。我想要父亲保护我。每当我妈感叹没有个儿子能给他报仇,我就加倍地难受。儿子流出来的是血,女儿的就只能是泪,为什么是这样?为什么在精神上,女儿像是孤儿一样?为什么女儿要在娘家和婆家间游荡?

我心里装着七块沉甸甸的铁块上路了。我要找到叔叔。我要问问他,为什么要丢下他的兄弟。我相信行动是对情感最好的回报,我会用我的行动重述他们感受到的一切。

等等,我打断了她。我之所以做了这把刀给你,是为了让你好好干活儿。

我知道,她说。

我鼓起勇气说,你真的这么想吗?

怎么想?

你真的这么固执,不依不饶?

她转过身去,我知道我说中了。我想问你一件事,说完以后我不会再提第二次。最开始我们谁也不认识谁,但现在我们共同经历了一些事,这是事实。作为朋友,我问问你,你真的认为,这样抗争过以后,你会成为一个更好的人吗?过你父亲想让你享受的那种生活不会更好吗?

她的目光像没磨过的刀一样钝。

我说,不要用你的那些奇怪的想法把我拉下水。你别觉得在那种旧世界的真空里你能起任何作用。

她那样看着我,好像我讲的是外国话。然后她提起菜刀,一次又一次地把它轻轻举起,好像在掂量她的话。最终,她说,他欠我的,他不可能忘掉自己的兄弟。他知道有因果报应,他在等着我;不是这辈子,就是下辈子。

我摇着头,说,我告诉你,我不会帮你干这个。这种尝试是无谓的,你赢不了。

小姐?一个客人打断了我们。我能买点儿东西吗?

她眯起眼睛,看向客人身后远处的某个点。她转向我,说,我没指望赢。她用一只手拍打着围裙,好像大臣在给皇帝下跪之前把袖子解开的样子。然后,她从熟食专柜后面走向大众市场,另一只手还一直握着那把菜刀。

我看着她,很是担心。

## 坦白

韦恩巷的街坊们不是司徒金的伙计,因此,在他的盼咐下,我每天晚上都过去一下,换身衣服。如果移民局来问爱管闲事的林太太,她就会告诉他们我跟伊琳真的住在一起。

生命就是时间,我们的时间孕育出了爱情。十个小时在肉铺,晚上又在韦恩巷,日子久了,我跟伊琳就成了朋友,而时间会把感觉像堆金子一样堆积起来,这是再自然不过的事了。在"大东方"吃过晚饭,又在菩萨酒吧喝了几杯,之后我去了伊琳那儿。时间已经很晚了,这足以给邻居们留下正确的印象。如果伊琳睡了,我就看报纸,然后走人。我们经常一起喝茶闲谈。

她依旧很无聊,她告诉我。自从她每周日得去找司徒金、跟他做爱以后,日子就显得愈发无聊了。

一点盼头都没有,她说,我的身体永远不会快乐。

春天的一个晚上,她拿一种草药补品招待我。

这很特别,她告诉我,这是她母亲留给她最后的礼物。

五十年的人参，药效极强。

我接过碗，一口气喝下了苦药汤。一阵沉默，漫长又稀薄，像是号角。她靠近了些，拍了拍我的大腿，说，我们该怎么办？

什么？我把手放在了她的手上。

就是我们俩呗，她点点头，我们做爱的事。

你想问什么？

她的眼睛一动不动，直直地看着我。我得保住我的名分，她说。司徒金想要个儿子。

我看着她，说，我们走上这条路的话，有一天可能司徒金会恨死你，也恨死我。你有准备吗？

她把手放在我的手上面，轻声说，谁不喜欢更年轻的呢？

我感到她手拱起的弧度，想象着她湿润的温度。你不是不知道搅进这件事的危险，我说，司徒金是渔夫，我们是他的鸬鹚。

你是说那种为了一点蝇头小利卖命的鸟吗？她问。

我点点头。司徒金把绳子套在我的脖子上，我可以飞起去抓他要的鱼，但不能享用属于我的美味。我不是"不死鸟"。

什么鸟？她想知道。

就是那只断了腿的鸟，注定要一直飞下去。因为只有飞的时候它才是自由的。

她拍了我一下，你的故事不少嘛。

也许我是想给自己编出一个新故事吧，我说，你不希望活出另一个故事吗？

有的故事是要比生活精彩,但你我都被困在这个故事里了,她说。

她的眼睛像是月光下的湖面一样闪着光。我想要相信她。我想相信,我们是一个战壕里的,彼此需要,因此也互相平等。但谁更需要谁呢?我吻了她,想看看我有多大决心。

你和我,她也回吻了我,说,我们是一样的,在这个世界上我们只有自己。

于是,我们就这样飞了。腿是残了的,着地便意味着放弃。

"上床"。

这是一种说法,我们用的那种说法。

另一种说法是,做爱。

她的手比呼吸还要轻柔,她的呼吸甜蜜、慵懒,赛过黑色的罂粟。我完完全全地迷失了。我感到一阵凉意,像是一缕珍珠,然后一道锋利的刀锋划过,项链断了。她的欲望躲在呼吸里,那样完整而充实,我回到了母亲河安全的怀抱中。

我们上了床。

我们做了爱。

哪个才是原版?

哪个是译文?

## 坦白

爱德索告诉我，说路易留下话，要跟我谈谈。于是我离开咖啡馆，右转走向菩萨酒吧。刚刚迈进酒吧一步，我就知道有麻烦了。满屋子都是烟，还有一种糖的甜味，好像太多的游客把喝的东西洒在了地上。没听到平常播放的那些曲调，鼓点像是从自动点唱机里敲出的，像是要把头敲痛。马蹄形吧台的中央，两个男人夸张地大笑着，眼神来回穿梭，像在磨刀一样。

我在吧台的尽头找到了路易，回身指着那些陌生人，他们是谁？

巡警，路易说，瓦列霍辖区的。

温斯顿给我们倒了杯威士忌，说，可能是从桑瑟姆街来的，他们可能是移民局的。

爱德索告诉了我你留的口信儿，我对路易说，怎么了？

他说，我们走吧。一个女人在我们背后痛苦地哭喊，你试试看！我转过身，看到一个大个子男人站在电话亭旁，一个女人正在努力把他从身边推开。我认出了他就是那个传话的,说,兄弟,又见面了。

他注意到我,那样子是还没打过架的。

看来这个女人不想理你啊,我说。

别多管闲事,他说,然后从我面前匆匆走过。

酒吧中央传来一阵哨声。回来,回来吧宝贝儿,你会喜欢我们的。

放开她,路易说。

两个警察都在看着。个子大些的从凳子上起来,走向路易,问,你住在瓦列霍街?

路易用英文答,这关你什么事?

你个中国佬跟我们的珍珠·麦克沙恩住在一起?

路易站直了冲着他。

你应该好好待在自己的地方,大个子警察说。

我用广东话跟路易说,别蹚浑水。

说英文!小个子警察叫道,这是在美国!

这个我们知道,路易用英文回他。

这两个警察开始唱歌,但不大对劲,调子没什么不对,但就是听不出来唱的是什么。直到他们唱到和声的部分我们才听出来这是变了味的"花鼓调"。

路易问,你们唱这个干吗?

你喜欢吗?小个子警察讥笑着,大个子也开始笑。

曲子的节奏变得很简单,很搞笑,但没有唱错。

路易站直说，最好有人从这儿滚蛋。

我听出他认真起来了，说，我们去兰伯特俱乐部吧。

路易走到大个子警察面前，你喜欢那歌吗？

大个子警察向后扬扬头。他大唱起来，我喜欢呀，你喜欢吗？

路易冲我很快地点了下头。我知道他那种没什么表情的眼神代表着什么，那是要开火了的预兆，所以我调整好呼吸。

路易大叫道，去吃屎吧！

我看见路易的胳膊肘狠狠地捶在大个子警察的脸上。我看见小个子警察把手伸到夹克里，我叫道，小心左边！

路易撞向他，喊，走！

我们出了菩萨酒吧，朝着杰克逊大道的方向，一路跑到有轨电车总站。然后穿过西梅尔曼广场、鲑鱼巷，跑进百老汇的顶头。我从石椅子上往下看去，一百三十九级台阶，灯光铺成了地毯，一直延伸到海湾大桥。

路易指了指两个正在穿过百老汇的人影，冲向费奥拉里广场，喊道，走吧！

我们跑到泰勒街，然后是乔伊斯街，穿过七拐八拐的花园小路到唐人街。瓦列霍警察局的灯亮着，黑漆漆的居民区里只有一只孤零零的萤火虫。路易朝警察巡逻车的风挡玻璃上吐了口痰。我们大笑着从斯多克顿的维克多利亚面点屋和科尔尼的罗西市场前跑过。到处都是黑漆漆的，到处都大门紧锁。只有街角的圣约翰教堂亮着白色的光。特里斯特咖啡厅还在营业，"长毛"在街上抽烟，店里播放的音乐像从石头缝里钻出来的蛇一样委婉缠绕。

我们穿过上格兰特街，上山到路易住的地方去。刚一进去，一个声音从过道里传了出来，亲爱的？

路易跟珍珠说话的时候，站立的姿势、说话的语气像完全换了个人。我为了给他们留点空间，转头不去看他们缠绕在一起亲密的样子，只是听着只言片语中蒸腾出的热度。

然后我看到什么东西一闪而过，像只飞行的鸟。

亲爱的？珍珠的声音又出现了。

我顺着走廊看下去，看到一排门，像是载货火车上的车厢。然后我看到了珍珠。她挺着肚子，已经是一个球了，像一颗正在升起的宝珠，散发着光芒。我想起这个星期早些时候看见乔伊斯从三和粥粉面出来的样子，她的新体型当时着实吓了我一大跳。

去睡吧，路易的声音甜蜜但很坚决，好好休息。

然后他示意我跟着他们。在狭小的过道里，我经过他们的时候闻到有玫瑰的味道。我在漆黑的厨房里站下，发觉这里没有任何姜的味道，也没有没散尽的辣味或者肉香。路易过来把厨房门锁上，我跟着他从后面的楼梯爬上屋顶，那里的门已经用挂锁锁上了。他踢了踢门，但没什么用。再来！我叫着。

我们从墙那里往后退，然后冲过去撞门。反作用力把我俩摔在满是沙砾的屋顶上，我们大笑起来。路易靠着窗台又站了起来。我站在黑暗中，觉得胸膛的东西在跳动，好像那里有一千只燕子在飞。路易脸上带着赌徒一样的平静,但我看到他脖子上青筋鼓得有手指那么粗。

我指着月亮周围的那个圆环说,明天会有雨。

这么说那两个玩意儿不会在街上转悠了,路易说。

我惹不起这种麻烦,我大声说出心里的不安。

麻烦会找我们的,路易说。

你在怕什么吗?我问。

所以我才找你帮忙,我得让这个孩子姓我的姓。

你可以塞给医生——点茶钱啊,我提议。

我给了,但只是得到了他的警告,警告我别再这么干了。

可能你给少了?我嘲笑着说。

他也笑了,别打算贿赂在这儿出生的"竹子医生",他们忠于的不是自己的血统。兄弟,他说,我得要你帮个忙。

没问题,我说。

找司徒金来帮我。

我站起来,靠着柏油窗台,下面的街道黑漆漆、空荡荡的,像是油桶的内壁。一辆蓝色的车静悄悄地滑入停车位。我会找机会的,我说,很难碰到他慷慨的时候。然后我问,你不怕有人给你老婆送信儿说这个孩子的事儿?

路易耸耸肩,先看看是不是个儿子吧。

我冲他摇摇手。现在你要是喜欢男孩多过女孩,那到时候人家因为你的孩子是混血儿不喜欢他的时候,你可别哭。

他站起来,手臂收拢,一拳打向了黑夜。我不担心那个,我得在母老虎过来之前享受人生!

我想知道,哪个女人对你更重要?

路易的犹豫道出他的痛处。沉默并不是因为他没下决定,他更像是那种新型的男人,脚踏两个世界意味着双份的爱。

珍珠知道我心里在想什么。之后他叹了口气,好像被打败了一样。但园玲是中国人,最终还是得光宗耀祖的。

远处,雾号响起来,我想象着那片被我称为"太平"的大洋,还有那艘被我称作"逃离"的船。

女人啊!路易说,她们可以用一个笑容毁掉你。我开始跟珍珠在一起就是因为她的笑容,它让我觉得很自由。她的头发像火,皮肤像水,她的一切让我的感觉像在跳舞。

是她点亮了你,兄弟。

路易笑了,但珍珠是很无情的。女人把心放在你身上以后,就再也不会让你走掉。越简单的女人抓你抓得越紧。

我是个要工作的男人,我说,我受不了脾气极端的女人。

不要把两个人捆死在一起,路易说,这是我的忠告。找着你自己的乐子好好享受吧,别想着保存起来,快乐是留不住的。如果你不把快乐奉作信条,它就会自己蒸发掉。

我问起他怎么向中国的老婆解释这个孩子,他变得烦躁起来。我为什么要解释我自己的生活?我拼命干活,把血汗钱都寄给她,这都是为了什么?不就是为了回复她那些写满伤心的信嘛。就这样?为什么?你老婆跟她老妈啃树皮的时候你不是在豪赌或者玩女人吗?路易抓了一把沙砾,从屋顶上扔出去，发出的声音像雨声，像眼泪。

他继续说，咱们受苦受累的时候，女人又知道什么？让你留下来做苦力需要说多少句话？你数没数过？"花之国"就用一句：不行，你不行。冯满高不行。格尔曼·金不行。不行。路易又说。然后从回到家那一刻开始，"应该"这个词儿就像个枷锁缠绕在我们的脖子上："应该"再卖力些工作。"应该"再多做些工。"应该"多往家寄些钱。"应该"！"应该"！"应该"！

你怎么这么烦躁？我问。

你怎么就不烦呢？他问。你也应该烦啊，他说。服从和忠诚在司徒金的字典里根本算不上号的。你已经还了欠他的了，他那点同情心连个茶壶都装不满。兄弟！我告诉你吧：学着在心里打个算盘吧！路易又从屋顶扔出去一把石子，像是为了给他的话注一个标点。

我听着石头从一个消防出口弹到另一个出口，然后在街上的垃圾桶上方散开。我知道路易是在说他自己，对我说只是一种让他听到心里的答案的方法。兄弟，我说，别在我这些麻烦事上自怨自艾！我跟你不一样。第一，我需要一个家庭；第二，我需要一份工作。

家庭，工作。路易说出这些词时就好像这些东西是瘟疫。

这两个词支撑着我想要住进去的世界。有了家庭和工作，我就能被填满了吗？那么爱情呢？我敢奢望二者兼得吗？

空中没有一丝微风,并且天这么晚了,也没有一点儿人声。我看着黑夜中的城市,觉得耳边响起了雷鸣;我听到的是血液朝它的源头奔腾。很快,我的心就会变成唯一真实的感官。没有呼吸,只有脉搏。我站了起来,迈向屋顶的另一端,脚下的沙砾嘎吱作响,像知了在唱歌。我看着桥上驰过的汽车前灯一闪一闪,觉得面前有一条崭新的道路在对我敞开。

最近还有什么别的事吗?路易问。

路易的问题把我问了个措手不及。

今晚你心里肯定还有别的事,他说。

我顿住了,不是因为我不相信路易会保守秘密,是因为我不相信我自己,这是什么感觉?我已经放弃乔伊斯了吗?我已经接受乔伊斯放弃我了吗?我是在让朋友给我个解释。

我和伊琳,我们上床了。

路易笑了,通常我会鼓励人玩这种云雨游戏,不过对你,兄弟,我提醒你小心点。我不是说她是个坏人,但她有权有势,因为她可以给司徒金生个儿子。你知道这点,对吧?

这是她自己讲给我听的,我点点头。

所以呀,不要去蹚那滩浑水。

我怎样才能保护自己呢?

忘掉吧,路易说,在"花之国"里就没有保护这么一说!权力在女人们手上,女人和白人男人。

那还有什么指望?我想知道。

路易笑了。还有什么?我就指望还有乐子。

## 坦白

一天的时间可以洗清一万天的烦心事。司徒金在香港待了十天,回来以后,又有十天没露面。这些天足够他把资金抽取回来注入在海湾开设的新赌场了。但在大众市场里,我们随时准备着迎接他的到来。他终于露面的那天,市场刚刚开始营业,他跟传话人一起把整个市场转了一遍。他巡视了放干货的过道,检查了成堆的水果和蔬菜。经过邓杰内斯蟹、黑鲈和岩鳕的时候,他走得格外的慢。我以为他在点货,但我看到他是在审视大家的眼神。他在熟食柜台指着一只鸭子说,把毛拔干净!

来到肉铺,他朝放肉的盒子看过去。但我跟他打招呼的时候,他没有回应,径直走开了。剩下的一整天里,他看上去都在有意回避我。

我把他的举动告诉伊琳,她让我别担心。

我还是很焦虑,我说。

她看了我好一会儿,然后说,今晚你不大对劲。

我慢慢呼出一口气,说,今天我女儿出生了。

那是好事啊,不是吗?有个女儿多好啊。

她那股兴奋劲儿感染了我,我鼓起勇气给她讲。今天,乔伊斯在中国医院里生了。关老太太来告诉了我这个好消息,我有女儿了,然后她又说了个不那么好的消息:乔伊斯不怎么想见我。不管怎么说,下班以后我就去了那边,幸运地碰上了荣曲奇,她正要去找她姐姐。甜心是三楼的护士长,她带我去了婴儿室。我一下子被吓住了:婴儿室里至少有五十个宝宝,包在白色的摇篮和被单里,看上去像装满了一排一排刚出锅的饺子。甜心从狭小的过道里走过去,查看婴儿手上的标签。我从玻璃后面看到她的眼睛像古比鱼一样细细地眯起来。她抱起一个婴儿,抱着她走向窗口,我屏住了呼吸。那孩子是睡着的,睫毛趴在脸颊上,像点点的星光。我深深地吸了一口气,就那样看着她。她举起拳头,张开小小的嘴巴,打了个哈欠,我感觉心里一颤。

她漂亮吗?伊琳问。

什么?我不知道怎么回答她。她还小,我说。

伊琳摆摆手说,对不起。我没过脑子,有女孩出生的时候家里那边的人都这么问,我只是重复这话罢了。但这是个新世界,漂不漂亮不能决定女孩的未来,就好像是男孩也不一定就是好事。

对啊,我说。

你给她取名了吗?

没人让我起呀,我说。

她拍了我的手一下,别想难过的事,高兴点,你当爸爸了。

沉默像是个庞大的海螺壳。她站起身,从屋子的这头走到了那头,我看得入了迷。这是我头一次见她穿一身蓝色的裙子,她的脖子到纤长的后背勾勒出涟漪般荡漾的弧线。我看着她拔掉白兰地的塞子,倒了一些酒出来。她回过头看我的时候,目光微微发亮。她一口喝掉一杯,然后又倒了第二杯,拖着步子朝我走过来,身上的蓝色更加流动。在我面前,她是一根支柱,是一道瀑布,是潮水般的永恒。

她还是看着我的眼睛。

你想怎么样啊?我问。

她又喝了一杯,也递给我一杯,然后俯身倒在我的腿上,眼睛依旧看着我。我喝掉酒,凑近她,拍打着她光滑的背。她又靠近了些,宽宽的前额有如新生儿的一样无邪,美妙。

你很可爱,我说。

一个悠长的微笑在她脸上洋溢开来。

嗯?我问。

谢谢,她说。

我感到她的温度,抚摸着她。

我有喜了,她说。

然后把我的手放到她肚子上。

她笑着说,我希望这是个儿子。

我已经转着圈说了一天的话,再也没什么可说的了,于是就把她扶起来,带到卧室去。我把她脱光,亲吻她,然后进入她。我很饥渴,她也永不满足,这让我们无所畏惧。最后一次,她叫得太猛,我起身说,着火了吗?

我们大笑个不停,然后就那样躺在那儿,呼吸平静下来。窗帘开着,先是一阵微风吹了进来,然后我闻到咸湿的茶香。伊琳说她饿了,于是我们穿上衣服,去三和粥粉面里点了粥和她最爱吃的夜宵面。

伊琳有喜了。

我们制造着更多的欢喜。一连几周,我们都沉浸在欢喜之中。我渴求着她的抚摸,并吞食着她。在我这里,与伊琳做爱是一种消除恐惧的好方法。我恐惧着,想起了对乔伊斯怀抱过的所有希望。时间一点点过去,我的手探过了伊琳刚刚开始隆起的肚子,它像一个庄重的沙堆一样慢慢升起。我极其渴望地想象一个新生命。然后跟她做爱给了我再次充满希望的勇气,希望不久之后,我就可以怀抱我的女儿了。

这就是我的经历。我抚过伊琳身体上发生的每一个变化,同时,我的内心也滋长出一种悲伤。我对伊琳的欲望跟对乔伊斯的渴求是不同的。我和伊琳有一条明确的路,和她之间我们有一种同志般的关系。所以我抚摸她,尽量深深地抚摸她,而伊琳也不笨。她给我,再给我。

一天晚上,我被一个梦惊醒了。我站在路易公寓的长长的过道里。我又看到了,看到她隆起的肚子上的微亮。我闻到茉莉花的清香,听到她甜美地呼唤着路易,而他则温柔地催她回到床上去。然后我再一次在西班牙老巷狭窄的通道里拥抱了乔伊斯。我醒了过来,浑身都是汗。前面的哪条路更黑暗,哪条路更长久?哪条路是安全的呢?

我与乔伊斯的爱情从来都不是平静的。她跟我都是孤儿——没人关心,没有目的,没有爱,没有忠诚——我们唯一关心的事就是每天的日出和日落。我依然喜欢她的索求无度,对她的贪得无厌、她动不动就放弃和她所信奉的无尽的孤独依然感到心痛。但这一切都不存在了,我能做的只是想象她的身体在孕育了新生命之后一个人沐浴在绚烂的光辉中。乔伊斯生产之后是什么感觉呢?我的女儿哪里像我?这些想象都使我心烦意乱。

我们相信,生命从怀孕的那一刻就开始了。维达满月的时候剪了次头发,人们送来红鸡蛋为她庆祝,从此她就被认定已经一岁了。我高兴得哭了,为了这个像露水一样到来的小东西。

## 坦白

我告诉过路易,假如说司徒金有可能有一点仁慈的话,那这份仁慈肯定会是在大众市场开始营业的时候降临。但在那个吵闹的星期六,好运并没有降临到我们头上。我在熟食柜台帮忙收拾,忽然听见有人使劲敲门,于是我就开开门。陈贝克推着一个堆着盒装点心的小车闯了进来。李家菜店的老李紧跟在后头,带着他的木制菜箱挤了进来。然后是跌跌撞撞、抱着一大桶鱼的鱼贩子。他们撞在了一起。老李的手推车翻了个儿,装菜的箱子掉出来压到了老陈的点心。鱼桶里的水也溅了出来。格尔曼推着头乳猪走过来,他看不到前面发生的事情,跟乳猪一起一头撞进混乱之中。

操你妈! 格尔曼骂着,捡起两块猪脸。

受损失最大的就是被撞裂了的猪皮烤乳猪。

你妈的! 老李把下巴像武器一样戳了出去。谁的屁眼儿?

你的! 格尔曼大叫着。

又是一阵骚动，我回过头去，看见伊琳正把两把菜刀扔出去，那样子活像个刺客。

你们都想惹上司徒金的麻烦？伊琳的声音就像她扔出去的那两把菜刀发出"嗡"的一声。

格尔曼和老李像乌龟一样缩回脖子，老大不情愿地道了歉。老李把他的菜箱重新堆成个小塔，推向冰箱那边去了。之后，他又把推车拉出来，没有关上双扇门。我准备去锁上门，但看到满高搞不定他的那些烤盘，我就过去帮他，把烤猪的肋骨和肋条挂起来。我把串鸡心、鸡胃和鸡肝的签子码好，然后把各种禽类按大小个和颜色摆好，先是鸡、鸭，然后是鹌鹑，最后是烤乳鸽。排放的顺序是按颜色和口味从重到轻：先是盐焗的，然后是辣子茴香的，再后面是酱香的，最后是白灼的。我刚把麻雀和鸡翅膀串好，像一列军队一样靠在窗台上，格尔曼就拿来了准备好的吃的。我们把一盘一盘的食物倒进烧热了的桌子上的锅里：鸡爪子和猪耳朵、小炒三菇、烤豆腐、炖肚子、青椒牛肉、豆豉蛤蜊、内脏和血豆腐、大圆章鱼，像粉色的亮灯笼一样漂着。然后是最艰巨的任务。我和格尔曼用一个2×4寸的盘子把乳猪抬到熟食窗口。我们摆了好几次，才把猪的脸摆好，把破了相的脸遮住，这样好运才能向我们大家微笑。

差一刻八点的时候，司徒金到中间夹层去了几分钟，一个意会的眼神就指点了江山。我们已经学会了他表达不满的眼睛语汇：对一堆瓜眯着眼长长地一瞥意思就是说高度错了，吊下来的嘴角意思就是鱼头的位置不对,或者是冬瓜的数量不吉利,情绪不好的时候他一般就小声嘟囔一声。但今天,一切看上去都秩序井然。我们一起向他打了声招呼,司徒金回应了一声,然后走回了他的办公室。我们重新开始各忙各的,感觉像是被挑出来的演员,上演一出过家家的游戏。

打开大众市场的大门、撞上进来的那五个人的时候,我不知在想些什么,连问他们一声的机会也没有。他们冲过我,扔下一个厚厚的信封在柜台上;他们带着的不是武器,而是银色的胸牌和一口刺耳的英文。他们中的三个人大声叫着,在一层用带子拉出了一个三角形的区域,把所有人集中在了中间。另外两个跑上楼去了夹层。

之后。

每个人都张大了嘴,看着司徒金被押走,正门摇摇晃晃地关上。我们不可置信地摇着头。我们盯着门,不知道是该跟着老板出去,还是该把我们自己关在里面。我们支吾地对这个被遗忘的人表示同情。

没人把"遣送"二字说出口。

那些人把司徒金推出市场的时候,我看到他的拳头在手铐后紧紧地攥着。他回了一次头,叫骂着,会有人给我报仇的!这是他下的最后一道命令。但我不确定他这是在对谁下命令。我盯着他坚挺的后背,直到他离开市场。这是我见到他的最后一眼，这个被我叫做"父亲"的男人。

没有人动弹一下，就好像我们都被锁在了冰箱的冷藏柜里。没有人说话，像是害怕找不到空气。大众市场从来没有如此安静过。

我在肉铺看到了伊琳锐利的眼神。在她的直视之下，已经在我心里扎根的内疚感愈演愈烈。

伊琳举起菜刀，提高嗓音。这不是拍电影，生意就是生意！开门营业！

## 授权令

问：你叫什么？

答：司徒一通

理查德·D.史密斯法官颁发了你的逮捕令，指控你在美国的非法外来者身份。你是在逃避移民法第20条法令的情况下在美国入境的，并且还违反了另外一条（任何一条）美国法律，即1907年2月20日颁布的《排华法案》中的21条法令。你能否提供任何证据、文件或是证人，推翻指控，证明自己无罪吗？

不能。

如果你这么说，那指控就是真实的。

我不知道有什么吉姆·穆里根。

我没有任何财产。法律不允许,你是知道的。

我没卖过杜松烧酒。是有禁令的。

我不知道海湾的赌场。

我有一个老婆,她在中国。

不。

就那样吧。

我不记得了。

我不想看。

我不想让别人读给我听。

我不知道怎么签字。

我不想签字。

我没有亲戚。

我不知道。

不。

我忘了。

我不在乎。

我不知道。

你前面已经问过了。

如果你对我的回答不满意,我也没办法。

不。

再问也没有用。
我没有可以上报的。
你想怎么样就怎么样吧。
送我回中国去。
这对我不是问题。

不。

报答

## 握　手

　　尽管政府把股票和财产清单在进口商埠都抓到了手,但这只是吉姆·穆里根所为,并无证据证明与司徒金有关。既然票据在二哥、三哥手上,那大众市场的生意就还得继续做下去。

　　司徒金捎话回去,想让杰克把他的财产运回去。他花了一个星期的时间收拾自己的东西,最后留下的一件事情就是把他的大樟木桌子装箱。船要起航的那天晚上,杰克很晚还没睡,把最后的活儿干完。他把瓷的桌腿放入木箱中,把桌子的四面用稻草捆起来,再把桌面钉好。他用了几张包装毯和一整卷麻绳才把这张桌子包好。把桌子立起来靠在墙上时,这圆形的包裹让他想到了他曾经在河边峭壁上见过的悬棺。这时他听到了开门的声音,他以为是运货人,于是就往楼上走。两个黑影溜了进来,就像进入庙宇一样悄无声息。

　　他感觉到了他们无声的心跳,也感受到了他们的野蛮目的让人感到脊梁背上的冷气。

**杰克知道吗？杰克感觉到了吗？**

矮个子的那个人的动作像老牛一样迟缓，但很有力气，他把椅子举起来时就像那椅子是稻草做的那么轻。他把椅子提起来，放在了绞肉机旁。

坐下。高个子命令道。

那个人的声音很耳熟，但直到看到那人嘴唇上的那道疤，杰克才认出他就是那个传话的人。

杰克和他打招呼：兄弟。

我们有事，传话的人说。

今天是敌人，明天就是兄弟。

杰克试图从这个人石头一般坚硬的目光中找出针尖那样小的一丝亮光，但那就犹如想从双面镜子中间找出藏在里面的镜子反面一样艰难。他看到的那张脸就像墓地里的石狗一样表情严肃。你想要什么？他问。

要是能身手灵活，有胆有谋。从脚趾到眉毛。要是能有九颗心。要是能不露声色。

突然，那个人冲着他喘着粗气，两只胳膊、两条腿都轮番做着同样的动作，两只脚和两只拳头都用同样大的劲。杰克试着站起来，他们又把他推翻在地上。他看到那束冰冷的光在眼前闪烁，他感到那白色就像一个剑鞘一般。传话的人弯下身来，在他的耳旁恶狠狠地说了一句：司徒金没有忘。

杰克在地上先是慢慢地开始喘息，就像他以前走进没有空气的冷柜时一样。之后他用力呼出肺中的气息，再将它吸满。他在身体的深处储蓄着力量，冷冷的，但非常安全。他感觉每个感官的感觉都迟钝了下来，就像是用祈祷油封存起来了一样。听到脚步走远的声音，他听出这是一个酒鬼摇摇晃晃的脚步声。大门的门闩被插上了两道，锁又被转了无数下。之后他们又冲回到他的身边，他感到头上被罩上了一个大口袋。他们用脚踢他的脚踝，把他的四肢拉直，捆在木桩上。杰克觉得他的肝脏像果酱一样被挤出来了，沾到了椅子上。一根很粗的绳子将他绑住。几分钟之前，他手里还握着自己的刀，还能感受到石头的刀锋划过自己手心，手心湿得像抹了药膏一样。

告诉我！他高声问道，你们到底想干什么？

他们把一堆棕榈麻塞到他的嘴里，他的话就像是给生生地塞回到嗓子眼里去了。他觉得恶心，身体向前倒去，脑门磕在了地上，就假装躺在了地上。

"咔"的一声，他听到了一声响。

他听到了，也知道那是什么。那嗡嗡声一开始低缓，平稳，之后开始升高。他听到了头顶上电灯的嘶嘶声，听到那震动的声音就像昆虫的腿在他的眉毛上蹭来蹭去一样。他觉得那声音就像是从街上钻到屋子里的：公共汽车开过的声音，人行道上鞋跟的"嗒嗒"声，还听到一个男人的自言自语声。

他挣扎着张开嘴，但那麻团似乎往嗓子眼里陷得更深了。之后他被人拎着脖领子拽了起来，两条腿被人扔到了剁肉的台子上。他的心都停止了跳动。一张脸凑了下来，热气和一堆话都从那嘴里冒出来，钻到他的耳朵里。还是那句话，要是你还在乎你的女儿，想保护她。

他把头朝着声音的那个方向扭过去，但没有时间重新思考或者讨价还价。

杰克的脑子里回想起了他妈妈带着他过河的情景。他记得他把手悄悄插到妈妈那河水般柔软、清凉的手中。船追逐着北方的星星顺河而下。他们朝着一块露出河面、形状像拳头一样的大岩石划去，大石头上刻着三个大字。妈妈开口读这三个字的时候，声音微微颤动起来。

　　向

　　　　我

　　　　　　来。

你要相信这块岩石，妈妈告诉他。要腾空你的心，把恐惧在岩石上摔碎。就像河神一样，你要向自然低头，要面对恐惧，相信恐惧，向那块岩石驶去（向我来）。

母亲。

杰克的心又回来了，回到了爱的记忆上。他用水的咆哮和岩石将内心充实起来。这是一笔血债，也许他就欠这笔债。让他去偿还这笔债比让女儿去偿还强多了。血的腥味在他的喉咙里烧灼着，就像盐洒在伤口上一样。在将这第一口血水咽下去之后，他就明白了，自己不会再怕了。

母亲的声音像翅膀一样在他的心里回荡：清空了的心中

没有悲伤。

他朝恐惧冲去,他信任大河母亲。

杰克·满·司徒!今天是你领工钱的日子,准备好吧你!传话人的声音平静得就像在客厅里喝茶一样。司徒金让我给你带好儿,他说他在国内的日子过得挺好的。

杰克的手被人拉过去握住,握得生疼。

之后,他感到小臂上一阵金属的凉意。接着刀刃飞转,再接下去就是一种干的感觉,一阵灰尘飞舞后,眼前一阵模糊。他数着爬过每个格子的时间,每次革命都需要多长时间?他感觉到了菩萨那些伸出的千只纠缠在一起的手臂,他感觉到那金属的齿轮在啃食他的软骨,将他的骨头切成碎片。

**清空**……不不不不不不不不。

那平静,充实,永恒。

停!

但那只庙里的碗被打碎了。金属的声音和唱歌不一样,没有什么声音能拯救他的身体。人能飞到多远?能飞到哪片土地?哪个海岸?在哪里能找到安全?

死一般寂静的过去。

确定无疑的未来。

永恒不变的现在。

杰克能记得的只有握手的那一瞬间。在一片寂静之中,新与旧对他已经变得迷糊不清。

**他们握住的是哪只手?**

**他们拿走的是哪只手?**

## 永恒（一）

喜悦。

我刚到那个新村子的时候并不高兴。每天夜里我都要等到屋里睡意很浓之后才卷起自己的铺盖，穿过长长的巷子，溜到大院那边去。大院里住着的是老人和孤儿。这是一个老游客和他的外国妻子给我们的村子盖的。他妻子去世后，他一个人很孤独，为了纪念她，他也搬到了大院里住。

对我而言，这个游客的名字是"小朋友"。一天晚上，他送给我一份礼物。我打开了外国报纸的包装，看到里面包的是一块莲花型的豆饼。牙齿咬过豆饼薄薄的酥皮时，豆馅在舌头上的感觉就像新榨出来的油一样。

老游客告诉我：心是从来不会旅行的。

这变成了我的信条和永远的规矩：我把我知道的一切都藏在了四间屋子里。我把心收紧，让它静得像握紧的拳头一样。

讲出来的话是有限的,讲出来的话只能使孤独变得更深。我绝不想让女儿被我的历史所限定,所以我永远都不打算把这一切告诉她。这是一种光荣的仪式。能够完成回报的是遗忘,不是原谅。

我解脱了,我回归了。

老游客告诉我,你会永远拥有你知道的一切。有些秘密最好永远不要讲,有些故事没有讲过却能永远存留。最好的健康秘诀是只吃七成饱。吃饭的时候一定要少吃一口,悲伤的时候永远要保留一份神圣的记忆,生气的时候一定要少走一个台阶,让对方能也有台阶下来。爱上别人的时候一定留着一个字别说,讲故事的时候也一定要小心。说出来的话不是风,而是骨。

我带着老游客的教导穿越了太平洋,来到了"花之国",我想把这些话在去阴间之前告诉我的女儿。

报应

## 坦白

作为新闻,我的故事很快就传开了,人们也都充满了同情,但我却无法为这些感到骄傲。我没有了生计,杀猪也不再是个选择了。所以,当过去的老板们找到我,主动表示要给我工作时,我接受了。在老庄的洗衣店里,我在前台工作,在包裹上做标记,给取走的包裹做记录,晚上给人送洗好的衣服。这份工作像个半大小子的工作,但我没什么抱怨。之后,老庄丢了房子的租约,于是我就到了何运56号做收银员,干了一个冬天。到了春天,我又在五月花面点店干过一段时间,负责炖汤。但我最后发现这些事情都不适合我,都像是女人的活儿,所以最后我还是在安生职业中心登了记。每个星期我都塞给前台的接待一些茶钱,就是想得到最好的职位,但是每周前台的接待都换一个新的女孩子。

他们把我安排到了几个餐馆干过,但我干得最长的一份工还是在"海洋宫"。在"海洋宫",在调到烧烤间之前,我负责炸馄饨、炸鸡腿、炸春卷。我用火很在行，知道什么时候把排骨放到油里能把肥肉炸得香脆可口地美味；我知道怎样翻烤乳猪，将皮上的毛燎掉，把皮烤得又脆又香。我从味道上就知道在鸭子上面抹多少海鲜酱和蜂蜜能让烤鸭皮变得像烤漆一样油光发亮。我是整个唐人街的烧烤王，而且我知道我又找到了个重振旗鼓的地方。但我的这个复苏来得太短命了。香港人买下了餐馆之后，新老板开始炒老员工的鱿鱼。那个大背头老朱交给我一周的薪水袋时，我把那白色纸袋扔在了他的脸上，转身就走了出去。经过烧烤间的时候，我感到了一阵烘烤的热浪，我往玻璃板上狠狠踢了一脚，玻璃板一下子就碎了。

  为什么？路过菩萨酒吧时路易问我。你是毁了你自己，他说。唐人街现在不一样了，他说。看看安生外面的招工栏，那上面的人都是些愿意比我们这代人拿更少的工钱来干活的人。原来的一份工作一干就可以是一辈子，现在，一份工作只是生计而已。

  路易正在和人谈买下菩萨酒吧的事，他想让我做他的合伙人。我学会了不把友情和生意搅在一起。在两者之间我选择了友情。几个星期之后，我得知老中医胡大夫要回国的时候，我就去看他是否想出让他的摊位。

  老胡看了看我的空袖子，说："股份和租金，一共五百块。这价很公道了。你有个小女儿。"

  那天晚上，我走到了广场上，仔细琢磨这件事。但我却走进了满月游乐场。已经是晚上九点多了，但游乐场里还是挤满了一家家的男女老少，还有游客。音乐的声音震耳欲聋，霓虹灯在摊位的上面闪烁。整个游乐场里散发着烧焦了的糖和油的哈喇味。地上很滑，又洒了一地的饮料、棉花糖和花生壳。我在游乐场里转了两圈，才在喷泉旁边找到了一个座位。我看到女孩子们戴着陶瓷的护肩爬进椅子般大小的茶杯里，男孩子跟着爬进去，把口香糖纸剥下来丢在脚下。旋转木马转起来时，每个大茶杯也开始旋转起来。女孩子的头像烧开的水一样扬了起来，男孩子的头却像平静的水面一样静止不动。

  我坐在那里看着，欣赏着那些令人眼花缭乱的色彩。我感到座位下面有个发动机在启动。抬头看了一下空中的摩天轮，我看到了乔伊斯坐在一个位子里，两条腿搭在栏杆上，像蛐蛐一样荡着。不知怎么，我看到她并不感到奇怪。摩天轮停了下来，里面的人开始往外走。月亮无声无息的亮光洒在了她的脸上，照得她脸上的轮廓柔和起来。我不知道她一个人在这里干什么，便向她迎了过去。她走下摩天轮的座位，我们一起走过人群，谁也没有说话，两人之间安静得犹如绒布一般。我们在喷泉旁边停下来，看着人群走进旋转盘，旋转盘上的每个座舱将这个巨型圆盘的外沿连接在一起。

  你是值夜班吗？我问。

  她点了点头。

  维达好吗？我问，她在学什么？

  她笑起来，很像你，乔伊斯说。

  我看到一个工作人员将坐到旋转盘里的人用锁锁住，巨大的圆盘瞬间就在空中升起,与地面形成了垂直的九十度角。你对司徒金做的是对的,她说。

我们两人都有好一阵没有讲话。然后乔伊斯问,你有什么打算?

突然间,那些绯红色、银色的灯光开始闪烁,巨轮开始旋转,每个座舱上不同颜色的灯光在旋转中搅到了一起,变成了一道彩虹。我感到我的生活就像这个旋转盘一样被抛了出去,我觉得自己就像被关在了那个座舱中一样,被那些我无法控制的事件旋转。那巨大的旋转盘使我晕眩,即便是当它停止旋转之后,即便是当所有座舱的门都已打开,里边的人像洗衣机里的衣服一样都出来了的时候,我依然无法将目光移开。

我还不知道,我说,我不知道为什么我没有告诉她关于药铺的事。

杰克?

啊?我转过头去看她的时候,她的表情比任何时候都柔和,但她的平静却令我害怕。一群孩子从我们的身边走过,他们天真的笑声让我觉得更加悲伤。

讲和吧,好吗?乔伊斯请求着。

我也想那样,我说。

我遇到了一个人,她说,我要到北边去了。在安定下来之前我会把维达留给我妈妈。我的那只好手感到一阵麻木。当然,我希望能给孩子最好的。

她点了点头。他对你好吗?我问道。

我几乎听不到她的声音。她的声音像那个旋转盘上的座舱里踏进游人那一刻一样沉重。她的逻辑，她的爱，她的告别，我会把这些都锁进我的座舱。之后，我眼角的余光看到她的手向我伸过来。我往后退了一步。不要，我说。但我的声音却击垮了自己。

## 坦白

早上大众市场一开门，朱叶石，那个大豆厂原来的经理，还有周戴厚，原来那个做面条的，两个人一起冲到了副食柜台。大周要了四分之一磅的烤鸡。别给我隔天的，给我新鲜的，他说。

每只鸡都是新鲜的，伊琳说。

不对，大周不依不饶地说，你上个星期卖给我的鸡就不新鲜了。

这只怎么样？伊琳把钩子从鸡身上拿下来，把鸡举了起来。这鸡肥得跟你一样，还热着呢，她笑着说。

大周扶了扶眼镜，点了点头。伊琳把鸡放到案子上，拿起斧子，把鸡切开。她把鸡的脖子剁下来，切成了三段，然后把刀刃搁在鸡的翅膀与身子相连的关节处，找好角度用力剁了一下，两处就断开了，骨头茬亮闪闪的，就像长长的牙齿一般。伊琳把刀放到了肉的下面，将肉包了起来。一块五，她说。

老朱走近时,她选了一块烤好带着肥膘的猪肉,说,两块。

两个人把粉色包装纸包着的熟肉装到了口袋里,朝广场的方向走去。他们在象棋桌旁边找到了一张长椅。老朱从地上拣起了一张报纸,读了起来。

去买张新报吧,那张报纸上有狗屎,大周叫道。

老朱把报纸从第一页到最后一页都抖了一遍,说我没看见啊。

你闻不到吗?

看这上面写的!老朱大声读了出来:司徒一通被关在遣返的监狱里了!

大周走过来看了看,说道,是啊,这是他,长着大脑门,看上去就像个罪犯。我一点都不同情他。你记不记得他原来有多牛?

是啊,他觉得自己是个大冬瓜,老朱说。

那么大,那么重,大周点头称是。他还以为他能牛过整个冬天呢。

老朱很是赞同。看看被遣返后他的钱怎么办吧。

两个拎着水桶的男孩子跑了过去,大周朝他们喊:不要跑!

别喊了!你会吓着孩子们,老朱说。

你得喊,不然他们会摔着的,老朱说。

谁来付司徒遣返回国的路费?老朱想道。

要是被遣返回国的路费都得自己出,那多让人丢脸啊!大周说。不要在申华贵的店里吃饭,那里面有很多移民局的探子,他又说。中午十二点的时候,他们还在点咕咾肉呢,可到了下午五点,他们就会把你扔在机场。

朱宝贝儿,哎哟哟!两个人抬头一看,一个金发碧眼的女人正朝着他们走过来。她坐下来,把一条胳膊搭在老朱的肩上。我是凯西!是我!凯西·科尔南,是穆里根酒吧的。

老朱眨了眨眼睛。是你呀!

想和我约会吗?她笑着说。

他在椅子上挪了挪身子。她把这个动作当成了邀请,让她贴上去。不,他又说了一遍,不好。

亲爱的,她眨着眼睛,我们约会吧。

老朱看了看她的袖口是磨坏了的,外衣的下边也蹭得脏兮兮的。钱包用的还是那个上次打他时用的、四个角都很坚硬的钱包。他挠了挠头。你怎么样?一切都好?她朝他笑的时候他就放心了,笑容又让她变得漂亮了。

我还行,她咂了一下嘴里的口香糖,来吧,和我玩玩吧。

我不行。他的手在面前来回摆着,之后指着旁边的棋桌说,去那边吧,到那儿去找人约会吧。

她把手伸进包里,掏出了一张纸。亲爱的,这是我的新地址。

他把那张纸很快地装进了口袋,和她摆手说了声再见。好好照顾自己,别喝太多酒!

大刀师傅走过来,问:那个女孩想和你约会?

她不是什么女孩!你记得凯西吗?

是那个总哭的女人？

就是她。

她总是那么好，每次打招呼的时候都笑，大刀师傅说。

她丈夫走后一切都变了，老朱说，你记不记得凯西来到公园的那天深夜？

她一直在哭，眼泪流得像长江一样。大周说。

连皮毛的袖子都湿了，老朱点着头说。

一个人也就能哭到那份儿上了，大周叹着气说，你怎么和她扯上了关系？

我就是想帮帮她，她喝酒喝得太多了！她总是到我的厂里来，喝豆浆对她的胃有好处。每天早上我刚刚倒出第一桶豆浆时她就来敲门了。有时候她找不到钱包了，我就白送给她喝。有一天她让我把豆浆给她送去，我花了一刻钟的时间赶到了她的公寓。她打开门的时候，我一看，哇，她基本上就没穿什么衣服。她请我进去，给了我一杯姜汁汽水，然后坐在了我的大腿上，问我喜不喜欢她。我不想说不喜欢，但又不敢说喜欢，怕给自己惹出麻烦。她看到我在犯琢磨，就耸了耸肩。没有问题，她说，我丈夫他不在乎。之后她又在我的麦酒里加了些杜松子酒，抓住了我的手。她用一只手把我的手放在她的胸上，她的另一只手放在了我的那个地方。

大周的眼睛睁得大大的。那是不是很光滑？

老朱说，非常光滑。

软不软？大刀师傅问。

比花儿还软呢。

哇，是最好的那种。

你有没有舔它？

有啊！我用尽了全身的力气吃啊，老朱吧嗒着嘴唇说，那味道比我做的最好的豆腐还甜，比牡丹花瓣还光滑呢。

当然了，大周说，你会长命百岁的。

至少！老朱点头说道，成个百岁的快乐孩子。

难怪你今天的皮肤这么鲜亮。

她很主动的，老朱咧着嘴笑着，左右看了看，说，我都控制不住了。

大周跟着他的眼光也左右看了看，然后跳起来喊道，你在撒谎！你说的都是他妈的假话！

老朱龇着牙说，为什么不呢？

你竖起了大枪！你是想疯了才编出的这一切！大周师傅说道。

那你们俩也都那么想要，你们也信以为真了呀，老朱笑着说。

就为眼下活吧，大周叹着气说，也许我们做不了那事，但还可以做别的找乐子啊。

大家都沉默了下来。一群鸽子扑棱着翅膀飞了起来，带起了一阵尘土。老朱又回去看他的报纸了。

大刀师傅走上来问，你们听说了吗？司徒金那替身太太流产了。

这都是旧闻了，大周说。

大刀师傅说，老司徒金不会再有孙子了。

那个老浑蛋不配有孙子。他谁也没有帮过，我为什么要同情他？老朱问道。

大刀师傅喊道，你在说什么？老司徒比我们谁都混得好，你没听说吗？

听说什么？老朱问。

他逃掉了！移民局的人在那儿摆谱玩儿，在这份文件上盖章，在那份证词上签字，在这儿盖章，在那儿盖章，司徒金就在那当口溜走了！

怎么溜走的呢？老朱问。

那个爱尔兰人把司徒金揪到了免费的泛美航班上。

免费？

你就和飞行员一起飞，没有安全措施，不能提问，也没有任何问题。

一定花费了不少茶钱，大周若有所思地说。

那也值了。他挣到了美国的钱，但一点美国的遗憾都没有。我听说他要开家"广州银行"呢！

老朱翻了翻报纸，这上边可没讲这些。

没有哪家报纸敢登这些！大刀师傅喊道。

听说啊，老朱说道，是他自己的儿子杰克去加入了"坦白计划"，毁了他。

有道理。杰克是个买来的儿子，不是亲生的。

买来的儿子就不要指望他能忠心了。

他去坦白没告诉司徒？大周问。

老朱点了点头。就是他自己去的。

这么说他说了他的爸爸是假的？大刀师傅问。

当然了！你去坦白的时候，移民局会让你指证假家庭中的每一个人。

老朱想知道，那他那个替身太太呢？

她？移民局没有证据证明那不是一桩真正的婚姻，大刀师傅说。

司徒金只是租用了她的身体，她的脑子还是她自己的。

这是只母老虎啊，大周笑道。

很精明的，大刀师傅说。

她和杰克还会保持他们的婚姻吗？老朱问。

谁知道啊？

谁知道？老朱接着说道。

也许他们之间还有感情呢，大刀师傅叹气道。

爱情，老朱兴奋地说。

这可不是什么好习惯，大刀师傅说。

大周说，是个不好的需求。

最好能来口大烟，老朱说。

抽大烟现在可违法了，大刀师傅说。

爱情？

鸦片，就是抽大烟。

几个人向四周望了望，眼睛看向了别处。

不知道哪一个更让人销魂啊，大刀师傅说。

爱情一直都更让人销魂啊，老朱说。

希望如此啊。大周沉思道。

爱情。

## 坦白

工作可以拯救我们所有的人。乔伊斯在佩塔卢马找到了给鸡配种的工作,她用投币电话打电话过来的时候,电话里噪音特别大,我没有听清她讲了什么。伊琳和两个新店主一起还待在大众市场。我给了中医老胡自己剩下来的六百块钱,买下了街角的报摊。老胡的药店里最有名的是草药汤,但新移民来了都忙着赚钱谋生,没有时间用补药去平衡他们的干热、湿热,所以我就以卖新闻谋生。我卖的报刊中有各种各样的:《中国时报》《世界日报》《星岛日报》《中国日报》和《文兴日报》。我还卖《旧金山纪事报》《考察家报》《奥克兰论坛报》《中外新闻》和《新闻快报》。

我从老胡那里继承下来的唯一的东西就是卖补品用的大罐子。放在一边,它们可以做装糖果和蜜饯的最好的家伙。我给罐子换上了容易开启的盖子,上学的孩子们自己就可以拿到。

有段时间我们都接受了乔伊斯短时间内不会回来了的现

实。关老太太每周把维达带到报亭几次。生活就这样稳定了下来。

伊琳到我这里来求我的时候，我并不意外。她告诉我这一天会来的，我一直在等着。

你能不能给我找个人？她问。

你要我做的事情我都只能做一半，我说，我会帮着你找亲戚，但你得到消息怎么处理就是你自己的事了。我遵守了我的诺言。开口求人并不难，我的事辗转传到了家庭协会的成员中间，传到了海边的一些老乡那里。一天，我在广场擦鞋的时候，一个人找到了我。他人很有礼貌，小心翼翼地给我提供了一些信息，谨慎得就像提交书面文件一样。你问的那个人在海兴虾厂工作，他就住在华森威尔那边海边老城的白色小屋里。

我请他到菩萨酒吧去喝一杯，但他拒绝了，我只能给了他一些茶钱。

我把信息给了伊琳，告诉她，我知道你希望他说的话能在一定程度上解放你，但到头来你不要太伤心了——你的心已经被痛苦浸透了。不要认为他会说你需要的一切，他说的会把你解放出来。对你的挑战没有改变过。听听你这么远的路来到这里想听的，重复你听到的事情，但是告诉你自己的时候一定要善良一些。最后原谅的大门是否能启开就握在你的手里。

我告诉了路易，我实现了自己的诺言。他建议我再做一件事情。

她是个带着孩子的女人，是悲伤的女儿，而且还心痛如焚。你去做她的朋友吧，路易催促我说，开我的车吧，你可以用右手开车，是不是？

伊琳很高兴。我把车开出了唐人街，开过港口驶入了要塞公园；开出苏特罗游泳场[1]，到了大公路路上。海面上波光粼粼，绿得就像酒瓶子的颜色一样。在路边巨大的岩石上，海豹像窃贼一样咆哮。弯弯曲曲的海岸线让伊琳想起了从香港去香港仔的路上的海岸。她说天上的云像没有完成最后雕琢的珠宝，地平线就像一只突然被抽走的手掌。在以后的几个小时里，我们甚至都不知道自己在往哪里走，那一刻就像被茧包裹了起来。

但很快我们就到了。我把车停在了码头上，我们走上了最后一个桥墩，找到了那个小棚屋。晾的干虾发出的呛人的咸味让我突然特别向往老家的饭菜。

我在这儿等吧，我说。

跟我来吧，她说。

这对我不太舒服，我开始又说。

求你了。

我能做什么呢？我和她一起走下那桥墩，走到了那个白色的棚屋。伊琳径直走到了门口，开始敲门。一个老妇人打开了门，她就像一直在等我们一样。伊琳说要找他的时候用

---

[1] 苏特罗游泳场是19世纪末在旧金山建造的一个私人的大型游泳场。1966年被大火烧毁，随即关闭。游泳场的遗址今天仍可供游人参观游览。——译注

的是她的名字，不是亲戚关系。我看到那老妇人的眼里突然亮了一下，那是因为相认才泛起的亮光。她向旁边侧了一下身子，我们就走进了厨房。厨房里有一张圆桌和两把木椅，炉子上做着饭，锅里炖着的蘑菇散发出发酵的味道。老妇人双手递过来了茶，伊琳拒绝了，这让我有些难堪。老妇人又倒了杯茶端给我时，我接了过来，向她鞠躬表示感谢。我喝了一口，感到热茶从喉咙下去的时候很烫。

我看着这两个有着血缘关系的女人，沉默使她们看起来像陌生人一样。老妇人走到炉灶旁，掀起了锅盖，在锅里搅和了几下。我闻到了蘑菇的味道，然后是姜和茴芹的味道，这是一道牛尾补汤。我们就在香味里等待着。

很快，玻璃吱吱扭扭地打开了门，我转过身，在过道里看到了一个白发苍苍的老人。他手里拎着两个大袋子，袋子里就像是装满了石头，把他压得很厉害。老妇人接过了那两个口袋，她走过的时候我闻到了一股干虾的呛人味道。老人走了过来，摘下了帽子，把它挂在了架子上，两只手垂下来放在身体的两边，就像打开的剪刀又合上了一样。

他使劲看了伊琳好一会儿。你是他的女儿，他说。

这时，老妇人走了进来，面对这残酷的生活场景，她说，湖里的镜子本来是不会轻易打碎玻璃的，还有什么东西比自己的倒影更容易打破自己的影像呢？

我被这个河与玻璃的比喻弄得有些糊涂了，手在去拿茶杯的时候把伊琳的包碰到了地上。当我看到一把菜刀从包里掉出来，就像一只丢失的门把手一样砸在地上时，我没有感到吃惊。我们都跳起来抢那把刀，我用力踢了一脚，把它踢到了房间的另一头，踢进了那边墙里，墙上的彩色石头像红绿灯似的被刀碰撞出了五颜六色的光。

观音啊，保佑我们吧！老妇人跑到她丈夫的身旁，帮他坐在了一把椅子上。他把双手放在了膝盖上，头歪着呆了好一会儿。

我向伊琳喊着：你想什么呢？

屋子里开始静了下来，我又闻到了森林味儿的蘑菇和米饭蒸发出来的香味儿。

我要报仇，伊琳说。

老人的眼睛抬了起来。在你身上我看到了你爸爸十六岁的样子。

伊琳接着说，我爸爸是死在你手上的，你应该厚葬他的，应该把他的尸骨送回老家的。

老妇人又开口说话了。她点着头一字一句地说：你要用他的心来换你爸爸的心吗？你知道吗？如果可以，他是会拿他的心换的，但生和死不是人可以交换的。我们只能面对现实，希望为将来铺好路。

之后，老人开口了，他的身子向前倾着，好像是自己要请求一死的样子。弟弟！相信我！我从来都没想到过这样的事会发生，作为兄长，我没有照顾好你。弟弟，原谅我吧！

他的眼中闪着光，像匕首一样。然后他转过头来对着我，脸上充满了愧疚。出于对他的尊重,我把脸转开了。

他请求着。当时的状况非常艰难。

我点了点头。

我的一个点头似乎给了他力量。他又转过头去向伊琳说,我说什么都没有办法让你好受一些。我可以告诉你的是,我跑了为的是去找人帮忙,我去求那些墨西哥官员,我跑遍了在墨西哥城的亲戚朋友,但实在是没有办法把他的尸骨送回家乡。现在再去讲当时的情况已经没用了。那时候当地的法律和咱们老祖宗的规矩很不一样,别以为我不想按祖宗的规矩办事。我没做好,我终生都在愧疚。这就是对我的惩罚。我在当时的情况下出卖了我的弟弟,我无以偿还,我不祈求宽恕。

老人说话的时候脸朝着地面,好像是要把地面破开,和他的亲兄弟团聚。

我的审判日到了。我活该面对你女儿的怒火,她爱她那从未见过面的爸爸。我是那个把你从她身边抢走了的坏哥哥。现在我就是得听着,这是我应得的报应。就让她谴责我吧,我能做的就是变成一个可以容纳她痛苦的容器,把她的痛苦远远地带走,让它变成照在你身上的一道金光。你女儿没有尸骨去掩埋,没有墓地去祭拜,没有回忆让她得到安慰。她的愤怒和悲伤像海洋一样怒号,有的只是无穷无尽的痛苦。

让我把你女儿的痛苦带走吧。让我把她的痛苦带走,然后她就可以找到一条爱的道路。我们在那边见面的时候就让我把她的孝道带到吧。

之后，他面向伊琳，说，我的痛苦因为耻辱而加倍了。现在我看到了我一直怕看见的，你的痛苦也因为我的失职而加倍了。我是个坏哥哥，坏叔叔。还有什么我能补偿的吗？

就这样，真正的问题就像水蒸气一样在屋子里飘荡。

他的呼吸充满了整个房间，他完成了他所有的所思所想。老妇人向伊琳哭喊着：你爸爸已经死了，就让这件事过去吧！

住嘴！老人喊道，时间已经过了这么久了，但没有一天是平静的。他是我弟弟，你是我侄女。你的话能撕裂我的心，但我们的血还是真实的。

老妇人哭喊着：我们没有子孙，也到了风烛残年的年岁，来生不会有人记得我们。这惩罚还不够吗？

伊琳开始哭泣起来，我走到她身边，但她却狠狠地给了我个后背。我退了一步，脑子里全是我自己的母亲，我也等待着爱和安慰。我意识到我应该找的不是伊琳，而是那位老人，所以我转过去想和他说话，但却不知道说些什么。我张开了嘴巴，话自然而然地就冒了出来。

听着，我说，我们都已经走了很长的路，让我们就忘掉那一路走来经历过的痛苦吧。你在这个新世界没办法保护你的弟弟，你的痛苦和她的一样，都够大的了。都是失去了亲人的人，就和好了吧。都是一样的。

蘑菇的味道又重新弥漫了整个房间，就像我们不敢重复的那些话一样浓烈。让大地的香气慰藉我们，让我们平静、沉醉吧。

老人招手让伊琳走近一些。她没动，他就从自己的座位上向她说，好好过你的日子吧，好好为你爸爸活，要活得比你叔叔好。

叔叔，这是个血液铸就的词。

对下面发生的事我一点思想准备都没有。伊琳的话从她嘴里冲口而出，就像那把刀从包里突然掉出来一样。说出来的话和刀一样，本是要伤人的，但出来的时候却已经是忏悔了。她说，我心里已经有了一种新的幸福，我要有孩子了。

愤怒被忧伤冲散了，所有的忏悔带来的都是新生活。

老人说，你要是能带着孩子来看他的叔爷爷，我会非常高兴的。

伊琳站起来走到他身边，两只手握住了他的手。

在她的眼神里，我看到了她在尽力调动她内心能感受到的、曾经被给予过的所有的善良和美好。她正视着老人的脸，说，好好的，叔叔。说完她转身走了出去。我跟着她走下楼梯，走向了那长长的码头。在越来越低的云朵之下，我知道，她不会再回来了。

## 坦白

谁能说得准为什么呢？那次拜访之后不久，伊琳就流产了。是路易给我的消息，不是伊琳。这消息是珍珠告诉路易的。麻烦就是这么产生的，事情都是一个传一个传出来的，什么事都不直接说。

那个星期六，我带伊琳去了海滩上的游乐场。我们走过了快乐屋，那里边坐满了一家家来玩的人和游客，爸爸们在游乐桌上把十美分的硬币丢到光滑的盘子上方，小孩子们在游戏机上玩弹球游戏。"欢笑的莎莉"场子的中间唱得正欢。莎莉是个九英尺高的机器人，长着一脸雀斑和一双一眨一眨的绿眼睛。她那沉重的织锦缎连衣裙有些地方被撕裂了，裙子上那些荡来荡去的亮片在她前后摇摆的时候和木头桩子碰在一起，发出了沙沙的响声。前仰后合的时候，莎莉的下巴掉了下来。

伊琳颤抖了一下，她到底是在哭呢还是笑呢？

她是疯了，我说。然后我带她走到了哈哈镜前面。在第一面镜子前面,伊琳的身体像橡皮一样被抻长了,她回头看了看我,脸上舒展开了。我站到了第二面镜子前,我的身体竟然大得溢出了镜框,脸胖得成了一个大冬瓜。我笑了一下,结果两排牙都变得巨大无比。她大笑了起来,我也跟着大笑起来。之后我走在了一条传送带上,磕磕绊绊地往前迈了一步又往后退了三步,一直在一个地方没动。

她喊了出来,为什么我们没动地方?

这就是人生之路,我说。

我们走了下来,又去了"摇摆小屋"。一群孩子像喝醉了一样摇摇晃晃地从小屋里走了出来,伊琳说,我们别到里面去了。于是我带她到楼下,去看人的头发做的照片和鸟的标本。她看了都觉得倒胃口,所以我们就离开了那个地方。

走到外面,我领她走上了苏特罗游泳场的遗迹,烧焦的大树的味道还是浓烈刺鼻。往下走的时候,被烧焦了的喷泉碎裂开来。走过老喷泉的时候海浪还很小,泳池的水里长满了厚厚的苔藓。我领着她走到泳池的外缘,跨过滚动的泳池,沿着窄窄的边沿向峭壁走去。一只海狮昂着头趴在大岩石上。它的身体开始左右摆动,但下面的海浪咆哮的声音太大,大得像房子被撞塌了一样,我听不到它的叫声。

我站在那里,感觉自己获得了大海巨大的力量。我的裤腿被海风吹得像船帆一样鼓了起来,像是充满了希望。我看着海浪拍打着礁石,瞬间变成了千堆雪。我把目光又投向了远方的地平线。

她叫了我的名字。

我看着她。她的头发被吹到脸上，手祈求般地举了起来。

刚见面的时候我就和你说过，我会求你帮忙的。

又要帮忙？我问。

帮我把我妈妈也接过来吧。

怎么接？

我想保留一段时间这个婚姻，这样我妈妈的手续就好办一些。

海边的空气咸得逼人。我告诉她我明白她的决定。

她停顿了一下，说，我可以帮你带带维达，直到乔伊斯回来。女孩子需要身边有女人照顾。

我看着海浪一次又一次地拍打着岩石，化成白雪般的浪花。海风的咸味让我下定了决心。行吧，我说。

好的，她说。

我还有什么可失去的吗？我还在害怕什么？我只是怕没有地方，没有灵魂可以放得下我的好意。我们已经一起走这么远了，我说。

她说了声谢谢，声音柔得如雾霭一般。

我盯着远处马上就要消失的落日，看到了一瞥绿色，一叶时间飘过，那是永恒的收据。

但事情却没有这样发展。

手续还没办好，她妈妈就过世了。伊琳找到我，掏出了一封电报。我妈妈死的时候就她一个人,她说。我没有能实现我的诺言。

实现诺言是不容易的,我说。

原来令她悲伤的事情现在就像是一场奢侈的宴会。她告诉我她的那些迷信的族人是怎样把她奄奄一息的妈妈赶出村子,让她死在了一个临时搭起来的竹棚里的。

这是个悲哀的故事,但我却不知说些什么。什么话能安慰这个悲伤的人呢?

## 坦白

　　大约三年的时间里乔伊斯只到旧金山来过不到三次。我还心存希望，所以一直在等，维达也一直在等，但是关老太太让我们不要再等了。厌烦会把我们都变成白痴的。维达四岁了，快到上学的年龄了，我在百老汇上的简·帕克小学给她报了名。关老太太每天早上、下午两点半把她送到学校，然后我去接她。维达很能帮我的忙，在报亭帮我摆报纸，再把二十五美分的硬币一摞一摞地堆起来。每个周六我们都去斯多克顿街拐角处的陈叶商贸公司。她总是站在我的右边。我明白她是害怕我的那只没有了的手，于是，我管她叫左手部长。她果真就像是部长一样，在过道里走来走去，告诉我泡泡糖和口香糖的区别，或者哪种棒球卡最受欢迎，还有太妃粽子糖，薄的或厚的甘草糖，甜果馅饼，魔力点糖，橘子瓣糖，榴莲香薄荷糖和各种颜色的棉花糖。

　　很快，她就要求放学后自己走回报亭。由于她在学校很有人缘，每次她的后面都跟着一群同学鱼贯而来。他们把小脸紧紧地贴在糖罐子上面，午后的阳光照在厚厚的玻璃瓶上，把他们的小脸反射回来，像一条条快乐的小鲤鱼一样。维达把书放在一旁，自己开始为她的同学们服务。她把糖从瓶子里舀出来，称好，然后算出价钱，找好零钱。她才八岁，但算术能力好得很令人吃惊。我意识到她天生有做生意的才能，所以我出去办事的时候就让她打理店面的事情。

一次我到对面去买面条的时候，我看到她在和一个男孩子对峙。虽然她的个子还不到那个男孩的胸脯，但她用手在那个男孩的胸上使劲戳着，直到他还回了一副扑克牌。我很骄傲。我的女儿面对逆境的时候会像鲨鱼一样张口咬人，她遇事先龇牙。

伊琳也在开始她自己的新生活。大哥和二哥已经把大众市场卖给了二八香港投资集团，伊琳在市场解聘她之前就辞了职。她试着在斯多克顿的几家外卖店和杜邦街的四五六面馆找工作，但没有人对一个女屠夫感兴趣，特别是像她那样性情的女屠夫。珍珠刚刚在幸运饼厂辞了工作，回到路易的菩萨酒吧。于是珍珠向幸运饼厂齐经理介绍了伊琳，之后，伊琳就开始去幸运饼厂做了。

那个多雨的四月，我和维达每天都去乔斯巷接伊琳。伊琳总是做得很慢，我们就在巷子里等她出来。维达喜欢车间里飘出的烤杏仁的味道。伊琳坐在一个维达称之为大蜘蛛的机器前，炉子就是蜘蛛的肚子，四周有八只像蜘蛛腿一样的手臂，手臂的尽头是做饼的圆形模具。伊琳一踩下脚踏板，面团就会被倒入模具之中。这些手臂在炉子四周转动，每一只转到她面前的时候，她都会拿起饼的一边，往滚烫的饼心里放一张幸运字条，然后迅速把饼的一边和另一边在一根铁棍旁边合上。做完之后，那些齿状的幸运饼就变硬了，她把它们装到盒子里。旁边还有一只盒子，是用来装那些做坏了的幸运饼的。那只盒子装的总是更多，而那是要她自己花钱买的。我和维达总是要去消灭那些不幸运的饼，直到我们俩嘴里的黏膜都被这些饼磨破。

　　伊琳的手指尖都红了，还脱皮。每一天她都在发誓要辞职，但我一直提醒她之前工作中的那些看起来不可忍受的困难：冰激凌有多凉、百老汇的山坡有多陡、杀猪的刀有多沉。时间会把什么都变成金子的，我说。

　　维达十一岁的时候，乔伊斯和她的一个新男朋友回到了旧金山。他们搬到了上格兰特的一个公寓里。虽然与唐人街只有十分钟的路，她却一直都生活在另一个世界里。维达很是为她妈妈着迷，总是在等她的电话或者等妈妈来看她。乔伊斯来的时候我发现她总是心神不宁的。她身上总有一股怪味道，有点香，但还有一股药味，像过期了的虎骨膏的味道。她的反应不像我记得的那样快了，有时我问她一个问题，她好像要好半天才能答上来。我有时候会说出来，你总是若有所思的。但我心里想的是她可能已经找到了她想找的东西了，她恋爱了。

　　维达喜欢乔伊斯的衣服。她的那些柔软的、带松紧袖子和领口的衬衫，宽腿的裤子，还有那些宽大的裙子，不是长得落到地面就是短到膝盖以上。乔伊斯带维达到华盛顿广场去了一趟，回来时维达头上戴了个野菊花的花环。这个花环她一直戴着，直到那些黄色的花都枯了。她想要一只脚趾戴的戒指和一条脚链，一个夏天都不愿意穿鞋子。

　　但是，是伊琳给维达缝制的那些柔软飘逸的衣裙，是伊琳带着维达去瓦列霍的杨记珠宝店，教她怎么串颈链、串长耳环和珠子项链。伊琳还给维达钩了披肩，把她的头发编成了五条辫子。是伊琳教会了她如何尊重长辈，怎么用委婉的方式向我问她想知道的东西，怎么在没有时间的时候也能倾听别人说话，如何去问已经被遗忘的问题。

　　一句话，是伊琳给了我们大家安慰。

## 坦白

关老太太突然变成了列祖列宗，这件事发生得很突然。王母说她们两个人就坐在广场低处的秋千旁边。当时的太阳晒得人很暖和，秋千两边的锁链噼噼啪啪地响，声音就像放爆竹一样。关老太太正在讲着在哪里能买到最好的月饼，怎么做冬至的饺子。然后她朝一个正要登上秋千的男孩子喊。

别飞！老太太喊着，之后她就紧紧抓住了胸口，滑倒在地上。她就这样离开了我们这个世界。

乔伊斯的公寓没人接电话，所以维达第一夜是和伊琳过的。她央求我把她带到有轨电车总站旁，她相信外婆就在那里等她。我开始想不答应，但她哭得那么伤心，我只好默认了。我们走到了华盛顿广场，站在车站旁，听着电车马达颠簸的回响，听着电车发出巨大的轰鸣，还有电车轮子在轨道上"咣啷啷"像地震一般的巨响。

维达不停地哭啊哭，我也没有阻止她。在那里，就在泰勒和杰克逊两条街相交的十字路口，我们被电车声音的回响和愤怒包围着。我把我的秘密和许诺告诉了她：死者比生者爱得更深。

## 坦白

关家的人都住在四面八方。我听说她们家唯一的一个儿子是个街上的流浪汉,是在滕德尔洛区还是米申区,没有人说得清楚。于是,我花了两夜的时间在这两个区里找他,直到在珀克街与吉尔尼街之间的一家泰国餐馆看到他在向人家要垃圾中的罐头盒。我说请他吃顿饭,但他拒绝了。我告诉了他他妈妈的事,说后事得张罗。他说去找乔伊斯吧。伊琳在东海湾找到那两个孪生姐妹时,她们的说法也是一样。伊琳吓坏了,赶紧去找乔伊斯帮忙。我告诉她不要多事。我知道乔伊斯会很愤怒,但不会感到意外。在处理后事这件事上她也得一个人料理所有的事。

我关了报亭,买了维达的晚饭,拿着它去了韦恩巷。走到弯道的时候,我看到了窗户旁我女儿的脸。她让我想起了我离开中国时看到的那个小姑娘,那个有着风铃般嗓音、一直跟着我走出村子的小姑娘。

维达一直都在等,在过道里,在桌前,在窗户旁。她看我的时候眼神就像一把刺刀一样锋利。我走进公寓的时候,她开始哭她的外婆。维达的声音也像风铃一样。

我告诉她,外婆死了,明天我们要去和她说再见。

外婆为什么死了?她想知道。

我看了看她,说,外婆老了,她的寿命到头了。

有多老了?

太老了,她没有时间了。我说。

维达好长时间没出声,我以为她不会再追问了。

然后,她又出声了:爸爸,你的胳膊是不是也死了?

别这么烦了,我说,别问那么多问题。我去把饭热给她吃。她跟着我,还接着说,接着问。她拉出了一把椅子,呼气像赛马一样热。你老了吗,爸爸?

我看见她的眼泪快出来了,嘴巴也撅了起来,所有的五官都像是在乞求一样抬了起来。

爸爸?她的声音突然变粗了,就像她突然间老了一样,呼吸像很疼似的那么急促。什么时候?你什么时候会死?

我给了她一个冰冷而又严厉的眼神,她溜下了椅子,跑到卧室里去了。她的饭热好了之后我喊她来吃饭,她没来,于是我走进卧室,看见她趴在床头那里,手上拿着一支蜡笔。

你在干什么?我的声音像贼一样声嘶力竭。

但我女儿灿烂地笑了笑,闪开身子,让我看她的杰作。我看了一下床头,看见她用红色的蜡笔把她妈妈刻在床头的名字涂上了颜色。我把她从床上一把拽了下来，用我的一只手全力地摇晃她。我无法停下来，即便是当我在她的眼睛里看到了我自己的时候也无法控制自己。

你想要我的命吗？你想要我的最后一口气？

我把所有人的账都还清了，我已经失去了一切。我的公平在哪儿啊？

你到底想要什么？告诉我！告诉我！

我紧紧地抓住她的肩膀，手指深深地嵌入到了她的肉里，直到我感觉到了她那像竹竿一样的锁骨。我摇晃着她，摇得有多凶？她的头剧烈地摇摆后又耷拉了下来；摇了多长时间？她的身子弹了起来，轻得就像一篓干了的竹叶一样。我把她从卧室里拽出来，扔到沙发上，骂了又骂，直到她的哭声都变成了哽咽和抽泣，我还没有放手。

所有的悔恨、所有吞进去的耻辱在此刻都释放了出来，我觉得自己那只失去了的手臂又重新获得了力量，我的愤怒就像是举起的又一只拳头。

就像决了堤的河口一样，我女儿哭着、咆哮着要她外婆。

我抓住她，死劲地摇晃着她。

你想活吗？

我的话响起了回声，又重重地砸到我自己身上。她的牙齿在打抖，像是很冷的样子。她散乱的头发像海藻一样前后摆动着。我抓住她的肩膀推了她一下。她的头发径直竖了起来，我又拽了她一把，她的头发又落回到了她湿漉漉的脸上。那张脸因为扭曲而变得恐怖。我不停地推她、拽她，想把她的头发拉到和脸相对应的正确位置，想把我们的关系理清。

你想要吗？想要活吗？想再多活一天吗？

她像一只受伤了的麻雀，小拳头打到了我的喉咙上。然后，她双眼直勾勾地盯着我，瞳孔变得很大。

住手！她喊着，住手，要不我叫警察了！

我停了下来，不是因为她说的话，而是因为她话中那斩钉截铁的语气。

看到女儿那泪流满面的脸，我把眼睛移开了。她有多大？刚刚十二岁，但她母亲那无所畏惧的神情分明就在她的眼神里。之后我意识到了，孩子是要偿还我们的。他们会把我们带回到我们最后，或者是最初的真实的自我。

我以前也像她一样，疯狂地想要回我的母亲，要回我的身体，要回我的爱情。每个孩子都想回报他的祖先，就像每个恋人都希望被爱得永久。

她对我的威胁是对的，也许她应该去举报我。很快她将不是那个只会等待的女儿。她会等，想得到，但却得不到。她会走开，然后我就会变成一个等待的父亲。我已经感觉到了一种比任何痛苦来得都更猛烈的羞耻，我怕我把自己所有的善良都已经用光了。

伊琳和乔伊斯来的时候我已经松了手，但刚才的痛苦和混乱还留在屋子里。到那时我才听到了我女儿的抽泣，我只能看着孩子哭着跑向她的两个妈妈。我只能一声不响地看着她们把孩子带走。

在菩萨酒吧里,路易站在了女人们一边。他问,你为什么对你女儿那么狠?我无法回答他的问题,因此我双倍地感到羞耻。

我知道这是一个微不足道的道歉,但我只能做到这样了。我带着维达和路易的女儿咪咪去希尔斯罗巴克商城,让她们各自选一个玩具,希望一个美好的记忆能冲散那不愉快的记忆。

咪咪一下子就选中了滚轴溜冰鞋,但维达却一排一排货架地看,每排货架都走上三个来回,摸摸各种娃娃和棋类,再试试跳绳,最后她也还是选了溜冰鞋。伊琳在广场的下边找到了我们,我们一起看着孩子们在沙箱里试她们的新冰鞋。伊琳说起她和她们厂里的齐经理近来在一起的时间较多,而我也明白了,爱情已经又一次离我而去。

两个女孩从我们的身边滑过去,冰鞋的金属轱辘哗哗啦啦地响着,她们的呼吸像夏天的雨水一样清新。我看着她们,见她们高兴自己也很开心。

维达飞快地向我滑过来,一头栽倒在我的腿上,她穿着冰鞋的双脚扬了起来。咪咪滑过来的时候尖声叫喊着,维达又跳了起来,调整好了方向,追了过去。

小心点,我喊道。

伊琳喊她们吃饭了。

维达和咪咪开始在操场上滑,弯着腰,挥动着双臂,嘴里喊着什么。

让她们玩吧,我说。

她们都喘不上气了,伊琳说。

我向她们喊着,但她们又在我们的身边转了好几圈还没停下来。伊琳和我只得挡在路上把她们拦住。她们一下子坐在长椅里,伊琳把报纸铺开坐在上边,把毛巾蘸湿让她们擦手。之后她拿出黏米饭团。她把包着米饭的竹叶剥开,女孩们就像拿香蕉一样拿着饭团,她们的腿在长椅下面来回摇摆着。她们的眼睛睁得大大的,呼吸长长的,既高兴又心满意足。

我看着伊琳剥一只桃子。她把桃子切成几瓣,把每瓣的桃子的皮削下来,然后把削好的桃子一片片地递给每个孩子。

太阳光线很强,空气中总有一阵阵微风拂过。孩子们在笑。我相信生活会就在这三角关系中继续下去。

我希望维达和伊琳能过得好,伊琳能用她的方式给维达疗伤。

我让她们相爱。我明白人生有很多危险的沟坎,我相信伊琳会带着我们两人跨越这些沟坎。

## 张伊琳

很明显,关老太太下葬之后,乔伊斯就既没办法也没兴趣做好妈妈了,于是我让维达又搬回来和我一起生活。维达已经快十四岁了,这是一个女孩子该和女人亲近的年龄。我很高兴维达很容易就接受了这个想法,杰克也答应了,但我还是很想和乔伊斯谈谈。我早一些下了班,去了西班牙老巷。我知道乔伊斯会在那里打扫她母亲的老房子。小雨一直不停地在下,我从街对面大视野剧场的屋檐下向那个公寓望去。门被砰的一声打开了,乔伊斯走了出来。她穿着一件无色透明的雨衣,闪亮的雨靴,带网眼的丝袜,头发盘得很高,用一只发夹固定着。她那A字型的连衣裙上是那种艳丽的粉红色圆圈和橘黄色方块。那鲜艳的颜色让我不安,这对守孝的女儿来说是不合适的。

我撑开伞,走到了街上。一辆车从身边驶了过去,我的腿部感到了一阵热浪掠过,但我没停下来,径直朝乔伊斯走了过去。她的假睫毛让她看起来有些不一样。浓浓的黑色上面又多了一条细细的白边,这让她的表情看上去有些夸张。

她的粉红的嘴唇冰冷，这让她看上去更像刚失去亲人的样子。

我告诉她对于她的丧母之痛我感到很难过。

乔伊斯低下头去的时候，我好好看了看她的脸，想在上面找到和维达相像的地方，但是没能找到。我说，我想和你谈谈你女儿的事。她把脸抬了起来，一副期待的样子。我把这看成是她内心渴望自己的孩子的表情。

她最好能和个女人一起生活，而不是杰克。你说呢？我问道。

他为什么不自己来？

我看到她的嘴巴动了动，像是把到嘴边的话又锁了起来。我看到了妈妈过去的样子和女儿未来的样子。蔑视是两人之间相像的地方。

乔伊斯的嘴又动了一下，她说，杰克也许这么想，但说出来就又是一回事了。你不需要征得我的同意。

我想得到你的同意。我自己被我说话时语气中的力量都吓了一跳。我是想这么说来着，为的是寻求一份祝福。

好啊，乔伊斯说。

现在可不是容易的时候，我又说。正在这个时候，天上开始下起了冰雹，大片白色的冰雹掉在人行道上。我打开伞，乔伊斯赶忙躲了进来。

我想起了我母亲走后的几个月里我一个人深深的孤独，我记起了那是我所学会的：帮一个困境中的人，你就要像去救一条干旱中的鱼和金丝笼中的鸟一样去帮他。趁着还有时间

**和机会，要做就要赶紧去做。**

于是，我告诉乔伊斯，我等这个机会已经等了很长时间，我想参与进来，做个朋友，就像家里人一样。

乔伊斯笑了，就好像她以前听到过这句话。

我们走出了西班牙老巷，走到了杰克逊街。她去订了鲜花与花圈、去乌尔沃斯买了奶油糖，去明方记选了白色的信封，里面装上给亡者的礼物：告别的糖和表示感谢的银币。做这一切的时候我都一直陪着她。我们从银行换了几包新硬币，出来后又到了关家族亲。选墓地的时候乔伊斯崩溃了。她哭得太伤心了，我把她领到了门外，把她搂在怀里，对她说，忘掉吧。

雨水打在她的脸上，她的眼泪和上天的眼泪融合到了一起。

**雨是我们最可靠的语言。眼泪的语言把我们不相知的地方打通了。**

我很吃惊乔伊斯在给她妈妈守灵之前还在上班。陪她去斯多克顿与百老汇之间的破旧剧场的时候，我没说一句话。谢我的时候她的笑容很真诚。我看着她走进了那两道门，我转身往回走，但在一张海报前停了下来。海报的前景中两个女人抱在一起，一个男人从远处看着她们。他脸上的疯狂、冷漠的表情让我吃惊：我为什么这么久才和乔伊斯面对面地相遇？我还在想，如果我们是在什么别的场合下相遇的，我们还能成朋友吗？

## 坦白

路易生病的消息打破了我们三人之间的平静,而且他还病得很厉害。我跟路易说过他的脸色很不好看,但他并没有多说什么。是珍珠告诉我路易得了癌症。乔伊斯给了我一些草药和药方,希望会对他有帮助。她说你得学会适应,巧克力对路易来说也许太苦了。

我去伊琳家用她的炉子熬药。在我煮豆子、在黄油中热草药的时候,听到有人敲门,还有人不停地叫我的名字。我一猜就是爱德索,便没好气地使劲拉开门,冲他"嘘"了一声,说,去吧,到广场那边去吧!但他用脚挡住门,叫道,杰克·满·司徒!你在屋里数钱呢吗?

我闻到黄油快要烧焦了,便立马回到厨房。爱德索也跟了进来,像小鹿一样用鼻子到处闻。你在炸什么吗?这么香?

我在为路易做蛋糕。

他瞧了瞧锅里的东西,闻了闻,是 Dai Lum 吗?为什么要用黄油？中国人从来不用黄油的。

黄油可以把药的滋补功效调动出来，就像鹌鹑炖人参那样。

补什么？

胃癌呀，我说。

爱德索摇了摇头。太糟糕了！他能吃饭吗？

这就有助于他吃饭，我说。

爱德索抓住了我的袖子，你别玩火烧着自己！

我挤出煮烂的莲子中的汤汁儿，然后往装有碎核桃末儿和糖的碗里打了三个鸡蛋，把碗递给了爱德索。

今天我能过来你应该感到很幸运，爱德索说道。他用一个大勺子把碗里的东西搅碎，尝了尝，认为这豆馅做得和奇华饼家做得一样好吃。

我把豆馅揉成一个个小球，轻轻地拍扁。

外面没有脆皮吗？爱德索问。

这样效果更好，我说。

这是咱们中国人发明的，爱德索说，《黄帝内经》里写着呢。

路易是个好朋友，我说，我伤心的时候他会给我做松鼠酒，现在我要做蛋糕减轻他的痛苦。我把托盘放进烤箱，设定了二十分钟。我们坐下来喝了两杯威士忌。爱德索扫了一眼报纸，然后用焦虑的眼神看了我一眼。他第二次这样看我时，我问，遇到什么麻烦了吗？

维达多大了？他问。

马上就十六岁了，我想。

他卷了卷衣角，说道，这不关我的事，但作为朋友，我觉得我应该告诉你一下你家人的情况。

　　到底怎么回事？我又问。

　　我在台球厅里看到你的女儿了，她不是个好孩子。

　　我知道她去那儿了，我在那儿呢，我说。

　　那你看到她和那个浪荡仔混在一起了吗？

　　哼，你要看到了，大家就都看到了。

　　爱德索点点头，也有些尴尬。是啊，他说。

　　一时间我们都只盯着烤箱，听着计时器"滴滴答答"地响。

　　你有没有做什么？你训斥她了吗？爱德索想知道。

　　我能怎么办啊？我也不想当着那么多人的面训斥她。这都怪我，我不是个好父亲。

　　也不是，很多父亲比你还要糟糕。看看满高吧，他有三个疯丫头，一个儿子和那帮浑小子混在一起。路易的女儿也好不到哪里去，在台球厅里我看见她和一个男人鬼混，在外边我又看见她和冯老四最小的儿子在一起。

　　就是蹲过监狱的那个？我问道。

　　应该是已经出来了，爱德索说。

　　也许我对维达的引导不够，我说，我给了她信任，但那也许不够。

　　也许吧，爱德索低声说道，但即使你引导到位了，情况也不会有多大的改变。性格就像才能一样，是天生的。

　　也许我不应该去坦白，不坦白也许事情就会向好的方向发展,我说。

你为什么去"坦白"呢?他问道。

是为了乔伊斯,为了爱,我说。

爱是比金钱更值得去冒险的唯一的东西,爱德索说。

这时,计时器响了。我把托盘拿出来。爱德索探着头看过来,哈,没有酥皮的月饼!我来尝尝!

拿着,我说。

他用蓝手绢包起一个。好热,他说。

回去吧,在家里待着,我提醒道,不要到广场上到处瞎扯。

爱德索还是去了广场,也像往常一样跟人闲聊,这次聊到了那些被人称为"渣子"的男孩子们的故事。其实每家都有这样的事,家里有一个不招人待见的儿子,一个没用的兄弟。这个孩子叫诺兰德,刚从萨科拉门托三角洲来到旧金山。他是个典型的败家子儿,从小就麻烦不断,被送到远亲家里寄养。但他又把麻烦带到了旧金山,卷入了黑帮团伙。

维达从来没有正式介绍过他,我也从来没有就兰博特台球厅的事质问过维达。买报的人们总是来报亭给我讲那件事,但我一直忍着没有理睬。要是在以前,我会直接去找那小子的监护人,但现在我想直接去找那个小子。每天下午他都会和那帮小混混儿去莫伊糖果店。因为他们从我的报亭前走过,我也就有机会可以观察他。这孩子的体格看上去练得已经很不错了,但从他柔弱的眼神里可以看出,他的心理要想跟身体一样强壮的话还需要很长时间的磨炼。

我知道维达已经拿住了诺兰德，对于她的想法和要求，他总是言听计从。

一天下午我看到他往山上走，在他刚要进莫伊糖果店时我叫住了他。他停了下来，他的小团伙也在周围站住了。他犹豫了一会儿，然后慢慢向我走过来。

你会说中文吗？我用中文问道。

他有些顺从地点了点头。

有些事我得和你谈谈。

他耸了耸肩。

你在学校里都学什么？

他看着地面不说话。

听着，你要想跟我女儿做朋友得答应我两个条件。

他一手握起了拳头，另一个放进了裤兜里，好像在说我想听，又不想听。

我这是在帮你。我等着他把头抬起来。如果你喜欢她，想让她开心，我不会阻拦你。首先，你要好好学习。其次，你要和这帮不良青年断绝交往。

他看着我，没有反抗，但有些迷惑。

你明白我的话吗？我又问道。

他没有点头也没说再见就走了。

刚要说出口却没有说出的话最好还是不要说了。我没有叫他回来——沉默也许能够更好地帮他重新做人。我们以后也没有谈论过这件事，这让我很高兴。他是一个已经知道尊严的孩子了。我相信我看到了一个走向成熟的年轻人。

那个周六快到中午时,我去银行换零钱。天空依然阴沉沉的,所有东西在平淡单调的光线下好像都被放大了。斯托克顿街上时而喧闹,时而平静。人们像是瓷木偶一样走着,游客们则像被关在笼子里的动物一样缓慢、笨拙地往前移。排放着尾气的卡车、汽车、公交车等都往隧道方向驶去。我站在拥挤的杰克逊街拐角处,等着过马路。奥兰奇挤了两层围观的人。大阿尔每个手里拿着四个橙子,旁边的女人们都在笑。一辆卡车停了下来,大阿尔装了两大包橙子,从车窗放到车里去。

这时我看到诺兰德向斯托克顿拐角走来,一个人,边走边笑,这点我记得很清楚。突然有人大叫了一声,我转过身来向人群方向望去。我终于看到那些屠夫时,他们正在从人群中冲出来。直到他们走到路口处我才看到他们的手推车,直到他们走到诺兰德身边我才看到他们推着的是一扇扇的猪肉。长头发挡住了他们的脸,头僵硬的扭动方式让人看了害怕。很快,人们都叫着喊着跑开了。周围的东西被踢翻了,汽车在鸣笛,公车也停了下来跟着鸣笛,顿时一切全乱了。

我几乎不敢喘气,也不敢相信。我看错了,他们其实不是卖肉的,他们只是一群孩子。扔掉手推车后,他们脱掉白色外套,把手伸进了猪的肚子里,掏出了长长的西瓜刀。

一个女人尖叫了出来。大阿尔正在街边闲逛,突然之间他的橙子包被撞散了，橙子"噼里啪啦"地掉了下来，滚到卡车边，水沟里。

大伙都同时害怕地往后躲着，又像着了魔似的往前拥去，整个过程整齐得像是一个人。他们大喊大叫，害怕地张着大嘴。

**卖蛋糕的女人的哭喊声充满了街道的每个角落，也把我们都惊醒了。**长头发的那个人左眉毛处有颗痣，样子看上去有些诡异。他把手缩回来，把屠刀捅进去，又拔出来，好像是在挖那个孩子的心一样！湿漉漉的刀刃就像金子一样发着光。

我跑到诺兰德跟前，托起他的头。他的嘴慢慢地动着，像是刚被抓到的鱼一样用力地喘着气。大伙都靠拢了过来，但没有一个人过来帮把手，也没有一个女人向观音菩萨祈祷。

你们的怜悯之心都到哪儿去了？

我把他拖到路边。等一下！我喊道，然后飞奔到了半个街区以外的中国医院。两个急救人员拿着折叠起来的担架跟着我回去，下山时他们手中的担架就像是投降的旗子似的。

只有《新闻公告》登了一张他的照片。在颗粒很粗的黑白图片上可以看到诺兰德倒在了人行道上，我的手在他肩膀下面，试着把他抬起来。后面是一群人张着大嘴看着我们，像是一个金鱼陪审团。照片的左上角有一个人影，一看就是按快门的瞬间冲到相机视野里的。她是维达，表情疯狂慌乱。

《中国时报》上他的中文名字还被打错了，"盼"字变成了"梦"字。

这件事让我很难过，难过得连我自己都有些意外。一个年轻的生命受到了伤害，一个错字所带来的伤害就像用错了十个字一样。《中国时报》应该把他的名字打印对。

诺兰德的家人也没有从三角洲地区赶过来。

在接下来的一段时间里，悲伤和酸楚一直伴随着我们。女儿认为是我的错，我也没有反驳，就让她那样说吧。

我也认为自己做错了，说话和看她的眼神都不理直气壮。我的一切建议都不起作用，也没有什么好的想法。

很感激维达能够相信伊琳，我也相信她。

我的女儿正在学习一个成熟的女人的语汇，挫折已经没法击倒她了。

我相信她那年轻人的大吵大闹会把她的恐惧带走。

就像路易说的，让时间改变一切吧。

## 坦白

我害怕咪咪会告诉我她父亲又因病住进中国医院的消息。但这个消息还是来了，就像人们无法阻止拂晓的到来一样。我关了报亭，取了蛋糕，径直向医院走去。正是晚饭时分，走廊上有很多简易病床，护士站里已经没有人了。我跑了两层楼才找到我的朋友。他正熟睡着，面色更加苍白无力，我也不敢出大气。他睁开眼时，我把一个小银盒子放到他手中，轻声说了一下，大烟。我把手紧紧地放在了他的手上。兄弟，只要能让你好受一些。

我打开锡纸包着的蛋糕拿给他看。这个对胃好，我说。路易吃蛋糕时，大块的黑色豆馅掉在了他的胸前。

是莲子心馅的吗？他问道。

是专门为你做的，就像你给我做的松鼠酒，我说。

我们的声音在房间里回荡着。

然后路易眼睛直直地看着我。怎么回事？我问。

他声音很微弱,我靠近了才能听见。

我没有多少时间了,他说。

我觉得我们过去在一起的时光充满了整个屋子。我看着他的眼睛,感到他正在慢慢地离我而去。我哽咽了一下,想了半天才找到能说的话。我镇定了一会儿,调整了一下呼吸,咽了一下口水,问,兄弟我能为你做点什么?

管好你自己的事吧,他说。

我不明白,我等他把话说完。

路易的声音还是断断续续,但我还是能听懂。你可以对老朋友发脾气,但不要那样对你的女儿,你对她太严厉了。

我不知道该说些什么。

你知道我希望你解决好的是什么事情。

他的手有些抽搐,我紧握住他放在银盒子边的手。他又睁开眼,像是在感谢我。他的声音有些微弱但很坚定,你女儿和你有一样的理想,不要让她为你去牺牲自己的爱情。解决好这件事,要不然生活就失去了真正的意义。

## 坦白

我们把路易埋到了库尔玛的一块墓地里,那里曾经是禁止中国人使用的。一个叫林·P.冯的有名的风水先生在龙背最上端的方向上选了一块地方。路易最后安息的地方面向东方,头顶上是一大片五十英尺高的榆树的树荫。

咪咪二十一岁之前,一直是珍珠在经营着菩萨酒吧。我们很高兴看到咪咪接管了那个酒吧,更高兴的是她始终没有让它变样。

齐经理和伊琳在金门公园买了房之后,我和伊琳就办理了离婚手续。我搬到了韦恩街的一个公寓。终于等到了水落石出的一天,我的生活也渐渐恢复到了以前的样子,我就这样过着我自己的日子。

维达去了城市大学,平时也在机场做兼职工作。有几次她问过我关于选择学校的事,但我真帮不上忙。当美国航空公司要录用她、让她去波士顿工作时,她来找我问问她到底去还是不去。我能说什么呢？她已经十九岁了，生活在与我不同的、我一无所知的世界里。我告诉她，这是你的事情，你自己决定吧，老爸相信你。

她嘴角往下撇了撇，好像要哭出来了。

我说错话了，但话既然说出了，已经晚了。我还能怎么办呢？我意识到那其实不是她真正想问的问题，所以我现在说什么都是错的。她有些不太对劲，包括表情和说出的话。我知道出事了，就等着她说话。如果她想说话，她会说的。她已经长大了，我不能要求她做什么了。我得让她主宰自己的生活。

我知道孩子有时只是想能待在父母身边。

作为父亲，我想说些什么，给她信心以应对以后的生活。所以她收拾东西时，我长舒了一口气，叫了一声她的小名，说，不管怎样，没有什么事值得你不高兴啊。

她把头放到膝盖上，眼泪哗哗地流出来了。我等了一会儿，直到她把头抬起来，我又看到了以前的那个我熟悉的女儿，我叫了一声她的小名。

告诉爸爸，什么事情让你这么不高兴？

她摇摇头。我知道她受到了伤害，而且是那种说不出来的伤害。

你不舒服吗？

她摇头的样子让我想起了我发脾气时摇晃她的样子，这让我不禁打了一个寒战。爸爸也曾经很难过，但忍受一切的目的就是希望你不用再难过了。但那样对你也不公平。无论你经受什么样的磨难，爸爸都会给你勇气，希望你能战胜它。

这话拉近了我们之间的距离。

那年冬天，她去了波士顿。寒冷的气候和没有亲人的陪伴让她有所改变。最终她还是又回到了纽约，就像所有旅行者一样，在新的地方总会开始新生活。这些年来我们相隔很远，但我相信距离会带走我们之间的隔阂，这是自然规律。

因为维达经常能享受航空公司的优惠，我也习惯了她时常回来。但有一天晚上她说要回来时，我还是有些吃惊。

我们得去移民局，她说，你要变成美国公民。

为什么？我告诉她现在这样挺好的。

以后会更好，她简短地说，明天见。

我拿着有些沉重的话筒，听着里面嗡嗡的声音发了一会儿呆。虽然我不喜欢跟政府打交道，但我更不想跟女儿发生任何争吵。对于这件事我没有多想，直到伊琳来到报亭，问我维达有没有来电话。我知道她们在这件事上立场一样。伊琳就她成为公民后得到的好处滔滔不绝地给我讲了一大堆，还吹嘘这不仅不会影响忠诚，还会让人更忠诚。

对美国的忠诚不等于对血脉的忠诚，后者不需要宣誓，我说。

她站得更直了，好像是在坚持她对美国的忠诚，说，你就去吧，不要惹麻烦。

你才总惹麻烦呢，我说。

她叉着腰，瞪着眼睛看着我。我知道真要有麻烦了。但我还是想问,你以前那羞涩的眼神,新娘般柔和的声音,和菜刀都不敢拿的柔软的双手都哪儿去了?什么时候开始像母老虎一样大吼大叫了?但我还是没说这话,因为我学到一件事,那就是让女人随心所欲地问,随心所欲地说。所有的女人都喜欢自己大吼大叫的声音。

先把你的身份申请下来再说,她说,万一你回去不喜欢那里,或者更有可能的是,人家不喜欢你了,你怎么办?然后她笑了,但如果你真想留下来,你可以把你的社会保险存到广东银行里。

你想得可真够周全的,我嘟囔道。

她一直在大喊,也没听见我说什么。明天中午在香亚茶馆吃午饭,晚饭在我那儿吃。我泡了鲨鱼的鱼翅,维达得多吃些,她脸上的皱纹比沙皮狗还多了。海参是给你吃的,不含胆固醇,对你的高血压有好处。

伊琳的脸绷得很紧,我觉得她的脸才像卷毛狗的脸。她摸了摸我的头,长满老趼的手指让我打了一个寒战。你不是说你要走了吗?我问。

是啊!我这就走!我去美国银行,你需要二十五美分的硬币吗?

我已经有不少了,我说。然后我看着她往山上走去,惊异于她的走路姿势。我想古人是对的,未来是美好的,等到人老了再回过头去看,很多东西都是很有意思的。

周五下午总是非常忙碌,所以我赶快起身,去把报亭收拾好。我把盘子里放满了水果和糖果,把多余的报纸拿出来,准备好了一些二十五美分和十美分的零钱。等着客人的工夫,我读着报纸上的新闻,不久将至的酷暑,黄金的贬值,一个儿子因为父亲不给他买花花公子的车砍死了自己的父亲。突然听到一声巨响,我抬起头,看到一个司机正在使劲把30路有轨电车开进斯托克顿的轨道里。这时我看到女儿从马路对面走过来。我沉住气,就像被刚刚压住的报纸一样。灯变绿后,维达径直从人群里走出来,就像鲨鱼一样大步往前走,目光坚定,目标明确。我很高兴,女儿已经在世界里找到了自己的行走方式。

她手里拿着咖啡和一本书,和我打招呼。

这是什么?我问道。

为周一的谈话准备的一些问题。

我装作没听见她大声的说话和强颜欢笑的表情,随便翻了翻那本书。有一百多页啊,我喊道。

他们不会问所有的问题,只会问些重要的,她说。

我喝了一口咖啡。有什么好准备的?我这样去就行,我说。她的眼神像将军一样坚定,嘴角回收了一下,好像咽回去了一大些词儿。我观察到,她的野心很大,也丝毫没有妥协的打算。

爱德索·林,这个遇到争吵就第一个走开的人,从杜邦街的方向走过来。这正是我需要他不着边际的闲聊的时候。

爱德索,我叫住他。

他观察了一下形势,拿出一箱牛奶给维达。来看你的干爹了啊？

当然了！维达笑了笑。

你挣了有十万美元了吧？

不止十万呢，她开玩笑地说道。

那你请你的干爹参加婚礼晚宴了吗？

没有。

还没有？他随手拿了一份时报说，让干爹给你读几条征婚广告吧。

不用了，谢谢，她笑了。

爱德索喊道，杰克·满·司徒，你女儿为什么不想找个老公？一定是你的错，你不是个好父亲。

谁不是好父亲？吉米·陈递给我一个硬币。

他！爱德索指着我。

我给了他一个眼神，意思是别让他提起过去。我不想让维达想起诺兰德，在那件事上她可能还在怪着我。

吉米，你去哪儿了？我问道。

古巴！吉米说。

你就吹吧，我说，谁也去不了古巴，那是违法的。

我去了，吉米得意地笑了笑。

你胡说八道！爱德索说道。

我没胡说，吉米说，我还去了俄罗斯呢。

那儿有什么好玩的？爱德索问。

莫斯科也有一个很大的唐人街，我去那儿了。

那里也有唐人街？爱德索问道。

吉米把双臂伸开成一弧形，好像是在把周围的听众聚集起来。全世界都有，他喊道，每个国家都有唐人街，所有的唐人街我都去过！

你怎么去的？爱德索问道。

吉米抬起了脚后跟，我坐出租车去的！

你怎么跟司机说的？我问。

我画了一张图，吉米说。

聪明！维达说，画画是个好办法。

什么样的画？我问。

吉米伸开手掌，说，我画一条街，街里画上人，然后商店，用中文写上店名，让它看上去像是一个真的唐人街。

他们穿什么样的衣服呢？维达问。

吉米来了兴致。北方衣服，长袖衣服，厚厚的夹克，衣服都很长，都搭到地面了。每个人都有腰带，然后我还画上了很大的毛帽子。

爱德索笑了，北方人就那么穿，像是被绑起来一样。那个出租车司机，他能看懂吗？

当然！吉米点点头。他能看懂，他把我带到那儿了。

但是你怎么给他车费？我问。

吉米拿出一张十美元的支票说，我给他这个。

他给你找零钱吗？我问。

找了，吉米点点头。

那你的俄罗斯钱怎么办?爱德索问道。

吉米的眼睛一亮,我回来的时候用。

爱德索又竖起了大拇指,吉米·陈,你还真行!

当然了!我就是一只海鸥,哪里都去。吉米看了一下手表,我该去接女儿了,明天再跟你们聊。

孩子们排成长队等着我给他们发五美分一袋的糖果,大人都在等着买报纸。于是我说,我得忙去了。但时不时我会看看拿着牛奶箱的女儿,很怀念我们以前在一起的时光。

接近下班的时候,我们三个很快就关了报亭。我和爱德索拿下了书架,并把木板堆到了篮子上。维达卸下了明信片和杂志架子。我很高兴她回来后干活还像以前那样高效,她还记得怎样沿着头版新闻准确地折叠报纸,怎样捆绑报纸,哪个角向上便于取走。她收拾武侠小说时,我让她拿一本,但她只是把小说放到盒子里,然后把盒子放到了书架下。所有东西都收拾好放到小屋里后,我拉上折叠门,把报亭上了锁。三个人就站在了我的小木屋前。

吃饭吗?维达问。

爱德索往前走走又往后退了几步,好像在等着什么。

你跟我们一起去吧,干爹,维达说。

别,我向他嘘了一下,意思是你快走吧。

维达又把他叫了回来,但他还知趣,说:我还要打牌。挥了挥手就走了。

多赢点!我在后面喊。

是去李园餐厅还是海鲜酒楼?维达问。

两个人坐晚宴餐桌有些浪费了,我指了指对面,说,三和怎么样?

我们朝那窄窄的楼梯走去时,她显然很高兴,这从她手扶楼梯扶手的样子就能看出。我们去了最上面的一层,她径直跑向了她最喜欢的位子,把头探出窗外看了看。

小心点!我喊道,仿佛又看到了我以前的那个小女孩,在窗台看着我拐弯走进那个小巷。我点了一些简单的菜,蒸豆腐、菠菜,还有她最喜欢的河粉。

可恶的服务生按铃响了。

老朱呢,她问道。

搬到亚利桑那州了。我没忍心告诉她,她最喜欢的那个服务员被人发现死在自己的屋里了。

好热啊,她说。看着服务员把我们的菜从那只黑色的餐盒里端到桌上,她的表情好像以前没见过一样。我们像平时在家一样安静地吃完了那顿饭,感觉很好。

她挽着我的胳膊,我们在空荡荡的杜邦街上走着,街上只听得见我们轻轻的脚步声。这种感觉也很好。我们走进韦恩巷时,寂静像毛毯一样笼罩了一切。我们经过了角落里闲置的高楼,她指着那些停车位里的旧车说,这些车根本不需要被拖走,铁锈就可以把它们解决掉。闪烁着的汽油灯将她的背影映到了大楼上。我内心在斗争着,到底要不要告诉她一些事。一只红色的小猫趴下来,从栅栏下面滑到了另一边,女儿转过身来笑了笑。我于是走上前去说，你朋友吴真人来看我了。

是吗？她扬了一下眉毛。他来干什么？

来告诉我他喜欢你，我说。

是吗？她重复道，他想成家可我还不想。她几乎是反抗地说道。

对于一个从大老远过来向我女儿表达爱意的人，我不想说出他的真实愿望。我没有告诉她他问了一些我们老家的详细情况，认为带维达回去看看会是个不错的主意。他像是个男人一样来找我，我也得尊重他的想法。虽然我已经回了趟老家，但感觉并不太好，我女儿应该自己回去看看。

你怎么想的？她问。

我的职责仍然是保护她，所以我说，他好像很认真。

她的眼睛亮了一下。机会像手掌一样展开了，于是我赶紧抓住。幸福是最终的目的，我说，为了它什么都值。

她的微笑让我有些意外，更意外的是她亲了我一下，那是一个美妙的瞬间。古人说得很对，男人年轻时有女人陪伴更有活力，中年时有妻子会得到滋养，而老年时男人最大成就是孩子的陪伴。我深深地吸了口气，我安心的时候到了。女儿能够回来照顾我这是任何事情都没法比的。

我轻轻地拍了一下她的脸颊。处处看吧，他人应该不错。然后我看着女儿优雅地向小巷深处走去，一种心安的感觉涌上心头。

长寿就是前方未知的道路。

## 坦白

我在香亚茶馆喝了好几杯桂花茶等着伊琳，直到十一点半她才来了。我们得谈谈，她轻声说，你知道你女儿现在在干什么吗？

我给她倒上茶，问道，她在干什么？

伊琳的表情很严肃，好像是在想着什么东西。最好是你自己问问她，她说。

你为什么不能直接告诉我？我说。

你怎么可能不知道呢？她问。

我为什么一定要知道？我问。

你女儿做了违法的事情了！然后她紧闭双唇，好像没说过刚才的话。

违反什么法律了？我想知道。

那重要吗？她反问道，法律就是法律。

她去做妓女了？我问。

伊琳呛了一口水。别说得那么难听！我没说她是个坏女人。要是那样的话比违法还要糟糕,那我还会在茶馆里跟你讨论这件事吗？然后她小声地说,是那个男朋友。

吴真人？我问。

她听了有些吃惊,然后就笑了,他叫真人是吧,他是共产党吗？

我不想把事情弄复杂,只告诉她真人来是出于对我的尊重。我没说他打听了我们老家的村名,也没说他想了解维达不想要孩子的原因——那是我们男人和男人之间的一次谈话。故事还没有完,我也知道伊琳有时在不了解事实的情况下就草率地下结论。他很在乎她,我重复道。

伊琳紧咬着嘴唇。你相信你女儿足够聪明吗？你相信她不会被欺骗、愚弄,心灵受到伤害吗？我的袖子要掉下来时,她拽了拽我的胳膊。她好像有些不高兴地说,你应该让我给你缝上。

我们想要的东西都一样,运气和真爱。我把袖子又重新放回到口袋里。

伊琳有些气愤地说,他生长的环境决定了他的一些品质。即使他是真心的,他想要的也比你想象的要多很多。

她的话让我停顿了一下。伊琳已经在这次争论中占了上风,我没有再争论,因为我知道她也是为了我好,因为她是维达最好的朋友。我笑了笑说,看在都是为了她好的分上,我原谅你了。

我请求你原谅了吗?她开玩笑地说。

你应该的,我坚持说。

那你等着吧!然后她又强硬起来。他长得是不是有些阴险?他有没有来要钱?

他还是很有礼貌的,我说。

礼貌又不能当钱用!你最好尽一下你的职责,说点父亲该说的话。

什么是父亲该说的?我问。

她嘟囔几句,然后上嘴唇就盖住了下嘴唇,就像饺子皮被使劲按住不让饺子馅露出来一样。

服务员过来给我们的茶壶里加了水,还溅出来一点。

咱们点菜吧,伊琳说,光坐在这儿桌子上空空的也不好看。

她点了我们喜欢的菜:血豆腐,凤爪,牛肚,糯米饭。比上次和维达来时吃得还好。吃饭缓和了我们的紧张气氛。看着伊琳在那儿啃鸡翅,我想我们都很喜欢和对方在一起,那感觉比真正的夫妻还好。

她来了!伊琳喊道。我看到维达的眼睛正在环顾整个茶馆。女儿向我们走了过来,走到放菜的餐车旁边时她像服务员一样唱着歌。我拖过一把椅子,伊琳给她倒上茶,我们点了维达最喜欢吃的菜:韭菜水饺,萝卜块,芋头。我们没有说话,大家都在满意地吃着,这也说明了我们之间亲密的关系。

维达放下筷子,喝了口茶,然后大声地说,入籍后会很方便,你可以回国,也能再来美国。

我要是回国，就不会再来这边了，我说。

维达看上去有些迷茫。

伊琳大声喊道，不要那么固执嘛。

我知道事情不会仅仅是入籍那么简单，我发现女儿心里还有别的事情让她烦躁不安。我发现她的眼神有些迷离，嘴唇向下撇着；我知道她在进行着思想斗争。她的表情让我想起了"想"这个字，我得教教她。我说"想"是一个特别的汉字，由三个不同的部分组成：木、目、心。要想真正地思考，心要引导着眼睛。用心看，用眼睛思考，森林才能成活。维达生活中的森林就像是她眼睛和心灵之间的一个战场。但我还没有时间来教她，因为她已开始问我那些问题。

国旗上有多少个条纹？

十三个，我说。

维达继续问，把清教徒带到美国的那条船叫什么？

第五月的花，我说。

五月花，她纠正道。要用英语，她强调着。

五月花，我重复道。

然后她就笑了，这就对了。要入籍需要填写哪种表格？

跟你老爸开什么玩笑。

你看看！她翻了翻书，看到了吗？就在那儿写着：N400表格。

我合上书说，既然我回答对了你所有问题，你也得回答一下我的问题。伊琳说你要和吴真人回国惹事。

喂，别说我啊，伊琳喊道。

女儿就像小孩偷偷地把糖果拿到床上一样不安地动了动。他确实为了绿卡已经结过婚，如果那是你所担心的。

伊琳深吸了一口气，他结婚了？

曾经结过，维达很快地纠正道。

他为什么想让你陪他回国？

他在帮一个朋友。他身份不合法，不能离开美国，也没有钱雇保姆，所以想把她的孩子送回到国内。

把孩子送回国，我说，现在这世道真是变了。

让爷爷奶奶照看吧，维达伸出手，有两个孩子呢。

伊琳皱了皱眉。

我没发现这件事有什么违法的地方，但我还是没有说话。伊琳和维达用眼睛进行着争执，我还是没有参与。维达看着盘子，那样子就像是要咬它一口一样。女人之间正在进行着怎样的交流，我不想知道。

不要在茶馆里争吵了，我说。然后我把筷子倒过来，用另一端夹了一大块绿色菜梗放到伊琳的碗里。翠绿色的蔬菜躺在了白色的米饭上。我夹了一些菜叶给维达。然后我们又都不说话了。我仿佛可以听到时间滴答滴答地往前走，像一列盛着废用军火的军队。

我想说些简单、清晰、轻松的话，缓和一下紧张的气氛，那是些能让维达藏在树洞里、融到呼吸里、咽到肚子里的话。

要学着保护自己，我告诉女儿。没有什么值得让你不开心。

她紧咬着嘴唇，像小时候那样紧咬嘴唇，不让自己流泪。

伊琳像用餐车送点心的女孩子一样笑了。韭黄面？这季节吃韭黄面正是时候，非常好吃。

这时茶馆热闹了起来，午饭时嘈杂的声音像毛毯一样盖住了我们。

我们就在那儿干坐着，像三个摆在一起的大甜瓜，谁也不理谁，直到一个服务员过来掀开了我们的茶壶盖。我听到后面的人在争论着回国的好处。

老朱看到了我，喊道，杰克·满·司徒！你要回国退休吗？

当然啦！我喊道，祖国是我们最终的天堂。

耳聋是长生不老的好药，只是很多人不知道。我一边听着后面的人闲聊回国的事情，一边听着伊琳先是把竹子托盘收拢在一起，然后又分开的声音，同时算着我们的账单。桌子一边的人有些偏执，另一边的也毫不示弱。我看了一圈到处是人的餐厅，发现每一桌都有自己的故事，而我们的事情在这噪音里算是可以忍受的了。在这成百上千的麻烦事中，我们的事情又算得了什么？我看到女儿的样子就像我第一次看到她母亲在巨星剧院的样子似的，虽然只是个卖票的女孩，但她却像《红楼梦》里的林黛玉一样热衷于浪漫的事。伊琳则像是《水浒传》里一个无畏的勇士。她拿着抖动的剑指着鬼神般的敌人。在锣鼓声中我这个独臂剑客登场了，虽然身受重伤，但毫无畏惧，一心要报仇。

伊琳和维达又开始为了账单争论起来。支票被撕了,钞票在摆动。我们又开始了新一轮的无法言说的争论。

一个装着稀饭的小车推了过来,车上的一只松了的轮子在油布地上摩擦出让人很不舒服的声音。

维达眼前一亮。稀饭?他们有猪肝粥吗?

我为女儿点了一碗。服务员把碗放下,里面的粥还开着iron chi.

# 回报

## 致司徒一通先生

亲爱的先生：

　　你上次寄的信和钱我已经收到了，令母也非常高兴。对于收养儿子传宗接代的事，我们已经按咱们的计划开始行事了。但你得理解这件事需要时间。它事关重大，得遵守某些规则。我们得等着合适的人选出现。现在我们选了钱家的一个孩子，家里最小的那个孩子。小男孩现在已经五岁了。他仪表堂堂，心智健康，正是我们想要的那样的孩子。你三叔高兴得像年轻人一样。经你同意，我们打算叫他有信。我们也问了算命先生，说九月九号是个良辰吉日。我们打算那天把他接到家里。合同上的价格是四百一十美元；加上中间人的佣金、入宗仪式等的花费，所有加起来大概要五百美元。

　　我们本打算早些时候告诉你，但害怕消息泄露出去会影响交易的正常进行，所以才拖了些时候。

　　我们选了第九天把孩子接到家里来，这样祖宗就可以安息了。中秋节我们会照一张全家福,尽快地寄给你。

  剩下的钱我们给家里买了些月饼。过节时家里会挂上灯笼。大家祝你中秋节快乐。

  先说这些。

你的原配妻子

### 原配妻子的不孕之痛

那个小男孩被送到我这儿时，难过得就像是疯了一样。他一直想跑，我把所有的门都锁上了。他眼泪的储存量大得惊人，我关好了所有门窗：就让他的眼泪淹没这个屋子吧。我没有去打扰他，就让他把眼泪哭干吧。我理解他的伤痛。就像蜡烛在燃烧时消耗了自己的热量一样，他的眼泪也消耗了他的伤痛。他的痛哭也让我开始为我的不孕而哭泣。我知道，人哭的时候，眼泪就会像灰土一样吸走悲伤。我向上天的祷告将会得到回应。我会变成他的亲妈。

然后我会抱紧他，把他抚养成人，比爱自己的亲生孩子还要爱他。我的心跟他一样剧烈地疼痛，我的不孕和他的遭遇其实是一样的：我是没有孩子，他是被抛弃。但观音慈悲的眼神赐予了我快乐，因此我要抚平他的伤痛。我告诉他，不要想她了，她不是个好妈妈，她已经不想要你了。

他像疯狗一样哭喊着，我妈妈是好人，我妈妈是好人！

你妈妈不想要你了，叫我妈妈吧，现在我是你妈妈了。

他冲上来就打我。他的小拳头很有力量，打得我都受伤了。他大叫着，你不是我妈妈！你是个长着鸭蹼的鬼。

我抓住他的手腕拧了一下，但他还是打到了我的脸上。我也叫了出来，为什么这么狠，为什么这么下流？我注意到从他疯狂的脸上已经能看到血管了。那个女人已经不想要你了，我低声说道，我想要你。我现在是你妈妈了，叫声妈妈，我哄他。

他像风一样从我手中跑开，大声哭喊着，我妈妈是好人！我妈妈是好人！

屋里像经历了暴风雨一般，他像雷神一样大叫着。我有些担心他这样哭下去自己会倒下的。但我也看到了好的一面。他很自豪，对于自己坚持的东西他一直坚信不疑；他也被爱过。

让他愤怒吧，让他向我发火，让他相信我就是那个偷走他的心的人。这样就证明了他知道自己失去了什么。让他难过吧，让他伤心吧，这样他也许就不会有痛苦的眼神了。

我希望祖先能够理解原谅：爱可以让人变年轻，可以让人获得重生。真的可以，真的可以。

我把他的哭喊当成人们在唱山歌，继续忙我自己的事情。我开始切面，那是我们这里有名的河面，是用清澈的山雨和面做成的。我把切面挂在竹竿上晾干，然后把晾干的面用红绳子捆起来。同时，我也静静地关注着他的一举一动，也感觉到他也在好奇地看着我。

连续三天,他不吃我做的饭。我静下心来观察他的反应。

他大叫时,我也冲他叫。

他安静的时候我也不说话,但不久安静就又被新一轮的叫喊打破。

他最后也累了,两只眼睛贼一样看着我的一举一动,不久他就不把我当敌人了,但这种感觉也让他坐立不安。

第三天晚上,太阳落山的时候,落日的阳光照进了窗台。我开始煮汤。我把牛尾、芹菜、洋葱、姜放进去搅拌,然后放进面条。我给了他一根漂亮的羽毛,也许是喜欢上了它的彩虹颜色,他拿着它来回摇动,像是拿着一根丝带。我把碗端给他时,他转过身去,但我看见他舔了一口,然后迫不及待地咽了下去。我在锅里搅了搅,慢慢变黑的屋子里飘散着茴香和姜的味道。我端上还开着锅的面条馋他。吃吧!吃饭要比吃一肚子的火气强多了。他又转过头去,我就把碗放到桌子上说,我就给你放这儿了。

我出去打了点水,取了些柴。他确实饿得不行了,不久我就看到他尝了尝汤。我总算放心了,但又不敢一直在那儿看着他。以后有时间再教他怎么用筷子,告诉他把筷子拿那么高的人以后的生活会安定不下来。我也不那么担心了。会有时间在他耳垂上穿个洞,就像拴住家畜一样拴住他,那样他就会一直待在家里,不会被偷儿子的恶魔带走。

他把筷子举到半空时像是拿着拔钉钳一样。看到他把嘴放到碗边,狼吞虎咽地吃饭,我总算可以放心地长舒一口气了。他人虽小,但挨饿已经是很长时间的事了。我知道他的妥协会让我们的关系变好。

## 坦白

这是一个我既害怕告诉别人又害怕记在心里的故事。我讲给路易听了,希望他能够把它带到阴间去。我绝对不会讲给女儿听,这是一个只适合讲给情人听的故事。

一个即将出远门的儿子临走前要去看看自己的父母表示感激。出嫁的女儿感激地为父母端上茶,也离开了;远道而来的女婿也端上茶以表对女儿的忠心。新郎新娘发誓要恩爱百年,并给祖先接续香火。这是规矩,也是必需的仪式。

我乘船来到这个"花之国"之前去看望了我的生母。我去了沙河村,来到杏树旁的一间房子前,在树荫下等着。一群小孩光着脚在院子里的土地上玩耍。一个小女孩首先看见我,然后叫了叫周围大一点的男孩子。他们丢下了正在踢的纸球,都向我跑过来,挥着他们脏兮兮的手。我从口袋里拿出一把糖扔给他们。彩色包装的糖果像小石头一样滚跳着,他们都猛扑了过去。然后三双眼睛都像着了火一样,三双腿都飞奔向我跑来。他们大声喊道，给钱！给钱！我往每个脏兮兮的手里扔了五十美分，他们就都跑掉了，粗野地笑着，像贼一样。

只有那个女孩还在那儿，手里拿着闪闪发光的硬币。陌生人，陌生人，她叫道，声音像雨一样柔软，你是谁？

我只是一个过路人，我说。

她的眼睛像水里的石头一样发着光，她的脚趾在地上画着线，好像是在画地图一样。她扭过头来看着我，去哪儿啊？她的笑声像秋天的风铃一样。

去一个很远的地方，我说。

然后我忽然觉得有一双眼睛像阳光一样聚焦在我身上。我一直盯着那个屋子直到视线有些模糊，人也有些累了。我等了很长时间，但里面没有声音，也没有人。

这让我想到了Que这个字，意思是愿望和梦里结合在一起，给人一种虚幻的希望。现在就是那种情况，Que。不管是出于痛苦还是难堪，给我生命的女人拒绝出来见我，连个影子都见不到。

我有什么办法呢？

我心灰意冷，爱和悔恨让我像乌龟一样拖着脚步慢慢地走向我前面唯一的道路。我任凭自己的肩膀抖动，胳膊肘摇摆。我离开了这个旧世界。

去哪里？这个旅行者要去哪里？有着风铃般嗓子的小女孩在我后面唱着，她已经成为了我未来的预言家。她预言到了乔伊斯的叛逆，伊琳的大胆和现在维达的决心。一个女人给了我生命,这永远是我的第一件礼物。我珍爱的每一个新的女人都将会是第二个奇迹。

也许古人说的是对的,一个人如果有一个和他性格相反的孩子是最幸福的。他的耐性将得到锻炼,性格得到考验,精神更加焕发。

像那个风铃般的女孩子一样,我女儿也锻炼了我的耐性,她经常等着要我很难给她的东西。她经常透过牛奶篮子看着我,在门口等着我,重复我说的每一句话,经常想方设法地了解我的过去。乔伊斯把我的故事告诉维达是不对的;这是一个情人之间的故事,不是父女之间的。我女儿不应该因为我的痛苦而忧伤。

女儿一直把这个故事藏在心里,像女神一样藏着,直到她越想越生气。无论是忠诚还是愤怒,她的感情都很激烈。我很想教她如何保持一个平和的心态。

我想让她知道:倾诉可能会是一条弯路,它并不一定能带来好的结果。故事在没有结束前都不重要。值得给人讲述的是那些结局并不能让我们满意的故事。我想让她知道,启蒙是火焰,而人们需要的仅仅是能给他们带来希望的一丝火苗而已。

现在女儿回来了:一个浑身是火的女人。她可以把谎言变成真理,她想照顾好自己的父亲。她问我:你要加入美国国籍吗?

我要吗?

植物在适应了新的土地后可以很好地生长。

也许女儿是希望加入美国国籍会让我可以在这里更好地立足。

也许这样可以让女儿安心,让她相信她父亲不会被驱逐出境。

就像我母亲带我过河,给了我一个新家一样,现在我也站在了一条新的路上。我不想让女儿对我的过去负任何责任,不管我经历了什么都不需要她去反思。她没有必要知道我是怎样生活过来的,她在自己的生活中会遇到让自己伤心的事情。

保护,我说,相信你自己。

我的故事是在我们特定的历史环境下发生的,但它没有必要一定成为我们挥之不去的心结。换了环境的植物会有新的生命,所以我给她讲了自己的故事。让她去讲,不要让她讲。让她通过我的故事找到她自己要走的道路,这样她会得到自由。

报晓

## 维达·关

我一直把它当做我的第一个故事记在心里,这是妈妈在我生日的时候告诉我的。她带我去方方酒家庆祝,给我点了一个冰激凌,然后告诉我这个故事:你爸爸是被卖给了一个没有孩子的女人的,那个村子很小,名字就是一个数字。

我不喜欢她那像根汁饮料一样泡沫般的声音,所以我用勺子在香草饮料里搅着,直到里面的泡沫溢了出来。

然后她告诉了我她真正想说的事情:她要和男朋友到北部去生活,我得和外婆一起住。她说她一安定下来就来接我,我说我不信,我也没吃完那个冰激凌。

外婆说我哭了,连续三天没有吃她做的面条。

饿着肚子不好,她说,你胃里得有些东西才行。

饥饿就是原因,就是证据,就是爸爸为什么会被卖掉。

饥饿也是妈妈告诉我她要离开家的原因,她说她必须得走。

妈妈来纽约看我时，我领她到唐人街里吃了水饺，到文森奇奥喝了咖啡。等她喝完她的脱因咖啡，我问起她为什么告诉我爸爸的故事，为什么她又回到了我的生活中。

那样你就能有更多的资源去爱他，她说。

资源？那是个很奇怪的词，我说。你应该相信我，我是真的从心底里爱他。我跟他坐在一起，无论白天、晚上还是周末，听他讲故事，了解到他是多么的优秀。无论是洗碗、包馄饨还是烧烤，他都是做事速度最快的。他能做非常好吃的米饭和肉汤。所有的布格卢舞女都追他。饭店、商店里的女服务员，银行里的女官员都争着要为他服务。有的服务员会多给他一些饺子，电话接线员早已把他的电话号码背得滚瓜烂熟。

我知道，真相永远是他没有说出口的那些事。他讲出来的故事永远是他如何受到照顾、受到恩惠、受到追捧。我终于明白了，这一切都是因为没有人告诉他是有人爱的，所以这一点他只能不断地告诉自己。我说有一次我想告诉他呢，那时他在中国医院里做阑尾切除术，小孩子们不允许进入，所以我让他一整天都叫着我的名字。我也练了中文的生日歌。但他打电话时有些心不在焉，我还是把话筒拿得很近，唱了生日歌，我的呼吸把自己都吓了一跳。我还没唱完他就说了再见，把电话挂了。所以我才意识到，意图只是自己才在意的事情。

我问妈妈她想让我干什么，她坦白道，是因为她的过错他才失去了国籍，现在她想补偿一下，让他加入美国国籍。

那怎么就能补偿他？他自己想入籍吗？

她耸耸肩,他最近在说想要回国。应该都行吧,那样能多给他一些选择,她仔细地解释着。如果他愿意,他可以两边跑,入籍了他就可以获得选择的自由。

妈妈的坚持有些让我吃惊,负罪感确实想让她做些什么。她还刻了他签名用的印章,把它和申请表放在了一起。她建议我不要提前告诉他,没有必要让他那么早就担惊受怕的,她说。

为什么你不告诉他?我问。

开玩笑,他不相信我啊!

我心里在想:我也不相信你。这个面跟她见得还可以,而且很快她就走了。九个月后,她再次打电话告诉我约定的时间时,我才又想起这件事。时间安排得不错。我已经辞掉了美国航空公司的工作,在唐人街新移民服务机构有份社区协调人的临时工作。当时这份工作正在收尾阶段,"社区协调人"对用英语做接待工作的人来说是个有趣的名字。之后我和男友去了趟中国,时间安排得正合适,我正好在他得与移民局面谈之前回到了旧金山。

我的办公室在运河街和巴克斯特街之间三角地的一栋楼的六层。办公室的窗户很大,视野宽阔,可以看到唐人街里最繁忙的街区。午饭时,我喜欢到马可·波罗餐馆买份手擀面,拿回办公室在窗户旁边吃。看窗外的景象就像看电视一样,从这里可以看到繁忙的街道,还有游客和小商小贩的讨价还价。我的目光会经常追随一个长得很英俊、有些像老鹰的年轻人。他没有卖假名牌包的摊位，也不摆卖影碟的地摊儿，他就站在那儿，对着排成长队的顾客敞开他的长风衣。他有点神经质。我一直希望他能够爆发，有一天他真的爆发了。他向科奈尔街方向开枪，然后朝巴克斯特街方向跑去。两个穿深蓝色衣服的警察开始追了起来。警察很容易跟踪他们的目标，因为那个中国人没有系扣的蓝衬衫在他的身后像一条河一样飘着。在拐角处他放慢了脚步，尽管我看不到他的脸，但他的大跨步告诉我他在笑。

那天下午，在经过一阵摊位收费、租金争吵，以及社会保险检查之后，那个中国人又出现了，但我并不怎么惊讶。他叫吴真人，警察因为他无证贩卖给他开了罚单。我建议他交上罚款，然后去办证件。但他并不买账，看你以后怎么办，我很恼火。他和我爸爸有着一样的错误的思维逻辑。我忽然意识到他的行为处事好像在哪儿见过，然后我想到了诺兰德。真人也同样地傲慢和固执，不怕跟别人格格不入，对法律也不管不顾。

交钱吧，这样做值得，我又建议道。

他递给了我一张卡片。

我看到上面的名字就笑了。真人？

有那么可笑吗？他问。

卡片上说他会推拿按摩，我刚想问他有过几份工作，想起路易分三班出租过他的车库，就知道答案了。有些东西永远不会改变。唐人街还是第一个不朽之城。

我告诉他我一直想试试推拿，但不相信这些在唐人街上的门口站着女推销员的店面。你行吗？我问。

来看看你就知道了，他提议道。

我确实去了，那是我做过的最诡异的按摩，但他做得确实非常非常好。他老师是一位盲人老太太，手把手教过他。他按摩我的背时，用力捏压了一下每一个关节，差点让我的胳膊脱臼。但我觉得血液流畅了很多，确实很舒服。他用手指按摩我的头顶时，我大口地喘着气，忍不住偷偷看了他一眼，吃惊地发现他的表情有些性感的紧张，我也咬住了舌头。

你没有放松下来，他说。然后他开始给我讲他最喜欢的一个客人。他说他的身体是完全放松的，完全处于有氧状态，那样我可以很好地按摩每一个部位，之后我听说在他离开我这儿以后，被一辆公共汽车撞死了。

你吓着我了，我说。

那人的身体知道，它已经做好准备面对死亡了，真人说。

来火，我小声说道。

危险。我们都笑了笑我用的这个词，但它确实是既危险又正确。他的按摩确实来火，我会上瘾的。也就是说我对真人有些着迷了。他有自己为人处世的一整套章法，无论是在人际交往上还是简单的生活方式上。这些我从来都没有过。我一直认为他的生活是在调整变化过程中，但事实上他已经稳定了下来。他有自己的生活哲学，当然他的中国人式的油嘴滑舌让我很恼火。他打嗝，喝茶的时候会发出奇怪的声音，而且经常给人发号施令。我也不喜欢他抽烟，但我喜欢他抽烟时的样子，他的腿能盘成一个螺旋形，非常地第三世界。但我真正喜欢的是他的手，他用手把所有的事情都连接起来。

我们很快就来往密切了。真人开始在我下班后来接我，然后我们去他在默瑟的房子（一个朋友的朋友的两层楼公寓。说不清他怎么会有那么多钱），他会经常准备些点心、炒饭，或是特制的草药汤。我跟他在一起感觉很安全，就像我跟外婆在一起一样。很快，晚上就和周末一样了，我在他家待的时间就比在自己家还长了。

他是为了绿卡而结的婚，对此我一点也不吃惊。如果他告诉我他有孩子的话，我也不会吃惊。他没有，他的前妻是一个离家出走的女孩，其实就是个孩子。当他告诉我他是如何在找到她在凯瑟琳街捡垃圾、在曼哈顿桥下过夜时，我打断他说，我知道你是好人，我不需要听具体的细节。另外，所有这些都告诉我，既然你已经是永久居民了，我们就没有必要一定结婚。

他冲我笑了笑，和他给我看他的书法时的奇怪的笑一样。根据他对在中国生活过的外国人的研究，真人制作了一幅巨大的书法作品。系列中的第一个是一幅关于利玛窦的十二英尺见方的正方形作品。这个耶稣信徒是明代晚期第一个把基督教传入中国的人。

我抱怨说我几乎什么也看不懂，他说他就是要制造这种迷惑人的效果。

利玛窦如何穿透中国人意识上的自大,如何学会用我们的语言,建造出一个记忆宫殿展示给他人,他说这是感兴趣的地方。

我看着真人的作品,字里行间有些粗线条,看上去就像一排排的砖瓦。

很严格,我说。

像现在的中国,他说。

像全世界的中国人,我嘟囔道。

郎世宁,清代中期的,他说,我更喜欢这个。

尽管几乎没有踪迹,汉字都是连体字,左边的偏旁像马的鬃毛。下面的笔画像是飞奔的蹄脚,就像旁边挂着的郎世宁的画。

我看不懂,我说。

我要的就是这种效果,真人说,书法不是用来读的,而是用来看的。他告诉我他的所有作品都是对一个名句的重复,是著名史学家司马迁给他的朋友仁安的一封信里的两行字。

人固有一死。或重于泰山,或轻于鸿毛。

我耸耸肩。已经都有人写过了,你为什么不写点新的?我问。

以前的那个已经过时了,他说。

那两行字寄托着故人的情感,我说。

中国人的忠心确实永垂不朽,他说。

那诺尔曼·白求恩,埃德加·斯诺呢?我问。

我没有涉及任何共产主义时期的东西,他说。

很聪明，我说。

一天晚上他给我做了一顿特殊的晚餐，黑蘑菇炖鸡肉，是外婆在我过生日时经常做给我吃的。他吃饭的样子也很像外婆，为了入味，他在一片鸡肉上面放上一点蘑菇。还用草药和羊肉酿了特殊的酒，让我在冬天提高免疫力。我用勺子把上面飘着的油舀出，用筷子把枸杞子挑出来，他笑了。

有什么事吗？我问，因为我知道这么好的晚饭一定有特殊的目的。他说已经同意把朋友的孩子带回中国，并问我要不要一起回去。

我问孩子的妈妈为什么不自己亲自回去，他开始说她身份不合法，不能离开。我打断了他，我自己也是可以说这样的话的。女人错误地认为生个孩子身份就会合法、安全，以为把孩子生出来就可以送回国内让奶奶爷爷照看。这样长大的孩子会仇视这个世界的。他们是按时间付钱还是按孩子的人数付钱？我想知道。

一千块带五个小孩，两个婴儿，来自不同家里的。跟女人一起走可能会更容易一些。上次有个小男孩从纽约一直哭到了旧金山，脸哭得像是刚从子宫里扯出来似的。真que！他说。

真que！我很吃惊。真人用的这个词我只听父亲说过。而且他说的时候也有一种奇怪的表情，像是在膜拜一种奇迹或未知的事物。我不知道那到底是什么意思，但从他的语气上看，我觉得像是表达了一种不同生活相交时的莫名和荒唐。

就像从子宫里扯出来一样。

我仔细想了想那个词。我好像听到了很多大海敲击贝壳所产生的声音。我的奶奶把我爸爸给卖了。我的声音把自己都吓了一跳,像是某个东西在遥远的海上飘着,然后我自己追了上去,我听见自己小声说,我想那可能是我奶奶。

那在旧社会是很平常的事,他说。

我决定为了钱还是去一趟。但到了香港时,我有些后悔了。看着那海港,真人指着说对面就是中国大陆时,我担心害怕得不得了。真人是怎么打算的我一点也不知道,这是一种奇怪的感觉,我就是不想到任何与中国沾边的地方。

真人领着孩子继续往前走。火车上挤满了人,很吵,而且有股难闻的味道。农村的景象让人看了很不舒服。小男孩不停地哭让我有些头疼,把他交给别人时我很高兴。但是把可爱的小妹妹交给别人时并不是那么容易,她抓住我不放,咬了咬唇,然后就哭个不停。

之后,我想可以回去了。但真人告诉我,我们要去我父亲老家的村子,他已经安排好了让我去见见我爸爸的亲妈。我很震惊。我没有问他是怎么找到她的,因为我知道答案:交流。所有的事情都是通过交流。交流是历史中的一条高速公路。交流可以征服时间,交流是通往永恒的血脉。通过交流真人找到了村子里年纪最大的人,然后就得到了答案。

他把车门打开。我能怎么办呢?我在他的地盘上。我上车后使劲把门关上,那个小雪铁龙晃了晃。我们开车在路上的四个小时里我一句话也没说。我看着窗外建筑工人在修四车道的高速公路。那像是上世纪的画面，光着膀子的建筑工人弯着腰行走在脏脏的马路上，用锤子敲打着公路的每一个地方。这让我想起了那个疯狂的中国乞丐，在终点站坐30路斯托克顿汽车到码头。我早上能看到他，下午放学后也能看到他，坐在同一个位置上。每天哼着的小曲都是一样的。在百老汇，看到半裸的滑稽戏的女皇的海报他会吃惊得不行。在橘园，他会摇着头问，这些人每天为什么这么辛苦？他们有着怎样的命运？

在美国看到中国人做苦力我已经习以为常了，但在中国见到这样的景象让我有些难过。在广州后面的路上我一直在问同样的问题，这里的日子就不能好起来吗？

我们的司机开车时像鞭子一样不断地改变着方向，这让我多次撞在车门上。我肩膀都有些紧张了，也很害怕，这让我想起了在去州农副产品交易会时，我坐在一个胖女人旁边，开车急转弯时把自己的锁骨撞断了。

往车窗外望去，马路上走着的几乎就是一个自行车表演团。自行车上都放着高大的竹筐子，鹅、鸭、鸡都紧紧地绑在了上面，看上去就像是一个编织好的羽毛绣帷。两个人骑车带着十二英尺长的梯子，在马路中间挡住了所有五条车道的交通。一个父亲骑车带着全家人，小孩坐在把上，妻子坐在后座上。真人和司机不停地抽着双龙牌香烟，一盒接着一盒，我则嚼了三盒人参口香糖。

车停在了旧石门前。我出来，穿过石柱，看着下面流淌着的小溪。一头水牛被用鼻环拴在树上。它的尾巴前后摆着像是一根竹竿，让我放松了警惕，我站在旁边，它就像我的保镖一样。

真人走过来把手放到我的肩膀上，我就把他的手甩下来。

这很重要，他督促道，你应该去的。

应该，我告诉他，我痛恨那个词。

一个人在这个世界上并不是孤立的，他继续说。

我看了看远山，感觉自己像是被铁和岩石困住了。他严厉的声音让我感觉更加压抑。我挽起胳膊，又放了下来。有些热，我说。

她就是你的家，他说。

我咬了咬嘴唇，希望我没有弄丢我的纸扇子。

就这一次，他跟我商量着，错不了的。

你怎么知道她想见我？我问道。但我也意识到真正的问题是，我想见她吗？

真人答道，你们有血缘关系，这是很自然的。

在中午的太阳直射下，我感觉头好像被什么东西束缚住了，就像是戴了一个金属头盔一样。我转了一圈想找个阴凉地。周围的人都在用方言谈论着什么，这让我更恼火。我朝河那边走过去，真人在后面跟着。干活的人放下了手中的工具，小孩子们也不踢纸球了，老人们从藤椅上站起来，扶着拐杖听我们说话。

真人的声音更沉重了。友好一点，让人看到你善良的一面。

我转过身去打了他胸口一下，别告诉我应该怎么做。我们进入了我们的战场，这是关于我们的战争。我和真人没有妥协的余地。他想要一个家，可我并不想要。他希望我见到家人后会重新考虑。但在祖国，在这个卖掉自己的孩子不算犯罪，但却会因为这是对祖先负责而被原谅的地方，我不想要孩子的决心反而更强了。

我躲开了他，走过一排房子。屋顶的砖瓦和周围的山都是一样的颜色。我思考着在这个古老的小山村里，人们怎样才能过上好日子。再往前走，马路就成了土路。我在水田里走着，然后在小河边的一块岩石上坐了下来。我把手放进水里，享受着河水的清凉和暂时的寂静。但不久我就听到有人向我走来。

你自己决定吧，我不逼你，真人说。

强迫，"逼"就是挂着我脖子上的一条锁链。不！我喊道，你已经骗了我了！我转过身去。

一个女人从地里向我们走来，她流畅优雅的姿态吸引了我。她背着一个锄头，锄头尖儿像剑一样闪闪发光。她晃了晃身子，把背着的东西放在了地上，那搅拌器还粘着土，像是跟在她后面的一条小狗。

姐姐，她向我打招呼。

由于羞于承认血缘，我也只是点了点头。我看了一会儿真人和她说话。她有些谨慎的笑容从出于客气到好奇，而他的声音也从温暖变得很轻松。我明白了他的家庭感是怎样从这里产生的，也明白了他的语言和声调是怎样变得那么自然。

那位妇女把手中的工具放下，把双脚放进河水里，然后从腰间解下一双草凉鞋，把它穿上。她提出要带我们去见老人。我们跟着她从村子的中心走过，来到一条阴凉的小路上。潮湿的石路有些滑，一股鱼味从屋檐下散发出来，弥漫了整条小路。光着脚的小孩子们也跟着我们来到这儿，一双双闪亮的眼睛像是乞丐一样吓人。她在一间写着罗马数字55的房子前面停了下来。我跟着她进了一个小矮门，来到一个宽敞的大屋子里。屋子中央有一张大木床，床中间有一个小小的身影。真人介绍说，我是花之国来的孙女。我走近那张床，有些担心，作为陌生人也有些不好意思。

老人那布满皱纹的脸上有一双大大的眼睛，眼球周围有一丝蓝色。

真人教了我两次怎样称呼她，但我还是说不出口。你好，我说。

嗯，老人的声音像是河面上刚结的冰断裂时的声音。

一个高个儿女孩手拿一个竹柄的大茶壶走了进来。她的妈妈在后面跟着，手里拿着一大盘贡品供给祖先。鸡可以带来好日子！鱼能够带来吉祥如意！橘子像鲤鱼一样鲜亮。这些是我们给死者的礼物。

又有一些人不断地走进来了，把他们的贡品放在了祖先画像前的桌子上。几个婴儿被放在床上，会走了的孩子都来到老人跟前。每个人都唱了几句问候,然后大家都沿着东墙边指定的位置坐了下来。

　　一位老人点着了香,大声念着祖先的名字。那个女孩和她的妈妈开始分米饭,大家都站成一排来接受这个赠予。我看见有只苍蝇在鸡肉上飞舞着,它那蓝色亮闪的翅膀像是玻璃一样。那个女孩给了我一碗盛有那三种食物的米饭时,我用筷子敲打了一下那块鸡肉,然后用嘴唇碰了一下,领受一下它的精髓。尝一下咸淡要比吃一口安全得多。

　　我问了一下女孩的妈妈我们是什么亲戚关系,整个屋子里的人都笑了,有人告诉我在中国,你得习惯丢面子。那妈妈摇了摇头,她那摆动的头发像是一只正要飞走的乌鸦。她指着挂有祖先肖像的墙说,正式地说起来,我是你爷爷的最小的弟弟的妻子的妹妹的二女儿的堂妹。我试着跟上她,但实在是双眼发昏,要不是她的表情很严肃,我当时一定会笑出来。你可以叫我阿婶。

　　但我又必须要表现得礼貌一些,所以我笑了笑。

　　梳理好血缘关系之后,阿婶对她女儿喊道,过来给你"花之国"来的堂姐行个礼。

　　那女孩心不在焉的表情告诉我她脑子早就跑到别的地方去了。她没有理会母亲的话,而是倚在了床上,用她那双大剪刀一样的长胳膊把老人扶着坐了起来。看到她那优雅的动作我很吃惊。

　　没有必要,我说。

没有必要？阿婶向我发火了，你说什么呢？这是应有的礼节。

原谅她吧，真人插嘴道，她不懂我们的规矩，她就像个孤儿一样。

我使劲瞪着他。

阿婶朝她女儿怒视了一会儿，也很不高兴地看了我一下。她气得有些说不出话来。

我看到老人很平静，我自己也感到放松了一些。我用双手给她递上茶。老人手扶着床，她那鸽子一样智慧的眼睛明察秋毫地看着我。她伸过手来要摸我，她的手特别软。水温从水传到水，从手传到手。血液。

老人举起杯子说，今天我们见面了，我们来分享这杯茶。

我举着杯子深吸了一口气。老人的地位有着极强的影响力。在她那了不起的人生旅程中她已经快走到了终点，不久她就会变成神仙。

事情就是这样的：我给了他生命，然后抛弃了他。最初的不是我最佳的选择，最后的也不是我的宿命。

老人用激情的、书法般的动作抓住了事情的核心；我们不管老少，都会变得不朽，就像她本人一样。我举起杯，为了她的坦诚，为了她的长寿干了下去。我只能贡献两样东西，像亲人一样称呼她，或用流淌着她的血和温度的我的手扶着她。

我一直握着老人的手，直到她睡着。

在离开老家之前，我去看了看每一间屋子，摸了摸屋里所有的东西,希望以后能够给我留下一些回忆或是证据,说明这一切都是真的。也许我是想带走一些东西,来纪念从来不属于也不会属于这里的一切。我看了看那破旧不堪的床,那旧的手工编织的篮子,旧得已经模糊不清的镜子,所有这些东西都属于这儿。我打开抽屉看到了一摞照片,一些褪了色的围巾,还有一些民国时期的硬币,但所有这些东西跟我父亲出生在这里都没有什么关系。

阿婶在后面跟着我,我摸过的每样东西她都提出要送给我。想要吗?拿着吧。想要那个?拿着吧。我有些心烦地一直躲着她,但她总像赛马一样紧跟着我。我打开抽屉,在里面拿出一个练习本,在上边看到了我爸爸的假名字。这是他的练习本,上面写着一些他为移民美国要记住的谎话。

我拿起这个本子问,它怎么会在这儿?

这个?阿婶耸耸肩,这个是你父亲平安到达美国之后给老人寄过来的。

墨迹仍然很清晰,字迹仍然很鲜活。本子上的问题像是国旗一样,下面的红圆圈像锚一样固定在页面的周围。

这个,我把本子拿起来说,我要这个。

阿婶咧了一下嘴巴。拿着吧,她说,我们要它也没什么用。

我把书放进包里就走了出去。那个女孩跑到我前面来,领着我去丰收了的地里。空气有些潮湿,还有股薄荷的味道,我们不久就到了河边。她爬上了一大块平坦的岩石,腿像蜘蛛一样向上盘着。她指着自己的脚趾,让我给她照张相。即使是通过镜头看,她的眼睛还是吓了我一跳。她那种凝视的目光跟以前我看到的父亲的一样,无畏而又愤怒。这是那种让人付出代价的眼神儿,因为要复仇而感到羞耻。

我没用拍立得相机给她照,她有些失望。我答应她会把照片寄给她,但她不相信我,还向我要我的地址。这是她第一次直接跟我说话,她的声音让我有些意外,不知道是不是有些像她母亲,但那声音确实柔软得像一个不善索求又害怕得到的孩子。

我的第一反应是给她我的邮箱地址。我把地址草草地写到了真人明信片的反面,我希望永远不会被吓到,我永远不想在我的门口看到这孩子拿着这个像是合法文件的卡片。

阿婶在不远处出现了,像一门野战炮一样吸引着我们的注意力。然后她说了一句关于她女儿的话,让我大吃一惊。

再说一遍?我说,你说什么?

再说一遍?她嘲笑我。你难道没听懂我刚才说的话吗?

我盯着她。

她也盯着我,咄咄逼人地重复了一遍:卖掉了,我们把她卖掉了。然后她把手掌放到下牙上,像是要确定这个交易。

你刚才在开玩笑,是吧?我很惊奇地发现自己的声音很沙哑。这也是第一次我说方言感到自信,因为我终于有话要说了。

阿婶有些颤抖地笑了一下,然后又咯咯地笑了一会儿,笑得声音大了些,时间也长了些,因为她自己一个人确实很尴尬。我也感到有些孤独,尤其是当我了解到生活过去是以金钱来衡量,现在仍然是的时候。这确实是真人真事,人卖人。儿子、妻子、女儿、狗都可以卖。过去发生的事情现在还在发生,只是现在这种行为有了新的名称。

阿婶咄咄逼人地长舒了一口气,转过身往村子里走。女孩看着我,好像是在问我她妈妈到底怎么了。

有些事情我来到中国后才真正了解了。我爸爸的故事在这儿算是真正找到了家。在美国,他的故事只是故事,是一些给人们带来恐惧的文字。但在中国,他的故事却是事实,血一般的事实。在祖国,故事和感情像中美关系一样给人带来不确定性。每次我爸爸灰心的时候,他都威胁说要回中国。来到中国我才真正明白他的意思:回中国就是回到母亲的怀抱。

爸爸的故事是关于家的,它由家开始,是个安全的故事。

终于,我明白了为什么我姥姥在殡仪馆工作。她有一种安慰人的才能。我可以重复一下她给哀悼者说的话,那话同样适用于这里。

伤心可以翻跟头,伤心可以掩埋伤心。让我们念念不忘的不是精神,而是故事。

在我离开村子之前,那个点香的老人过来找我。他把双手放到嘴边,像是要强调他所说的话。不要添枝加叶,也不要歪曲事实。你自己要保重,也要让我们平安。对于你所看到的,把一半放进肚子里。对于你所了解的,把好的一半讲给人听,坏的一半自己留着。真实的东西就是你自己心里留着的东西。服从只处于中间,安全的位置。

人们用"中"字来命名中国是多么贴切啊。

我想离开中国。真人买了笔和纸,他想再多待三天,最后我们商量了一下再待一个晚上。真人还坚持要吃一个告别饭,我真不应该相信他。他选了九草珍珠馆,一个奇异的饭馆。他认为那个地方很有档次,但我觉得它很烂。真人说要点蛇的时候,我说绝对不行。那天上午,我们走在蛇市中,我看到有人用锤子往蛇头上砸钉子,用利刃切开蛇的肚子。就像被拉开拉锁一样,蛇的内脏掉了出来,人们把蛇的那一层薄肉去掉,然后就把亮闪闪的蛇皮放在板子上。

真人坚持说这个对我的身体有好处,但我坚持让他享用。我提出说陪着他,但到头来他反而更不高兴。当细细的、亮闪闪的蛇丝端上来时,他给我夹了一大箸说,你来吧,这能给你壮胆。

壮你的胆吧!我说,我胆已经够大的了。

就来一口,他哄着我。

但我听着更像是命令。他张开的下颌告诉我他要毁掉什么东西了,不仅是他那种老板腔调,还有他那种自以为是的口气:只要是他认为好的东西,就是好的。相邻的饭桌上的一帮吵闹的日本商人是一个很有意思的调节。我看到有个人已经醉得不行,吃着东西就睡着了。而他的同伴们根本没有发现,因为那个喝醉的人把头低到胸口时,他们正面对面地讲着新的笑话。其他人大喊大叫时，那喝醉的人正好醒了，也跟着大笑起来。

　　真人往我碗里夹了少许饭，我觉得我和这个让人昏昏欲睡的饭局一样：一无所知，无处立足，容易受骗。我要把那点饭给真人夹回去，但他把碗拿走了，饭掉在了桌子上。他瞅了我一眼，说，没有礼貌。我也用英语回敬了他一句。

　　他反问道，你怎么了？没事，没有问题。

　　中国是我的问题。中国是一个糟糕的玩笑，这个玩笑开在了我的头上。

　　我再也不跟你说话了，我说。

　　当邻桌的人用日语腔调的汉语不熟练地唱着生日歌时，我意识到我并不开心，一点也不开心。

　　来到中国才可以真正感受到真人那中国人式的"掌控他人"的能力，也可以检验我自己身上的西方人的自私。集体的善良与个人的诚实。真人本以为来到中国，我见到骨肉至亲后我会改变自己对孩子的看法。但事与愿违，来中国后只是让我结扎输卵管的决心更强了。来老家的第一个晚上，我的例假就早来了几天，我们就和亲戚（村里的一些男性长辈）去逛夜市买高洁丝（因为没有卫生巾）。虽然很晚了，但还很潮湿，人群和周围的喧闹让我感觉很不舒服。当一群小淘气鬼开始跟着我们时，真人用方言冲着一个小女孩喊了起来，他流露出来的鄙视的神情让我很吃惊。

　　回到旅馆，空调不好用，我们把门窗打开来通风。真人知道我来例假后性欲会有些不同。我知道这是身体的自我调节。他摸了摸我，说了一些关于那淘气女孩的事。我把他推开了。我不喜欢他的拐弯抹角，再说在中国也没有性。

在离开广州的火车上，夜晚在火车仓鹗般的轰隆声中降临。我知道我是对的。亲自来到中国后我才相信它，我没有做错。我知道我不要孩子的决定是血缘的证明。

我想了想妈妈"自由的"爱和爸爸"历史注定的"爱。我和妈妈一样，希望得到真爱；但我也希望像爸爸一样，需要冰冷的事实和绝对的忠诚。

当我问妈妈她是怎样知道爸爸的故事的，她的回答很简单、很直接，让我很吃惊。

我问的，她说。

然后我就知道了。不要害怕你所不知道的东西。

爸爸一口气回答了她的问题，这也给我上了一课。我知道：没有秘密就不会让敌人抓住把柄。

爸爸的故事在美国永远也不可能完整，这也是我一直没法把它放下的原因。但在中国，他的故事很平常，都不值得给别人讲。来到中国后，我才发现由于自己的羞耻，我误解了他的痛。

我把他的故事留在了祖国，因为中国才是它平安的家。

这个时候我也意识到，我希望爸爸能加入美国国籍。那样能让他感觉更好，能让他走出这个古老的羞耻。

## 坦白

我在香港搭乘了大清早的航班，坐在一位先生旁边。这位先生是要把他领养的女儿送回家。她偷偷地看着我，眼睛像磁铁一样。那男人去洗手间的时候，我就负责看着小女孩。我把她交回去时她大哭大叫着。

我妻子不能坐飞机，男的一边解释，一边拉着正在像螺旋桨一样踢着腿的小女孩。我对他讲的故事并不感兴趣，就开始翻起了一本杂志。但他在中国待的时间太长了，很希望能够用英语交流。他给我讲了一大堆关于为什么以及怎样保持"小女孩的中国特性"（他的原话）的话，这让我很不高兴。我们已经有切实的计划了，他真诚地说，支持团队、语言学习、回孩子的老家的旅行。等她准备好了，如果她愿意，我们还可以重访捡到她的那个公园（或是她被抛弃的那个公园，我没忍心说出来）。

他的唠叨就像是一种干扰。我很高兴能看到有人来拯救被抛弃的中国女孩，但这又是同样的老故事。有的人很穷，有些地方发生了战争，某个家庭必须做一定是无法言说的牺牲才能得到维持。多么可怜，多么可悲啊。我预想了一下未来的混乱。所以说我为这个小孩感到高兴，为这个家庭现在的完整感到高兴，但我更高兴的是我不是抛弃她的亲妈妈，也不是可以牺牲一切但最终只能排在第二的她实际生活中的妈妈。

最后我还是打断了一下。听着，你不需要道歉、坦白，甚至是辩解，我也不需要告诉你关于这件事我复杂的想法。我们只看好的方面就够了，看她就够了。

不久我又找到了另一个位子，当我们从启德机场起飞时，我吃惊地发现飞机飞得很低，离高楼大厦很近。感觉到飞机的动力带来冲力时，我看到一个女人用手捂着嘴笑。我想到了阿婶，然后拿出了爸爸的练习本。本子的页脚已经破烂不堪了，在我手上就像烟灰一样。我明白了为什么我要把它带走，因为它不属于那里，那个村子一直都不是它的家。

心永远都不会旅行。这是爸爸说的最难懂的一句话。每当遇到大问题时，他都会说这句话。现在我明白了，他指的是：无法回答的问题有无限的可能性。

我几乎可以看到他在摇头，几乎可以看到他否定的眼神。我几乎能听到他在叹气，那只有一种解释，他是一个过于信任他人的人。

## 坦白

我在成田机场看到一次日出，又在韦拉札诺看到一次黎明，然后我们就到了肯尼迪机场。与中国不同的是，这里一切都很顺利：我拿到了行李，没问题；我通过了海关，没问题；我甚至找到了一辆出租车，司机还帮我拿行李。他问我他能不能吸烟时，我吃惊地发现自己的回答竟然是我在中国到处听到的话，没事。没问题，没问题。

我问了问天气，最近的刑事案件，还有一些城市的八卦新闻。我还问了他是哪里来的？作为一个外国人，他有什么感觉？

听到我自己的话，我被吓坏了，这些都是我自己痛恨别人问我的问题，但我却没法停下来。他是哪里来的？他在哪儿学的英语？他喜欢自己作为一个移民的身份吗？他想家吗？然后我意识到，我其实只是想听英语，想找到回家的感觉。

尽管他认真思考，回答了每个问题，但这还是建立在他认真观察的基础上的。经常跟人打交道的人都见多识广，他们懂得也更多。

你是说受过教育的阶层吗？我想知道。

他的后脑勺高兴地点了点。是的，他说，即使一个人是种族主义者，我也得尊敬他，因为他也是一个人。

我不会，我反驳道，如果一个人因为我的种族原因不喜欢我，我就会不喜欢他。然后好像是觉得程度还不够，我又说，也许永远不喜欢！

我想你可能是太累了吧，他说。

我想了想自己简单愚蠢的话，突然又大笑起来。有时犯傻也是一种解脱。我拿起座位上的时报开始看了起来。

他往回看了看，问，你喜欢阅读？

不，我轻声地答道，又回答错了。

他兴奋地喊道，我喜欢阅读！然后他开始给我讲一个叫盖布利尔的天使的故事。天使给了穆罕默德一块有字的布让他读，穆罕默德有些迟疑。天使一直命令他读，穆罕默德担心得恨不得用这块布把自己闷死，最后他终于承认了自己不认字。天使放过了他，说：背吧！

我几乎没怎么听懂这个故事。出租车开到了罗斯福大道。我往窗外看去，看到相邻车道的一个女人正在用睫毛膏，妆画得使她脸上所有的五官都向下耷拉着。城市的颜色像海鸥一样白，水则是一片浅绿。像是一扇门被打开了一样，韦拉扎诺海峡的全景呈现在我们面前。所有的大桥好像既在欢迎我们，又在安慰我们，给我一种自由的感觉。它们是我逃离的路线。我可以轻松一下，松口气了：终于要离开中国了。我只是想跟人说说话，所以我大声说了出来。天啊！能回家我真是太高兴了。

你说什么？

没什么，我说，只是想听到我自己的声音。不想有回应，所以我问他他喜欢读什么。

读书啊！他转过身来，有些兴奋。是啊，我喜欢读书。我妻子也总是在读书，但我女儿法蒂玛却总抱怨她有做不完的家庭作业，没有足够的时间读书。

我没有问他家人在哪里住，因为我知道他很快就会告诉我。

他们在巴基斯坦，他说。

出于尊重我没有说话。

然后他的语气有些变了。我最担心的是我的小法蒂玛会不认识我了。

车流又开始涌动，我们也继续往前走。不知不觉地，我坐直了身体，脸靠近了有格栅的车窗。我的声音里有些真诚，虽说有些异域的味道但很亲切。我保证，我说，你女儿会认识你的。

他迅速地往回看了一眼，我在他眼睛里看到了一种静止的眼神。

真的吗？他提高嗓门问道。

真的，我安慰他，你女儿身上已经有了你的爱，她只要了解一些事实就可以了。

他声音小了,说话也慢了。是真的吗?

是真的。

谢谢你。好像是一声叹息。停顿了很长时间,他问,那么你的故事呢?

我的回答让我自己也很吃惊。我的故事就是我父亲的故事,我说。

他点点头,那么你能理解我的生活了。

能,我说。

是啊,我相信你,我相信。

起初,我把他的这种声音里的温柔误认为是伤心,但我错了,轻轻的呼吸也是一种感情的升华。

他从第七大街开到佩里街。下车的时候,我让他等一下。有个东西我想给你,我说。

什么?什么东西?他抬起后脚跟,就像一个穿着运动鞋的小孩,他的脸像香槟一样弹过来。

我打开包,拿出我爸爸的练习本递给了他。简单地说,这个本子里是我爸爸的故事,我说。他背下了上面所有的谎言,想成为另一个人的儿子。现在这些谎言已经成为了他的真理,而他的唯一真理就是他的爱。我给你这个是想告诉你,我已经了解了你的故事。你不需要读这个,就像你不需要告诉你女儿你对她的爱。你的爱已经在给她指引方向了。

我递给他我父亲的本子时,我本以为自己会有一些舍不得,并且会因此而焦虑,但我没有。所有东西都变得柔和了。

外面行人都走过去了,车辆都停下了,黑暗的城市在我们周围绽放了。

　　他拿过本子轻轻地鞠了一躬。临走的时候,他握着我的手,告诉了我他的名字:胜利。

　　我感谢他。

　　一定要幸福啊。

　　我会的。

　　非常幸福。我们两个人都重复了一遍这两个词。

## 坦白

我睡了十二个小时，然后又收拾行李准备去旧金山。一身黑色套装，一条牛仔裤和几件T恤，还有一把伞。我已经准备好了爸爸的入籍面试。虽然有些不舒服，但时差还是很好的药剂。我休息得很好，但还没有清醒到情绪受影响的程度。时差会一直跟着我到爸爸面试的时候。我以前在美国航空公司的同事和子帮我买了张打折的机票。在头等舱登机坐定之后，我就觉得好运就要来了。尽管还没到十点，我还是要了威士忌。休息的时候我看了看穿着橙色条纹制服的工作人员往飞机上运售货的小车。飞机一起飞我就睡着了，直到午饭十分才醒过来。我喝了点儿红酒，吃了点生牛肉片和美洲龙虾，然后又戴上了眼罩。

醒来的时候乘务员正在发巧克力。我要了一杯咖啡，看着窗外，飞机在半岛上空最后一次提升飞行高度。我看到了港湾大桥、金门大桥和圣玛特奥大桥。我到家了。

广播念我名字的时候用了特殊的欢迎的口气,这个我一点也不奇怪。和子在飞机降落后一直在等我。我们往她的第二道门那边走时,她一直在给我讲一些八卦新闻,还指着路边的小礼品店给我看。跑到天桥上时她回头朝我喊,看看我的旅行服装吧,没有被压皱的,没有特别复杂的,很性感吧?这就是旧金山机场的和子!

看到她也让我怀念起自己做乘务员的日子。让乘客登机以后,我也会上飞机。我把旅客名单给乘务长,然后跑到乘务仓和飞行员调侃一下,最后再通过广播向大家告别。但我最喜欢的地方是抬起那个很沉的飞机门把它关上。我喜欢自己是大家看到的最后一个人。

看大门的,我和和子经常这样称呼我们自己。这个工作真的是让我学到很多东西的大学。每天我都会帮着好几千人登机,几乎每个人都会遇到些小问题,许多人还让我帮着解决。离婚的、死亡的,或者仅仅是时间安排不合理的。每天我都得接待一千个有问题的旅客,而我学到的就是怎样避免过激行为,因为一旦有人要发疯的话,受损失的只有机场。每个紧急情况都有解决它的安全阀,而这个工作教会了我怎样看到乘客的问题。我学会了在处理危机问题时全神贯注。

这种能力在我工作之余也帮了我不少。开始的时候,遇到儿子急着要登机去看他病危的母亲,被抛弃的妻子要去追她远方的丈夫,或是个伤心欲绝的姑娘,我都会惊慌失措。我们还会遇到不省人事的醉汉,打得火热的恋人。但我学会了怎样稳定自己的情绪，询问他们需要什么样的帮助，然后给出一些选择，也总是告诉他们最坏的结果。

　　看到和子让我想起了自己的才能，我能处理好父亲的事情。我可以做得很好，因为我有足够的经验。我曾引导过很多的怨妇和寡妇。现在爸爸有些不情愿，我得引导他走向移民局的大门。他的问题和游客找不到登机牌、身份证这类的问题是一样的。我要做的只是引导他登机，领他到他的座位上，帮他系好安全带，保证他不会遭遇颠簸。

　　没问题，我重复着。没问题，我祈祷着。

　　我坐摆渡车到了艾维斯街，三点之前就坐在了自己的奔驰280里了。周五的交通很堵，我从太平洋街一出来就上了高速公路。我把车窗打开，享受着海浪的声音和清新的海风。大自然也提醒我要做好准备。我几乎想停一下去苏特罗游泳场走走，但想了想还是去菩萨酒吧比较好。那是另外的一种废墟，另外一种古老的安慰。我先是沿着要塞公园边的海滩行驶，之后又开到17公里海滩，这里能远远看到金门大桥的一端。我经过克里斯菲尔德，享受着水面上的最后一缕阳光。帆船在海港上停着，游泳爱好者在水上公园来回地游着。所有的这一切——跑步的、驾驶帆船的，还有帆船上那盛开的白色的帆——都让我有了种呼吸更加舒畅的感觉。

　　我开车沿码头转了一圈，没有遇到一个红灯。然后我又开到了哥伦布街，最后驶入了唐人街。到家后，我没有浪费时间在下街转转，甚至也没有看看贝克特街经常发生违法时间的街角。我只是沿着科尔尼街直行，开到了普特茅斯停车场，把车停在了第一个车位里。粉色的杆子上写着中文的"真"字，下面是英文黑体的"诚信"一词，我觉得"真实"可能是更好的翻译。我屏住呼吸跑上了两层散发冒着臭味的楼梯。推开大铁门走出去到华盛顿大街的时候，风很大，天空湛蓝无云，我前方的路也好像畅通无阻了。

刚刚下午五点多，大街上已经没有灰狗汽车了，只有一些游客在闲逛，一张张好奇的面孔像是探索的地图。在杜邦街和华盛顿街口等着过马路的时候，一个金黄色头发的小男孩拍了我一下，问我去一个旅馆怎么走。我直觉地往后退了一下，吃惊地发现自己还是不自觉地表现出了老唐人街的恐惧：不跟生人说话，不回答问题，不要告诉别人爸爸的名字。

我也有些愧疚，觉得自己不对。那只是一个简单的问题，我本可以直接告诉他答案，但相反，我表现得很不耐烦，还给了他一个很不好的眼神。我和咪咪小的时候玩过折磨游客的游戏。我不知道那是出于愤怒，只是觉得让游人看到我卡通画一样的家不好：假的宝塔一样的屋顶，唐人街式的门，一排排的纪念品店，我觉得那比几个街区以外的半裸酒吧还要糟糕。现在，我对游客又没有了好感，我知道为什么了。家就像一个垃圾场。我们的街道全是商业区，为游客装饰得很好。居家却在第二层，洗衣服、养花都在消防安全道上。

我看着街对面唐人街里最古老的建筑。最上面一层是中国慈善会。我能看到弧形阳台上堆满了折叠椅，里面还有牛奶篮、木桶，还有几个大的扁平行李箱。我还可以听到破旧的音响里传来的哭唱声。我记不清唱的是哪出剧了，但我听出了那是新马师曾[1]丝绸一般悦耳的声音。他是我们的英雄，他是唯一一个有英政府证书可以吸大烟的人。追龙是他的真本事。

一到那条街上就能看到菩萨酒吧。我过了马路，经过上面霓虹灯中闪烁着的马提尼的标志，推开像肚子一样的大门，掀起灯芯绒帘子，我就进了安全的洞穴。

菩萨酒吧没有任何变化。进去之后，我感觉像是又回到了小时候来这里找爸爸。我闻到了以前的味道，一股呕吐和甜苦艾酒的味，烧香的味道混杂着香烟的味道，咖啡和柠檬有些变味。我看到了专门为吧台制作的长凳，房顶旧得有些掉漆，还有吧台后面那面有些裂缝的大镜子。我带回来了一只大耳朵，里边装满了自己说过的、从别人那里听来的和给别人讲过的故事，这些带给人一种不祥的预感。

但咪咪不在，柜台里的服务员我从来没有见过。他用汉语告诉我，咪咪关门的时候会回来。告诉她维达来过，我说。

我在晚上停车费涨价之前把租来的车从停车场里开了出来，转了好几圈之后才在百老汇上层找到一个停车位。我走下去来到报亭，跟爸爸和他的朋友一起坐下聊天，直到关门。我本想带他去个好点的地方，希望借此机会能更好地给他说说周一面试的事，但最后我们还是去了街对面的三和粥粉

---

[1] 新马师曾（Sir Sun Ma Sze Tsang, 1916—1997)是一位香港的粤剧演员。——译注

面。那个店其实还真不错，因为我们都感觉很亲切，就像在家里一样，以至于我都没有跟他说面试的事情，直到送他回家的时候才提起。那个时候我已经太累了，只告诉他移民局约定的时间，对于他的不情愿我也没有什么反应，到时候再说吧。

我再回到菩萨酒吧时，咪咪已经下班了。我把东西放下，找个凳子坐了下来。以前每到下午和周末，我们都会逃离那个可怕的中文学校来到这儿。我觉得很幸运，我们干着切柠檬、洗酒杯、储备啤酒和坚果的时候可以偷听父亲们讲话。在菩萨酒吧，我们的父亲们可以无忧无虑地笑骂。这是一群勇敢的父亲，他们有着自己的生意、汽车和家庭，甚至有自己的真名。一个故事讲完后，还会被重述。故事永远没有结局，因为结局总会被改得更好。如果哪个父亲不喜欢某个故事的结局，他在讲述的时候一定会用更好的方式结尾。但一离开菩萨酒吧后，父亲就会变得沉默寡言。沉默的父亲是安全的父亲。

我们在里面敬畏地听着父亲们关于爱情、复仇以及梦想的每一次大声的呼喊。但在外面，我们的父亲就像逃亡者一样。我们像保镖一样跟着他们，用我们刚学到的简单英语保护他们。穿着深色制服的人在大街上拦住我们的时候，我们就这样翻译：我叫他爸爸，我不知道他的名字。

咪咪给我倒了杯咖啡。你的脸色怎么这么难看？

愁的，我叹了口气，我担心爸爸会把移民局的事搞砸，我又叹了口气，这简直就是地狱的第一道鬼门关。

再跟我说说你为什么非要做这件事？咪咪想知道。

他一直说着想要回国。

他病了吗？咪咪问，我爸爸最后还是回国了，想最终病死在家里。

我想他没病，我说。

那为什么要让他入籍呢？咪咪问。

是我妈妈。是她想让爸爸有更多的选择，但她想让我来做这事。

你什么时候开始听她的话了？咪咪问。

我耸耸肩。她承认他丢了美国公民身份是她的错。

维，那是她的错，不是你的。她现在相信佛教吗？咪咪问。

看穿着打扮像，我说。

我忘了，咪咪问，他们是怎样走到一起的？

她在浴池遇到他的，在她父亲去世后不久。自责和伤心带来的不安，我说。

现在呢？咪咪问。

是自责战胜了她，我说，来偿还了。

好长时间了啊，咪咪说。

我点点头。她最终还是承认了，他冒了风险，损失了很多。

她说她不想嫁给他时，他为什么还要去坦白？咪咪问。

那是最不浪漫的一件事了，我说。

很了不起。咪咪问,是什么让你父亲坚持了下来的?

希望,信任,我说。

天真,单纯,咪咪说。

是啊,这些都有。

坦白地说,我不太明白那个"坦白计划"。我是说,那应该是一个类似赦免的东西,对吧?

应该是,我说,你爸爸也坦白了吧?

是啊,然后他的另一个妻子,那个明媒正娶的,过来了。

噢,我说,那肯定是乱了套了。

是啊,她说,这里边根本就没有赢家。

你的真姓是什么?

叶,她说。

叶?

她笑了,用中文说应该就是叶咪咪。

哈!

至少我们还能笑,她说。

天啊,我说,应该把这叫"混乱计划"!

是啊,咪咪笑了,这么说你爸爸应该也是个浑蛋了?

我点了点头,他原本脾气很暴躁,但现在好多了。

我爸爸也不怎么样,她说。

真的是不好,我说。

那么你妈妈除了让你有负罪感以外还干了什么?

就那些破事吧——她还在寻找她自己,我轻轻地敲了一下杯子。

咪咪把杯子倒满。在哪儿？

在卡拉维拉司城。

她还在养马？咪咪问。

我耸了耸肩。那里有马吗？

我打赌你和这没什么关系了。

只是有些紧张，我嘟囔道，移民局是个让人很难受的地方。

你知道会是这样的。我不明白的是你是怎么给他安排的这个面试。我是说，他不需要自己签字填申请表吗？

我在那一栏里随便签了个字，还笑了一下。

对哈，这不犯法。

我打赌，入籍以后所有的事情都能好一些。他有一个假名字，他为什么不能买个假的社会保险号？我痛苦地说。中午吃些点心，晚饭在伊琳那儿吃，周一去移民局，这样就全部搞定。

你把这事都看成是吃饭了，她笑了。

是啊。我希望伊琳会做一锅鱼翅汤，真人告诉我里面有很多胶原蛋白。

这个大家都知道！咪咪说，那个"祖国"怎么样？

那是另一件让人头疼的事！真人带我去见我爸爸的亲生母亲了。

她还活着？咪咪问。

快不行了，我说。

他怎么让你去的？咪咪问。

他事先设计好的，我说，我们到村口他才告诉我，我能怎么办呢？

咪咪挥了一下拳。杀了他。

我笑了笑。

吧台下面，一帮人边玩着"说谎色子"的游戏，一边大笑着。他们用一个皮制的杯子扣住色子后，用广东话大喊着数字。

49！

24！

17！

那他那个亲生母亲呢？喂！咪咪也大叫着，那是你的奶奶吗？

我点点头，她很厉害。

是吗？

也像个孩子。

这个组合不错，就像你一样。你们都说什么了？咪咪问。

我没想提那事，但她说了。

提什么事？

她卖了他。

哦，咪咪说。

她没有负罪感，一点也不后悔，我说。

也讲得通啊，咪咪说，不然她怎么活下来的。

一个老头儿要续杯，咪咪就过去了。我看着她，她头发剪短了，从后面看她看起来像个帅哥。但我真正看到的是她在菩萨酒吧很开心，这里就是她的家。咪咪比亲姐妹还好，我们之间没有亲人间的争斗，只有亲人间的忠诚。

关于中国，我还能再问你一件事吗？我说。

可以，她说。

我有时还想告诉爸爸关于见到他妈妈的事。

不要，咪咪说，他已经习惯这样了。

说得太好了。我本来已经决定下来的，咪咪的话让我更加坚定了决心。不值得他为之伤心，我说。

或是你为之伤心，咪咪说，你已经把故事埋在中国了，再把它讲出来的结果会很惨的。

好的，不讲了，我也赞同这个主意。

庆祝一下吧！咪咪去拿她保存了很久的博若莱红葡萄酒。

我举起了杯子敬了一下吧台后面的佛像。咪咪为死者干了那杯酒。

为了咱们更成熟、更聪明！我的第一口有些胜利的味道，我心里也感觉很有力量。

有人喊了一声，我看到有两个穿着皮制衣服的人站在门口。他们问道，说英语吗？说英语吗？

我没笑，也许咪咪笑了。他们走了进来，手里小心翼翼地拿着头盔。矮个子的在服务架旁坐了下来，高个子秃顶的坐在了我的旁边。他靠着我很近，我什么也没问他就开始滔滔不绝地讲起来。说他的唱片生意，他老婆，他的小女儿。他的有些发尖的光头闪闪发光，他的两排牙齿也是。让我有些吃惊，不禁问，你很穷吗？

看着他摇头的样子我就知道他没听懂。于是我问，你的牙，为什么不镶成金的？

他的样子就像一个人被激怒一样，但没有想好怎样回应，只是在那儿摇头，好像无能只是很头疼一样。

你看上去很累，他紧咬着牙说。

我也咬着牙笑了笑，说，是啊。

与此同时，矮个儿的那个人正在跟咪咪讲他们从乔舒亚树到这儿十二个小时的旅程。

是吗？我问，好像比我们的二十二小时的航班好很多吧。我们在法兰克福转机，又到莫扎特国际机场，在萨尔斯堡吧？我看到矮个看了看门口，在他眼睛里有一种想跑掉的恐惧。

别紧张！咪咪说，她在航空公司工作了好多年了，能够从你的一举一动中判断出你要去的地方。

我指了指他的背包说，你不应该把旅行标签还留在行李上面。

咪咪端上了他们要的啤酒。

关于男人和驾车游还有什么可说的？

沙漠很宽广，秃头的说。

宽广。我不喜欢那个词，太旅游腔了。

秃头开始谈论一些自然奇景,比如岩石景观、巨热的天气、土狼,还有漂亮的仙人掌。他还笑着,银色的假牙闪闪地发着光。

为什么去的是沙漠?咪咪问。

矮个子回答说,我们把去格兰姆·帕森[1]去世之地的朝圣之行录了下来。

去世。这又是一个我不喜欢的词。

警方录像还可以在旅馆里看到吗?咪咪问。

以前能看到,他们点点头。

是关于帕森的什么东西让你们去了一百二十度的高温下面?咪咪想知道。

我喜欢他自由的精神,矮个子结巴地说,他的,他的……怎么说呢?他的不被约束的精神。

秃头也开始嘟囔起来,说旧金山感觉像是一个罪恶之城。

他在中国人中很有名吗?矮个子问。

咪咪说,我们中有一个人写了他的传记。

真的吗?矮个子突然说,我们能采访他吗?

应该不行,咪咪说。

你是说本吗?我问。

咪咪紧咬了一下嘴唇。现在有一个更好的中国人的典型了。

是吗?因为他玩摇滚音乐还是因为他上了《东西新闻》?

---

[1] 格兰姆·帕森(Gram Parsons, 1946 – 1973)是美国著名的乡村歌手、歌曲创作者、吉他手、钢琴演奏家。——译注

因为他是第二个儿子,咪咪说,大儿子一般都觉得他们是菩萨,小儿子都觉得自己是流鼻涕的小孩,只有中间的儿子是父母的梦想,因为他们像女儿一样被踢来踢去。

太对了!我喊道。

秃头紧紧地靠着我,我几乎都能感觉到他的银牙在闪闪发光,他那贪婪的嘴时刻准备着要吃东西。我假装没看到咪咪的眼神,跟他走了出去。我们抽了一支烟,然后我把他带到西班牙老巷,来到程记理发店旁的入口处,不知为什么就跟他搞起来。我们回去喝了点东西,然后我拒绝和他继续下去。

咪咪端出了最后的咖啡,然后我就帮她打了烊,洗了所有的杯子,再准备好啤酒,清空打扫了咖啡机,把柠檬放好,擦了吧台,并清扫了花生皮。她清点营业额的时候我把桌子凳子整理了一下。她关了灯,锁上了门,我们走了出去。车子静静地开过无人的科尔尼街,来到马奇特街上,夜幕刚刚落下。

他还有点意思,我说。我想到了秃头的冷漠,他的银牙,尖尖的头,突出的锁骨,我就打了一个寒战。他甚至还有一点金属的味道,还很给人一种潮湿的感觉,有些吓人,我说。

也许你是想被吓到,咪咪说。她继续开着车。市中心空荡荡的,街边停车道旁,夜景几乎就是黄色的光和金属的轨迹,只是偶尔能看到拐角处一些穿奇装异服的人。所有的一切都像金牙和厚高跟鞋一样闪闪发光。

我们到司罗特街时,马路宽敞了很多,咪咪问,你要告诉真人吗?

为什么？我粗哑的声音把自己都吓了一跳。咪咪的才能在于她问问题的方式。在我搞清楚她真正要问什么之前，我已经把答案告诉了她。但事实很让人伤心。既不坦白有关秃头的事，也不说我结扎输卵管的事。

她把车开进车库，熄了火，转过头来。没有爱了？

是这样吗？我也在想。我很爱他，那么我为什么不能给他让他开心的东西呢？我看着咪咪，在她关上车灯之前，我被她头发上的闪光深深吸引住了。她没看我，只是说，帮我个忙，好吗？然后她下了车，狠狠地把车门关上。

怎么了？我跟她上了楼，问道，怎么了？直到她走到最顶层时，她才转过头来没好气地说，维，有时你真是很让我感到意外。

我没有吧？我跟她进了屋。没有吧？我把东西放下，把靴子解开，又问道。她不理我，但我还是跟着她进了厨房。她点炉子烧水的同时，我不停地在问，怎么了？

她转过身来，她冒着火的双眼狠狠地瞪着我。维，你从来不思考，总是想做什么就做什么。

我坐下来。她语气里有些东西让我很害怕，这让我想起了六月十八号发生的那件事，让我觉得最对不起她的。经历了几周的雾天以后，夏天提前来了，很突然，很美好，整个城市都在庆祝。我们的父亲在雷诺过夜。我们去了贝壳司海滩上的小海湾，皮肤晒黑了，还抽了柯纳产的金烟。我们看着潮起潮落。太阳落山了，我们也没有打算要回到韦恩山谷。然后我们去了三和粥粉面吃了一顿番茄牛肉炒面,去申华巨的店里吃了奶油蛋饼。在菩萨酒吧,咪咪向珍珠要了一瓶博若莱红葡萄酒。我们一晚上都在为马上就到十八岁而庆祝。我放松了平时对人的戒备,平时觉得不正常的事情,那时也觉得很有趣。

　　那周的早些时候,我经过一辆停着的车,看到司机有些不正常地趴在方向盘上,于是我就报了警。他们记下了我的信息。我把这个事都忘了,直到我和咪咪坐下庆祝时,电话响了。打电话的人说自己是瓦列霍警局派来的人,想过来就我的报告问几个问题。我们觉得这事很奇怪,但听到敲门声,我还是让那人进来了。他竟然是个有严重问题的预备警察,事情进展得很糟糕,最后他还强暴了咪咪。我却一点事也没有,那个时候我一直待在另一间屋里。尽管咪咪没有责备我,可我却一直在责怪自己。她说她要摆脱一些可以看得见摸得着的东西,而我的罪过却是些看不见摸不着的,那是一些我一直为自己"做"的事情。那就是过去的那个咪咪,一个特别可爱的人。

　　咪,你是不是会想那件事?我知道我不该提它,但我控制不了自己。她当时的表情像是在问:我们真的需要谈这件事吗?我打断了她。

　　是我让那个人进来的!我说。

　　咪咪大叫着,你能不能不说了?

　　我从来没有怪你,因为那从来就不是你的错。你真想知道事情的真相吗?

　　我不知道,我小声嘀咕着。

让我更难受的是你跟我那可恶的弟弟在一起了那么长的时间。

我知道,我说,但是他"救"了我。

维达,她请求道,他只是碰巧来到这里,想要一些柯纳咖啡。你要自责的话就去为别的事情自责吧。

我知道这话听起来有些疯狂,但是我当时的想法是这样的:我欠你的,我觉得如果我能帮你弟弟改邪归正,那也算是一种补偿。

天啊!咪咪狠狠地关上了橱柜的门,把茶杯扔到我面前说,你能不能不要说补偿、责任这些混账话,我们没在玩那种补偿游戏,好吗?我没有必要非得在你生日的时候送你一匹马,我也不希望你在我生日的时候送我两匹种马。你不欠我的,我也不欠你的。我们是朋友,因为我们想成为朋友,但如果我们成为敌人,那也是因为一些实实在在的事情,不会是愧疚、悔恨。

我仔细想了想。

她靠近我,缓慢的声音有些吓人。你想让我说实话吗?

不太想,我小声说。

她的眼睛像鲤鱼一样闪了一下。她问道,我一直弄不明白,你当时为什么不走?你可以走的啊。

我从来没想过,他把你关在另一个屋子里了,我说。

开水壶的声音打破了我们的安静。

她的眼神跟那天晚上我们从瓦列霍警局出来时一样的清

澈、直接、放松。谢谢你,她说。

我的心跳停止了,这几个简单的字像云一样笼罩了我。我从来没有听过她如此安全的声音。所有的东西都停止了。我听着水壶的声音就像某个神的汽笛一样。然后我说,还有,他把我绑起来了,还记得吗?

咪咪的笑声让我们摆脱了过去的不安。这会永远是我们之间友谊的故事,她说,这就是为什么我有一段时间没有见你的原因,我只是需要休息一下;不是因为你,而是因为所发生的一切。

你在保护着我们之间的友谊,我说。

我点点头。

这是我们接受的培训,咪咪说,我们学会了保护父母。我也没告诉爸爸,但我那个UCB傻弟弟可能告诉他了[1]。

罗德尼?那没用的中国弟弟怎么样了?我想知道。

在劳改所呢。

又进去了?

都是母爱的错,咪咪说,那天晚上他为我们做了一些好事,但还不足以弥补他给我爸爸带来的痛苦。也许爸爸在临终前原谅了他,但我一直没有。然后我妈又开始朝我来了。但这跟他没有关系,甚至跟那个叫真人的也没有关系。跟个中

---

[1] UCB在这里是"Useless Chinese Brother"(没用的中国弟弟)的首字母,但通常意义上这三个字母代表的是美国的著名高等学府加州州立大学伯克利分校(University of California at Berkeley)。——译注

国人在一起,让他计划未来,而你却什么打算都没有,我不用告诉你这有多傻。维,你疯了吗?他是中国人,他是从中国来的中国人!你不是说过他是个独生子吗?

是某个独生子的儿子,我补充道。

麻烦啊,咪咪说。

我想是吧。

我再问问你,你有没有想过要和他分手?

一直在想,不是因为我不喜欢他,只是一种本能的反应,像我妈妈一样。

咪咪转了转眼睛。你总是在逃避。

我也控制不了,我说,我妈妈总是在逃避,爸爸想成为那只不死的鸟,不停地飞。我奶奶在路边选好了她自己最喜欢的安葬之地。

那你爸爸呢?记得他总是在电影院里选靠近走廊的位子。

是还是不是,你知道我在说什么。

我有些结巴,我的性格就是一直想"出去"。我不知道有什么方法可以让我"在里边"。

当然,是啊。咪咪说。

不知道吗?我试着笑了笑。

不知道。咪咪转了下眼睛,问道,他想成个家,对吧?

我点点头。

你愿意为他改变你的人生程序吗?

不愿意,我脱口而出。

你回答这个问题倒是挺痛快,她说,关于责任的问题你在胡说八道,但你根本不想做任何事。我不认识这个真人,也不知道我是不是会喜欢他,但我知道:你欠他的。关心一下他吧。咪咪靠过来说,你知道我的意思。不要让他误解。正视你能做的事情,不能做的你就直说。告诉他,就在这儿。和他谈谈,把实话告诉他。这就是事情的真相。你和他,就在这儿讲。不是讲那个古老的中国的故事,不是讲我们和警察的故事,是你和真人的故事。

我笑了,但那没有让我放松下来,只是感到过去像胃里的一股气一样返了上来,一直返到了现在。跟咪咪谈话的好处是我信任她,跟她说话就像跟我自己说话一样,但不好的地方是她会说一些我不喜欢听的。

你应该更聪明的,维达。他想成家,想跟你成家。你有没有问过他没孩子他会怎么想?

一定要问吗?我抱怨道。

要是他的回答是不在乎呢?你会相信吗?

我又耸耸肩,可能不会吧。

要是我,我就不会在乎,咪咪说。治疗痛苦的药方。如果那是你的答案的话,就让他去找能够给他幸福的人吧,你不是合适的人选。对他讲实话,也对你自己讲实话。学学你妈妈吧。

我能感觉到眼泪在眼睛深处打转,马上就要哭出来了。我克制了一下。

记得我爸爸以前在酒吧是怎样谈论两种人的哭吧?

我点点头。

一种人的哭是眼泪会弄脏竹子的那种,另一种是小男孩丢了心爱的蟋蟀那样哇哇大哭。

我咯咯地笑了。

我的意思是他是那种相信只有家庭才能带来平安的男人。对他来说,平安是孩子带来的,咪咪说。

也许我们可以领养个孩子?我试着反问。

你这是在逃避,咪咪说,你为什么那么反对成家?

然后我想起了维克特里。家庭有什么用?

伊琳一直是我信任的人。当我让她帮我在输卵管结扎同意书上签字时,她不懂上面写的内容,但却很认真地看,仿佛要从上边辨别出什么重要的东西一样。这种愤怒的情绪不好,她说。

我不在乎,我说,我从来没想过当妈妈。

她说,你现在还不能确定。当你和一个男人享受幸福时光时,你不知道会发生什么事情。

我知道,我说。我看到她快要哭了,想起来她曾失去过一个孩子。这是我保护自己的唯一办法,我说。

那你在保护自己什么?她想知道。

我不想做母亲,我大声地说,声音大得听上去很愚蠢。

她脸色变得很苍白,就像我给了一记耳光一样。然后她用一种正式的口吻说了起来，话听上去很严厉。我没有完全听懂，只是从她的语气里猜出个大概。

你不要犯我犯过的错误。回首过去的痛苦是怎么一回事？是想要拾起那些已经被时间埋葬了很久、连名字都记不清了的东西吗？我以前和你一样，也受过情绪的左右。我把自己卖到这个婚姻里，只想达到一个目标，那就是找到我叔叔，然后狠狠地骂他一顿。我心中满是痛恨和愤怒，在了却这个心愿之前没有过过一天自己的日子。但遇到他之后，复仇的愿望就像口哨声一样变得非常微弱了。我曾经相信人有情绪是因为无畏，但我现在更相信情绪的源头是无来由的怨恨。

你能做自己想做的事情，但我请求你：好好问问自己，你这是在和谁制气？记住，人的第一个债主是自己。

我把表格递了出去。

是什么让你这么愤怒？她声音断断续续的。

我猜想她是想起她失去的孩子。我不想让她问我诺兰德的事情，于是就签了字，把笔递给她。

她的眼神很坚定，手也很有力。不要告诉你爸爸，她说。

我不在乎。我的声音像是被吓到一样断断续续的。

看着我，她说，你没有强迫我。失去孩子的时候，我心中也充满愿望，希望真正有人爱我。然后你出现了。我就像你再生母亲一样，我不会阻拦你的幸福，也不会阻止你年轻时的无畏。

在这儿签字，我指了指那条虚线。

听着,我要告诉你。她声音很坚定,眼神很犀利。

我等着她说。

生活中,意外就是我们流过的血。我会同意,让你关掉你的母性之门。

我看着她在纸上签了字,认真地写下了字母,丰满的"I",笔画在"i"上像是一顶帽子,字母"z"的下端在横线下。然后她把纸还给我,把笔合上放在了桌子上。

我看到了自己的名字,我看到了她的名字。

谢谢!我的声音像是在百老汇隧道终端发出的一样遥远。

伊琳说,记住我现在跟你说的话。你后悔的时候,需要原谅的时候,你要知道能够给予原谅的就是你自己。

## 永恒 二

关于维克特里的故事,我只告诉了咪咪。我没想过再讲一遍,那样会让原有的故事变样。咪咪开始哭的时候,我吓坏了。她道歉的时候我没有说话,她说我只是有些感动。

是啊,我说。

维克特里是我们大家的父亲。

我爸爸活在他自己的故事里,坚忍不拔。

妈妈给我讲爸爸的故事时,我看到了她温柔的一面,这也是唯一的一次。对于我不理解他的地方,她用他的故事来表示歉意,希望我能开始原谅他。藏在她内心的那个曾经的女孩子告诉我她为什么几乎喜欢上了那个男孩子。

然后我想起了外婆的话:讲述并不意味着爱。话一旦说出来就会获得超越时间的能量。她嘱咐我,话要掂量之后再讲。只有死人才能忘记,只有死人才能把故事带走,只有死人才能真正原谅。

外婆是对的。故事会变成我们的祖先,我们的记忆之神。

这些记忆帮我为爸爸入籍的面试做好了准备。明天,我要带爸爸穿过另一条河。

## 中国人的坦白计划

CN 00302.970 中国人"坦白"案例

A. 规定

联邦社会安全生活补助金评审机构要求相关人士必须知晓中国人"坦白"程序,在评估移民局证明移民年龄的入境时间表时必须对此给予足够的重视。

B. 背景:限制法令

由于极其严厉并有歧视性的联邦移民法(例如,1882年《排华法案》)的限制,许多在境外出生的中国人只有通过虚假身份才能进入美国。

在《排华法案》通过之前来到美国的中国移民不受限制;但是,他们的亲人不能和他们团聚,他们的亲人离开美国后就再不允许回到美国。在美国出生的中国人可以出入美国,但他们的配偶不能随他们加入美国国籍。他们（某些阶层的人并非出生在美国，比如教授、学生、作者、艺术家等）未婚且十六周岁以下的孩子可以进入美国。商人遵循整体原则，可以带入一个未婚、十六周岁下的孩子。上述人员每次进入美国时须出示他们的豁免身份，在美期间永久保持该身份。

C. 虚假身份的形成

移民局认真记录了所有中国人的入境、离境、再入境情况。中国政府不提供中国公民的公开出生证明。这两者在一定程度上帮助了中国移民制造虚假身份，借以逃避法律。这些被允许出入美国的"旅行者"因此能够有各种机会，用孩子这个虚假身份帮助亲戚、朋友、客户等偷渡到美国。

D. 中国人的"坦白计划"

1956年，移民局出台了一项法规，限制了中国移民"契纸家庭"的出现。"坦白计划"的目的是鼓励并帮助所有非法进入美国的外国人（不仅限于中国人）调整自己的身份，成为合法的、可以永久居住的外来人员，这也为入籍铺平了道路。这个计划的有效期截止到二十世纪六十年代。

## 坦白

坦白

Hon Pak

Hon Pak是这一代人坦白时用的词,他们将真话讲了出来,"坦白"的意思就是"空白"加上"真实"。

## 坦白

我把车开进韦恩街的时候爸爸没等在楼下,我就按了按喇叭。那感觉不错,听到喇叭第二次响起的感觉就更好了。爸爸下楼的时候,我看到一天的疲倦都写在了他的脸上,我有些害怕。他上了车,长叹了一口气,眼睛看着别的地方。

早上好!我说。

他答应了一下。

真是麻烦,我小声嘟囔了一句。你复习了吗?我问。

他拿出那本《入籍百题手册》,三心二意地看着第一页。我问他要不要回去拿眼镜,他摇了摇头。我发现他耳朵上的那个眼儿就像一块烧伤留下的疤一样。我考不过怎么办?他问。

我把车倒出了巷子,他靠车门坐着。除了历史和政府,你还复习了什么?我问。

就那些吧,不是吗?

那民事权利和责任呢?我问道。

他用手指找了一下，说，这里没有啊。

好好想想，我说。他们会问的，你为什么想成为美国人？

那时候不害怕，现在也不害怕，他说。

那时不怕失去任何东西，现在更不怕失去什么东西，我小声说道。55路汽车在萨克拉门托站发出了老鼠一样尖叫的声音，爸爸把头探出窗外大声喊道，爱德索·林，离开那条街！

我也停下来，看着一群孩子过马路。一个小女孩把自己心爱的书紧紧地抱在胸口。看到她我想起了爸爸以前的练习本，心里想，如果他能背下来三百个谎话为了成为另外一个人的儿子，他最好重复一百个事实来变成美国人。

闺女！爱德索把头探进车里，要带你爸爸去哪儿？

移民局，我说。

你要把他驱逐出境？爱德索喊道。

你也来吧，爱德索，他们会给你一张免费去中国的票！爸爸喊道。

我开始启动车。

爱德索往后退了一下，挥着手。再见！好运！

我爸爸笑了，那个傻瓜还是很害怕。

55路车启动了，后面的车也跟着动了起来。我把车开进车库停好，一句话也没说，就往桑瑟姆街100号走去。门上烫金的"移民规划局"几个大字让这个本来很正式的地方看上去有些商业色彩。我让他通过了安检（一切正常），坐电梯上了

19层（没有问题），然后让他签名进去（也没挣扎）。但当我们进了那个小的白色的休息室时，他的眼睛像是一把弹簧刀一样前后晃动着，于是我就选了一个远离他人的座位。窗台上，一只鸽子在咕咕地叫。我给了他一本《国家地理》杂志，自己则埋头读起了《美国退休者协会》里的一篇关于失忆的文章。他换了几个座位，放下了他的手册，像被宰杀的猪一样叹着气。我装做没看见。我决定让他坐在那儿自己担心，不想给他折腾的机会。

远处的角落里，两个女人低声谈论着什么。对面坐着一个身着深色西装的人，他把公文包敞开着放在大腿上。一个看起来还像是个大男孩的年轻人身穿红色法兰绒衬衫和浆过的牛仔裤，在屋里来回走着。他脸上的表情柔和，头发灰白的父母在一旁像鸽子一样静静地看着他。

一个男官员打开门，叫了几个名字，两个女的站了起来跟他走了进去。一个女官员把一个面试的人送了出来。面试的人用断断续续的英语问了两遍：入籍仪式在什么时候？

先生，我们得再看看你的情况。女官员坚定的语调让人感觉情况并不乐观。

什么时候？那人又问道。

女官员长出了一口气，出气的动作像是在测试青光眼。你会收到通知的。

我希望我们不会被安排到她那儿。那个大男孩走了过来，我看到他的脚相对他的身体来说太大了，这可能就是他一直不停地走来走去的原因。每次停下来,他给人的感觉都像是身体要倒下来一样。他用拳头敲打着自己的大腿,编着故事。我不是在加州被捕的。在俄勒冈州饮酒驾车构不成大罪,只是一个过失行为而已!母亲点点头,父亲建议道,告诉他们是药物作用。你病了,吃药是为了治疗你的精神抑郁。

我非常讨厌听他们说这些愚蠢的谎言,我正想说点什么,门开了。

杰克·满·司徒?

我的心凉了,是那个女官员。我和爸爸走了过去,她用夹纸板挡住了我。她的鼻子、眉毛和下巴像是一个金字塔形。无框的眼镜后面,她的眼睛显得很年轻,甚至有些淘气,但她张口说话的时候,声音非常严厉。你不能进来,她说。

她不喜欢我,但我已经做好了心理准备。我穿着平底鞋,单调颜色的衣服,把头发系到了脑后。心情像是在给外婆守灵时一样灰暗。然后我把自己的态度转换成了在登机口的工作时的态度。我开始微笑,就像我在统舱里遇到了一个急切、疲惫、迟到的旅客提出升舱申请时一样。我问:我可以告诉你一件事吗?

她没有说"不",但白了我一眼,像是要把我从她眼前清除掉一样。于是我开始说,我爸爸不太会说英语。我停了一下,她嘴向下撇着,我在她脸上看出了她的问题:他在这个国家生活多久了?

我想说"一辈子了",但我没说。这个问题我回答过太多遍，基本上都算不上是个问题了，但它的答案却已经在他的生活里丢失了，而且永远都找不到了。我没有直接回答她的问题。我告诉她我从纽约飞过来陪爸爸参加这个面试，我想帮他翻译。我又问了一遍，可以吗？

我要跟上司说一下，她说。然后她深深地吸了一口气，好像在说你不要紧张。回来的时候，她那圣女贞德式的发型让她看上去不是那么严厉了。我看到她颈背凹进去的地方，看到了她可爱的一面。她让我们跟着她进了办公室，我觉得这个兆头不错。我坐下来，很高兴过了第一道关。透过办公室的窗户可以看到大西洋彼岸的高楼和更多的景色。我看到了海湾大桥灰色的影子，心想的是我为什么更喜欢海湾大桥而不是金门大桥。海湾大桥像是一条工业道路，在海面上架起的一座真正的桥，不像金门大桥，有些脆弱，防强风和起美化作用的缆绳摇摇晃晃的。我指了指海湾，爸爸点了点头。

那官员回来了，看上去更加严厉了。好了，她说，你可能会听到一些你不知道的东西，准备好了吗？

没有时间担心了。是的，我说。

请把你的右手举起来，官员指示道。

我爸爸也举起了右手，好像他很熟悉这套程序。

我们发誓说的都是实话。

我翻译的策略是把重点词放在句后，因为这些词是我想让爸爸重复的。我会尽量保持一个平和的语气，因为语调的上升可能会让爸爸兴奋起来，而降低语调又可能会让官员起疑心。

我们像三堂会审一样坐在那里。官员问问题,我翻译;爸爸回答,我再翻译。两人的眼睛都聚焦在我身上,我感觉我像是在接受审问。

官员问,你是哪一年出生的?

我翻译,哪年出生的?

一九三五年,红军长征的那年,爸爸回答。

官员问,你是在哪里入境的?

我翻译道,哪里入境的?

他回答,旧金山。

官员翻了几页他的资料,然后直接看着爸爸,用汉语说,共产党?

我大吃一惊,没想到她用中文说共产党。我还没来得及翻译,爸爸往后仰了下头,笑了。我有些担心,笑不是好事。

我翻译道,你是共产党吗?

爸爸像是一条被淋湿了的狗一样使劲摇头。

官员说,我需要他回答。

我翻译道,官员要你回答,是还是不是?

不是!不是共产党。

官员看了看表格上的某些地方,然后问,你有没有到过驱逐听证会?

驱逐。这个词一下让我想起了菩萨酒吧。仿佛回到了童年一样,看着每一个父亲脸上的表情变得僵硬起来。

驱逐？爸爸用平静的口吻重复了一下这个词。

别！别现在问这个！我有些慌了，但又想不起中文怎么翻，所以我问，联邦调查局有没有赶过你走？选用联邦调查局这个词也不是什么明智的选择。

没有，从来没有！他摇着头。

官员问，你有没有跟驱逐官员说过话？

我想避开"驱逐"这个词，所以我翻译道，有没有官员找过你？

他有些迷茫，所以我把手伸过去，摸着他的空袖子，碰了下他，安慰一下。

我需要答案，官员坚持道。

我知道正确的答案，我知道真实的答案，但我也知道我没有权利帮他回答。

让我吃惊的是，官员直接跟我说，他可能不知道，但他曾经收到过驱逐令。

我把这话当成了许可。我们谈论的是中国人的"坦白计划"，是吧？

官员甩掉了她的官腔。十分钟前我才第一次听说这个计划。

我看到她眼球周围发着蓝光，像是蓝天穿过她眼镜的颜色。她合上了我爸爸的资料。那是一个很困难的时期，她说。

我点点头。通过窗户，我看到海湾大桥上的车像拉拉锁一样缓慢地往前走。

官员看了我父亲一眼，父亲也冲她笑了笑，然后敬了个礼。我看着这两个人，感觉这是一场关于忠诚的战争。

在他们后面，一个男人在不停地清嗓子。

听着，她说，他这把年纪了，我们不会把他驱逐出去。她继续提问，问问他，你曾被捕过吗？

我问父亲，你坐过牢吗？

他说，没有。

她紧追不放。你有没有犯过罪，但是没有被捕？

我问，你做过违法的事情吗？

他还是回答，没有。

她接着问，你在中国的时候，有没有做过违反中国法律的事情？

我问：在中国，你有没有做过违法的事情？

他看上去有些迷惑，还是说没有。

再问问他，你在中国有没有做过什么违法的事情，但没有被捕？

你问，你在中国有没有做过违法的事情，但别人不知道？

没有。

我看到他的眼神有些不安，我也担心起来。

问他，他有过几个老婆？

我问，几个老婆？

他回答：一个。

再问问他，在这个世界上，你有几个老婆？

我问：整个世界上，你有几个老婆？

我爸爸用他真实的、有些粗鲁、不耐烦的口吻说，只有一个。她为什么所有的问题都问两遍？

官员整理了一下厚厚的资料。我看到好几页上都有黑笔画出的部分。那发黄的复写本像是变干的昆虫翅膀，发出沙沙的声音。当她的眼睛停在他的空袖子上时，我不由得屏住呼吸，避免给出不必要的解释。

快完了，她说，问他，他会成为一个好的美国人吗？

我问了。

他回答，当然了。

问他，你会遵守美国的法律吗？

我问了他。

他点了点头，会的。

问他，美国跟哪个国家打仗取得独立的？

我问了父亲，但我脑子一片空白，答案是什么？

英国！我父亲喊道。

官员也笑了。我想表扬他，问她可不可以。她点点头，我说，你很棒，爸爸！

爸爸露出了胜利的神情。

然后官员把所有纸张整理了一下，把手放在了厚厚的资料上。听着，她说。

我抑制住兴奋的表情。

他有两个名字，问问他想要哪个？

我问，你想要哪个名字？

两个都要，两个都是我的名字，他说。

我给她翻译。

他必须选一个，她说。

选一个，我告诉他。

他重复道，两个我都要。

选一个，我露出了牙，你只能要一个名字。

我们用眼神紧张地交流着，把所有我们不能说的话都咽到肚子里。

他在说什么？她问。

我面露苦色地对她说，他还决定不了。

她笑得很真诚，但有些僵硬。

爸爸张着嘴，我感觉像是被关进中级监狱一样。那个时候我明白了，他的表情是我一生都在为之困惑的，也是我在中国处处可以看见的。那是一张坚持、执著但又困惑的脸。那时我才意识到，他一直有一张可以应对不同场合的脸。此时需要的是忠诚。这个时候我意识到我是应该妥协的那个人，我接受了。

我深深地吸了口气，这时爸爸看着我，让我选择。

我选择了"杰克·满·司徒"。我选择了他的假名字，这个陪伴他度过了大半辈子的名字，这是他通过自己的努力换来的名字，是他为了爱而选择的名字，这个让他变得更真实的名字。